KB020853

게스트하우스

2015년 11월 4일 1판 1쇄 찍음
2015년 11월 11일 1판 1쇄 펴냄

지은이   진보경
펴낸이   김남일
편집   이호석, 박성아, 이승한
디자인   김현주
관리 · 영업   김태일, 채경민

펴낸곳   (주)실천문학
등록   10-1221호(1995.10.26)
주소   서울특별시 마포구 월드컵로10길 48 501호(서교동, 동궁빌딩)
전화   322-2161~5
팩스   322-2166
홈페이지   www.silcheon.com

ⓒ 진보경, 2015

ISBN 978-89-392-0742-4 03810

이 책은 한국문화예술위원회의 2013년 아르코 문학창작기금 수상작가 작품입니다.

이 도서의 국립중앙도서관 출판시도서목록(CIP)은 e-CIP홈페이지(http://www.nl.go.kr/ecip)와
국가자료공동목록시스템(http://www.nl.go.kr/kolisnet)에서 이용하실 수 있습니다.
(CIP제어번호:CIP2015029375)

게스트
하우스

진 보 경   소 설 집

실천문학사

차례

세 번째
토끼

소리인지 진동인지 알 수 없었다. 꿈결인지 아닌지도.

나는 눈을 떴다. 코앞에서 엄마의 좁은 등이 오르락내리락하고 있었다. 팔짱을 끼고 모로 누운 엄마는 헐렁한 티셔츠에 팬티 바람이다. 한쪽 다리에 휘감긴 이불을 끌어다 배까지 덮어주었다. 베개 밑으로 늘어져 내린 머리칼이 악마의 계곡에나 있을 법한 죽은 나무의 뿌리 같다. 등 뒤에서 이불자락 달싹이는 소리가 난다. 다은이도 느낀 걸까? 방 안이 밝아지긴 했지만 아직 깰 시간은 아니었다. 아침이 오면 관리사무소에서 안내방송을 내보낼 것이다. 8호부터 14호 라인 사이 복도에서 누군가 물건을 내던졌다고. 최근 되풀이되는 이 사건은 입주민의 안전을 크게 위협하는 행위이므로 적발 시 신고 조치하겠으며, 재발 방지를 위해 조만간 감시카메라를 설치하겠다고. 먹통이 돼버린 이 집 스피커로는 들리지도 않겠지만.

아마도 작은 밥솥이나 화분 같은 거겠지. 지난번 텔레비전이 박

살났을 땐 엄마도 다은이도 소릴 지르며 벌떡 일어날 정도였으니까. 그땐 정말 전쟁이라도 난 줄 알았다. 엄마는 별놈의 종자가 다 사는 동네라고 인상을 찌푸렸지만 나는 아빠에게 해줄 이야기가 하나 더 늘어 좋았다. 그날 편지엔 이렇게 썼다.

그 사람은 방을 좀 넓히고 싶은 게 아닐까? 좁은 공간에 여럿이 복닥거리는 게 지겨워서. 가끔 먹기 싫은 걸 던져버리기도 하는 것 같아. 바닥에 으깨진 초록 껍질과 시뻘건 과즙을 본 뒤로 다은이는 수박을 먹지 않는데.

엄마와 이모는 우리에게 중간 라인 아래쪽은 화단이건 인도건 알짱거리지 말라고 했지만, 그러면 또 다른 위험과 마주칠 수밖에 없다. 세 대의 엘리베이터 중 왼쪽 1호기는 106호 귀신집이 코앞이고, 오른쪽 3호기에서 내리면 1415호 쓰레기집을 지나야 하니까. 106호는 일가족 세 명이 차례대로 목을 매고 손목을 긋고 연탄가스를 피웠다고 귀신 들린 집이라 불린다. 1415호 앞은 아빠 몸집만 한 부피로 쓰레기가 쌓여 있는데 코를 막고 뛰어도 구역질이 난다. 우리의 안전을 지킬 방법은 1층 3호기 쪽 출입구와 복도, 그리고 중앙엘리베이터를 이용하는 것뿐이다.

자꾸 엎치락뒤치락하는 다은이를 토닥여 주었다. 반쯤 열린 미닫이문 건너 현관에 엄마의 하이힐이 보인다. 한 짝은 옆으로 눕고 한 짝은 꼿꼿이 서 있다. 구두코에 박힌 핑크 코르사주에 검은 얼룩이 졌다. 누운 나와 누운 구두 사이는 다섯 걸음쯤 된다.

일어나 안방을 나왔다. 냉동고에서 얼음을 꺼내 물고 작은방 문을 밀었다. 잔입에 들러붙은 얼음이 뜨겁다. 바닥에 흩어진 스타킹과 브래지어, 티셔츠 들을 발로 툭툭 차서 구석으로 몰았다. 쪼그려 앉아 엄마의 손가방을 열었다. 얄팍한 지갑엔 천 원짜리 몇 장뿐이고 화장품 파우치 안에 만 원짜리 여덟 장이 낱장으로 구겨져 있다. 내 캐리어 안주머니엔 이십사만 원이 반듯하게 접혀 있다. 벌써 얼음이 다 녹았다. 새 얼음을 꺼내다가, 어제 왔던 아저씨 생각이 났다.

넌 누구니?

그때도 얼음을 물고 있었다. 세 개를 한꺼번에 입안에서 굴렸다. 다은이와 저녁을 먹고 나서 티브이를 보고 있을 때였다. 누군가 현관문을 거칠게 두드렸고, 문을 열자 회색 조끼를 입은 아저씨가 서 있었다. 왜 이제야 문을 열어 주느냐고, 초인종을 열 번도 넘게 눌렀다며 툴툴거렸다. 스피커가 고장 나서 안 들린다 했더니 아저씨가 들고 있던 종이와 볼펜을 들이밀었다.

어른 안 계시냐?

네.

대신 서명할 수 있겠니?

나는 얼음을 스릅, 소리 나게 빨고 종이를 받아 들었다. '거주자 실태조사'라고 씌어 있었지만 자세히 읽지는 않았다. 이 집의 호수가 표기된 숫자 옆에 내 이름을 적었다. 맨 오른쪽 '세대주와의 관계' 란엔 '조카'라고 썼다.

잘 들어. 이제부터 넌 내 조카야. 알겠지? 이모는 내 어깨를 움켜줘고 말했다. 난 이모가 없는데. 우리 엄만 남동생만 둘 있는데. 나는 어깨를 움츠리며 고개를 끄덕였다. 그럼 이모 딸 다은이는 사촌 동생이 되는 건가?

아빠가 강릉으로 떠난 뒤 엄마와 나는 삼촌들 집을 전전했다. 큰외삼촌 집에서는 숙모가 아이를 낳고 사돈 할머니가 산후조리를 도와야 한대서 두 달 만에 방을 비웠고, 혼자 사는 작은외삼촌 집은 방이 하나뿐이라 오래 머물 수 없었다. 엄마가 밤에도 일을 다니게 되어서라고 했다. 처음 이 집에 온 날, 이모는 부스스한 머리와 잠옷 차림으로 우리를 맞았다.

우리 다은이 돌봐줄 애가 너니?

네, 맞아요.

엄마가 대신 대답했다.

열여섯치곤 성숙하네.

어른들이 일을 나간 사이 일곱 살 아이를 내가 맡는 조건으로 엄마는 보증금 없이 월세방을 얻을 수 있었다.

이모가 하품하며 현관문 앞 작은 방을 열어주었다. 엄마와 나는 각자의 캐리어를 구석에 나란히 세워두었다. 짐을 풀어놓을 곳은 없었고, 누우면 발가락이 벽에 닿았다.

나지막이 노랫소리가 들려왔다.

다시 안방으로 돌아와 엄마 곁에 누웠다.

"푸른 하늘 은하수 하얀 쪽배엔."

다은이는 잠에서 깨면 노래를 부르는 버릇이 있다. 오늘 선곡은 우리 할머니가 아기였을 때부터 불렀다던, 아주 오래된 옛날 노래

다. 엄마가 내 쪽으로 돌아눕는다. 엄마의 품을 파고든다. 엄마 품
에서, 어제 내 입술을 빨던 아저씨의 침 냄새가 난다.

아빠는 내 나이 앞자리가 '2'가 되면 다른 남자랑 뽀뽀를 해도 된
다고 했었다.

"몇 살이야?"

나는 하늘색 넥타이의 빗금무늬를 바라보며 대답했다.

"스무 살이요."

"엔젤이라고 했지?"

하늘색 넥타이의 손이 내 허리를 휘감았다. 실장은 촌스럽게 엔
젤이 뭐냐며 '보라'나 '혜리', '연아'를 추천했지만 나는 끝까지 고집
을 부렸다. 면접을 보러 오기 전날 다은이와 함께 그 영화를 다시
안 봤다면 몰라도 엔젤의 존재를 되새긴 이상 다른 예명은 시시해
서 싫었다. 사실 엔젤이나 연아보다 중요한 건 내가 스무 살 대학
생이어야 한다는 것이다. 실장은 그것만 잘 지키면 된다고 했다.

남자친구 있어? 전공이 뭐야? 하늘색 넥타이는 자기도 별로 궁
금하지 않을 것들을 물으며 여기저기 더듬거렸다.

"교복이 잘 어울리네."

축축한 손이 블라우스 안으로 들어왔다. 나는 타이머를 흘깃 봤
다. 아직 이십 분 넘게 시간이 남아 있었다. 보통 낮에 오는 손님들
이 신사적이라고, 밤에도 일하는 수지 언니가 일러주었다. 그녀의
말에 의하면 두 타임씩 연달아 끊어놓고 진상 떠는 밤손님보단 시
간에 쫓기는 낮손님이 깔끔한 편이다. 취객들은 '플레이' 전 아무리

양치를 시켜도 금방 냄새가 올라온다고 했다.

하늘색 넥타이는 신사답게 주의사항을 잘 지켰다.

물티슈로 닦을 때는 내가 도와주었다. 시간이 조금 남았지만 그는 허둥지둥 바지 지퍼를 올렸다.

"오늘은 반타작도 못 했네."

실장이 아이스크림을 할짝거리며 육만 원을 내주었다.

"잘 생각해 보라고."

그러곤 카운터 테이블에 엎어 놓았던 만화책을 집어 들었다.

탈의실 구석 소파에서 수지 언니가 간호사복의 떨어진 단추를 꿰매고 있었다. 언니는 실장의 제안을 받아들였을까. 나는 조용히 옷을 갈아입고 밖으로 나왔다.

불룩하게 배가 나온 아저씨가 계단 입구에서 급하게 담배를 피우고 있었다. 눈이 마주쳤고, 그가 나를 아래위로 훑었다. 나는 세 발짝쯤 걷다가 바닥에 침을 뱉었다.

퉤.

"안 돼. 하지 마."

다은이의 손을 놓고 마주 섰다. 어린이집에서도 이런다면 큰일인데. 선생님이 알면 이모 귀에 들어가는 건 시간문제였다. 그러면 우린 방에서 쫓겨날지도 모른다. 일곱 살 꼬맹이가 괜히 침을 뱉을 이유는 없을 테고 엄마들은 자기 아이가 유해 환경에 노출되는 걸 끔찍이도 두려워하니까.

"왜? 왜 안 돼?"

"나쁜 짓이야."

"근데 언니는 왜 해?"

"언니는 어른이잖아."

어른, 이라는 말에 다은이는 잠자코 입을 다물었다.

슈퍼에 들러 아이스크림을 사주었다. 자꾸 거짓말이 는다. 어린 아이까지 속이고 싶진 않았는데. 아이스크림을 먹고 신이 난 다은이는 집으로 오는 내내 노래를 불러댔다.

"푸른 하늘 은하수 하얀 쪽배엔 계수나무 한 나무 토끼 세 마리."

"틀렸어. 한 마리야."

다은이는 무구한 눈빛으로 나를 한번 올려다보더니 "나, 그네 탈래." 하며 잡은 손을 뿌리치고 놀이터 쪽으로 뛰어갔다. 노란 가방이 등에서 달랑거렸다.

노란 가방에서 식판과 물통을 꺼내 개수대에 담갔다. 이모 화장대 위에 알림장도 펼쳐 놓았다. 우리는 달걀 프라이를 부쳐 저녁을 먹었다. 냉장고에 먹을 수 있는 반찬이라곤 달걀뿐이었다. 김치는 무슨 양념이 들었는지 토가 쏠릴 만큼 비렸고 마른 오징어조림은 너무 딱딱했다. 열 개도 넘는 지퍼백 안엔 안줏거리만 가득했다. 모두 엄마와 이모가 가져다 놓은 것들이었다. 잘게 자른 달걀을 접시에 담았다. 다은이는 혀를 쏙 내밀어 노른자만 뱉어냈다.

설거지를 하는 동안 노랗고 빨간 애벌레들이 나오는 만화를 틀어놓았다. 다은이가 방바닥을 구르며 깔깔 웃었다. 채널마다 예능프로가 한창인 주말 저녁이었다. 나는 고무장갑을 벗어 싱크대에 걸어놓고 리모컨을 집었다. 다은이 곁에 누워 버튼을 조작했다. 리모컨을 다리 밑에 숨기고 일부러 크게 웃었다. 다은이는 오 초쯤 화면을 응시하다가 떼를 쓰기 시작했다.

"어, 저 오빠 봐. 다은아, 진짜 웃기지 않니?"

"싫어. 라바, 라바 틀어줘."

"언니도 좀 보자."

"싫어. 내 거야. 리모컨 내놔!"

아이는 악을 쓰며 내 몸 여기저기를 함부로 때렸다.

씨발. 나는 낮게 욕설을 내뱉었다. 리모컨을 벽에 던져버리고 작은방으로 와 문을 닫았다. 아이는 계속 깔깔거렸다. 나는 귀를 막고 악악 소리를 질렀다. 휴대폰이라도 있었다면 기분이 이렇게 거지 같진 않았을 텐데. 친구들과 잡담하고 게임도 하고 셀카 찍어 공유하고 손가락이 부러져라 '좋아요'도 눌러주고……. 엄마는 일 년만 기다리라고 했다. 내년이면 휴대폰도 사주고 검정고시학원에도 보내준다고, 그러려고 밤에도 일을 다니는 거라고 했다.

"언니…… 우리 같이 보자."

웃음소리가 그치고 잠시 뒤 다은이가 방문을 열었다.

"풍선 만화 보자."

풍선 만화라는 말에, 나는 못 이기는 척 리모컨을 받아들었다.

영화 카테고리에서 목록을 골랐다. 몇 개 되진 않지만 딸내미를 위해 이모가 사둔 애니메이션들이었다. 다은이가 냉장고에서 지퍼백을 꺼내왔다.

우리는 땅콩과 말린 바나나와 눅눅한 오징어채 따위를 질겅거리며 영화가 시작되길 기다렸다.

호호백발 할아버지가 수천 개의 풍선을 집에 매달아 하늘을 난다. 파라다이스 폭포 위에 집을 짓고 살자던, 죽은 할머니와의 약속을 지키기 위해서다. 우여곡절 끝에 할아버지는 모험심 강한 꼬마와 함께 파라다이스 폭포 건너편에 도착하고, 그들이 폭포 위까지 집을 끌고 가는 여정에선 또 다른 모험이 펼쳐진다.

처음 보았을 때부터 그 폭포가 강한 인상으로 남았다. 다은이는 할아버지 집이 풍선을 달고 나는 장면이 제일 좋았다고 했다.

"우리 집도 풍선에 매달려 날았으면 좋겠다."

다은이가 지퍼백 하나를 더 꺼내왔다.

"바보야. 아파트를 통째로?"

"풍선을 더 많이 불면 되잖아."

"입 아파. 힘들어서 못 해."

"여기 사는 사람들 다 같이 모여서 큰 풍선 많이 불면 돼."

다은이는 눈을 동그랗게 뜨고 '큰'과 '많이'를 길게 발음하며 한껏 팔을 벌렸다.

쾅쾅쾅쾅.

짜증이 잔뜩 실린 노크 소리였다.

검정 라운드 티셔츠에 청바지 차림의 아저씨가 성큼 안으로 들어섰다. 최소 서너 번, 응답 없는 초인종을 누른 뒤끝이어선지 방문객들의 첫인상은 늘 화가 난 얼굴이었다. 삐죽삐죽 다듬지 않은 콧수염이 지저분했고 입술은 시든 홍시 색깔이었다. 이런 손님이라면 따갑고 냄새가 날 것 같았다.

"누구세요?"

아저씨는 나를 빤히 쳐다보기만 했다.

"넌 누구냐?"

"아빠."

다은이가 뛰어나왔다. 좁다란 주방 한가운데서, 그가 아이를 번쩍 안아 올렸다.

"잘 있었어? 우리 딸!"

그러더니 품에 안긴 다은이의 엉덩이를 팡팡 두드리고 뺨에 뽀뽀를 해댔다. 나는 인사를 해야 할지 말아야 할지 잠깐 망설였다. 아저씨는 나를 힐긋 돌아보곤 아이를 안고 안방으로 들어가 버렸다.

다은이 아빠면, 내겐 이모부가 되는 건가. 작은방에 웅크려 누워 그런 생각을 했다.

"애 아빨 보내면 되잖아?"

엄마 목소리에 잠이 깼다. 미닫이 문밖이 훤했다.

"오늘 왔었다며."

무언가를 오도독 깨무는 소리가 났다.

"그 자식 얘긴 꺼내지도 마니까! 개새끼 돈 떨어져서 그래. 앞으론 절대 문 열어주지 말라고 해."

금요일 오후로 예정된 어린이집 참관 수업 때문인 것 같았다. 엄마도 이모도 낮번 일터인 마트와 식당에서 시간을 빼기가 어렵다고 한다.

"그런 날은 부모가 있어 줘야 하는데……."

이모는 말을 못 마치고 한숨을 쉬었다.

"강릉 다녀온 지 얼마 안 돼서 휴가 또 못 내."

"나도 지난주에 엄마 제사 때문에 정읍 갔다 왔잖아."

"그런 건 저녁에 좀 하면 안 되나?"

또 한숨 소리가 났다.

다은이에 관한 거라면 어차피 내 소관인데 왜들 걱정일까. 지루한 신세타령만 듣고 있자니 잠이 몰려왔다.

새벽 술판이 벌어지면 나는 오줌이 마려워도 참으며 바깥 이야기에 귀를 기울였다. 엄마는 내게 비밀이 많아지면서 이모와 점점 가까워졌다. 그들이 자주 쓰는 단어는 '더러운 손'과 '돈'이었다. 엄마든 이모든 말을 많이 한 사람이 결국 울음을 터트리거나 욕을 해댔다. 가끔은 노래를 부르기도 했다. 두 사람이 서로 마주앉을 수 있는 날은 드물었지만 그때마다 좁은 주방엔 소반이 차려졌다.

다은이 아빠가 가고 난 뒤 다은이가 내게 물었다.

언니 아빠 어디 있어? 죽었어?

아니. 언니 아빠 멀리에 있어.

그럼 언제 만나?

몰라.

언니 아빠 잘생겼어?

지저분한 콧수염이 다은이 뺨에 입술을 비비는 장면이 아스라했다.

우리는 방에서 일한다. 방에서 일해 번 돈으로 세를 내고 빚을 갚고 몰래 저축을 한다. 엄마는 내게 식당 일을 새벽까지 연장한다 말했고 나는 엄마에게 하루 네 시간 편의점 알바를 시작했다 둘러댔다. 엄마가 방에서 무어라 불리고 무엇을 빌려주는지 그건 잘 모르겠다. 알고 싶지도 않다. 엔젤은 방에서 입과 손을 빌려준다. 실장은 엔젤에게 다른 것도 빌려주라고, 그러면 더 빨리 원하는 돈을 모을 수 있다고 했다.

카운터에서 하늘색 넥타이를 봤다. 그는 오늘 보라색 티셔츠에 베이지색 면바지 차림이다. 나와 눈이 마주치자 얼굴을 붉히며 고개를 숙였다. 실장이 그에게 '머리를 잡는 건 허용하지 않는다'는 주의사항을 일러줬다. 카드로 계산을 마친 그가 양치질하러 세면실로 들어갔다. 실장은 내게 오늘은 간호사복을 입으라고 했다.

엉덩이 부분에 누런 얼룩이 묻어 있다. 밑단부터 가슴까지 단추가 달린 간호사복은 하얀색이기 때문에 때가 많이 탄다. 수지 언니가 입으면 단추가 떨어지고 효린 언니가 입으면 더러운 자국이 생긴다. 요즘 병원에서는 하늘색이나 분홍색 바지 유니폼을 입는데 이런 옷은 대체 어디서 구해오는지 모르겠다.

보라색 티셔츠는 오늘 등받이가 없는 딱딱한 스툴에 앉아 있다. 타이머를 한 시간에 맞췄다. 키스와 대화만으로 한 시간을 채우기 힘들다는 건 언니들에게 들어 알고 있다. 차라리 일을 빨리 끝내는 게 덜 피곤하고, 나 같은 매니저가 도와주는 게 더 수월하다는 것도.

실장의 은근한 눈빛에 처음엔 도리질을 했었다. 그는 금세 얼굴을 일그러트리며 목소리를 깔았다. 일하기 싫으냐? 오늘 조퇴한다며. 나가리 타임 제일 많은 건 알지? 게다가 네 첫 단골이라구. 남의 영업 망칠 일 있어? 엉?

보라색 티셔츠는 내가 내민 음료 잔을 받으며 자기 옆의 스툴을 손으로 탁탁 내리쳤다.

오늘따라 그는 말이 많았다. 두 타임을 끊은 이유가 정말 '대화'가 고파서인 듯. 자기는 음악을 만드는 일을 한다고, 그러나 곡이 아닌 가사를 짓는 사람이라며, 최근에 어떤 테마의 노래를 의뢰받았는데 그에 맞는 내용이 떠오르지 않아 초조하다고 했다.

"사람들의 마음에 위로와 평안을 주고 오래도록 불릴 수 있는 노래를 만들고 싶어요."

나는 애인처럼 그에게 팔짱을 꼈고 가끔 고개도 끄덕여주었다. 담배를 피워도 되냐고 해서 재떨이를 가져다주기도 했다. 삼십 분 알람이 울렸다.

쓸데없는 질문이나 저질스런 잡담이 아니어서 좋았다. 오늘이 두 번째였지만 며칠이 지나면 얼굴이 기억나지 않을 정도로 평범한 외모였다. 그는 연거푸 담배를 피워댔다. 사십오 분 알람이 울렸을 때 그가 "밖에서 만날 수 있어요?"라고 물었다. 나는 학업 때문에 시간이 없다고 답했다. 갑자기 그가 입술을 덮쳐왔다. 손으로는 치마 밑을 헤집으면서.

무릎이라도 꿇어 봐요.

월급이랑 퇴직금을 받지 못했다며 노동부에 진정서를 낸 여직원은 팔짱을 낀 채 아빠를 꼬나보았다. 돈이 준비되면 제일 먼저 갚을 터이니 고소를 취하해 달라는 아빠의 사정에도 얼음 같은 표정은 바뀌지 않았다. 구십 킬로그램이 넘는 아빠가 사십 킬로그램이나 될까 말까 한 그녀 앞에 무릎을 꿇었다. 아빠가 십 년 넘게 운영

해오던 회사가 부도났고, 자세한 사정은 말해주지 않아 모르지만 그 때문에 어마어마한 빚이 생겼다. 너저분한 회사 비품들 가운데 쓸 만한 것들을 추려오라는 엄마의 명령을 받고 간 날이었다. 사무실 아빠의 방 문틈으로 나는 그 장면을 똑똑히 보았다. 말라깽이 여자를 악마의 계곡으로 밀어버리고 싶었다.

아빠와 함께 마지막으로 본 영화가 그것이었다. 초등학교 5학년 여름방학 때였는데, 그때부터 회사가 안 좋았는지 우리 가족은 여느 해와 다르게 극장 나들이와 외식으로 바캉스를 때웠다. 그날 나는 집에 돌아와 인터넷으로 파라다이스 폭포를 검색했다. 영화의 실제 모델이 된 폭포의 진짜 이름은 '엔젤'이었다. 세계에서 가장 높은 폭포라고 했다. 낙차가 무려 천 미터에 가까워, 폭포수가 바닥에 이르기 전에 물방울들은 사방으로 흩어져 안개와 구름이 된다. 내 얘기를 듣고 친구들은 '뭐래'라며 냄새나는 순대 먹은 표정을 지었지만 그날부터 나는 엔젤 폭포에 빠져버렸다. 물이 없어 그렇게 불리는지 악마의 계곡이라 물이 닿지 않는 건지 모르지만 계곡 이름도 멋지게 느껴졌다. 아빠는 언젠가 나를 꼭 그곳에 데려가 주겠다고 약속했다.

악마의 계곡으로 떨어져도 안개가 되어 다시 날아오르는 엔젤.

그가 내 머리채를 손으로 움켜잡았다.

여기서 넌 엔젤일 뿐이야. 언니들은 그렇게 생각하면 마음이 좀 편해질 거라고 했다. 머릿속으로 파라다이스, 아니 엔젤 폭포를 떠올리려고 했지만 잘 되지 않았다.

양치질을 했는데도 속이 울렁거렸다. 나는 꾸엑꾸엑 구역질을 하며 탈의실 재떨이에 침을 뱉어댔다. 효린 언니가 뒤에서 나를 꼭 안아주었다. 등에 닿는 푹신한 감촉이 나쁘지 않았다. 헛구역질 때문인지 눈물이 계속 흘렀다. 옷을 갈아입고 얼음을 물고, 입술에 빨간 립글로스를 발랐다.

　어린이집 강당에선 공개수업이 한창이었다. 손바닥만 한 나무 의자와 캐릭터 매트 위에 앉은 어른들은 반 이상이 할머니들이고 그 나머지가 엄마 아빠 들이었다. 무대 위에서 아이들이 영어 노래에 맞춰 율동을 하고 있었다. 어른들은 제각각 휴대폰이며 카메라로 제 아이를 찍는 데 열중했다. 다은이는 보이지 않았다. 나는 출입문 옆에 엉거주춤 서서 주위를 둘러보았다. 문 앞에 서 있던 선생님이 다가와 알은 체를 했다.
　"다은이는 다음 순서예요."
　음악이 멈추고 아이들이 일렬로 서서 인사를 했다. 어른들의 박수갈채가 길게 이어졌다. 나도 몇 번 손뼉을 쳤다.
　새로이 등장한 여덟 명의 아이들이 무대 바닥에 나란히 앉았다. 저마다 손에 동화책 한 권씩을 들고 있었다. 사내아이 둘은 턱시도 차림이고 여자아이 다섯은 분홍, 노랑, 하얀색의 드레스를 입었다. 왕관 같은 머리띠를 두른 계집아이도 있다. 여섯 번째 아이는 검정 쫄바지에 파란 줄무늬 티셔츠를 입었다.
　첫 번째 아이가 책을 읽기 시작했다. 여섯 번째 아이는 겁먹은 표정으로 좌중을 훑는다. 아이의 시선이 비껴간다. 페이지가 넘어가면 두 번째, 세 번째 아이가 차례를 이었다. 나는 번쩍 손을 들어

보였다. 아이가 고개를 떨어뜨린다. 더듬더듬 작은 목소리도 있고 웅변하듯 소리치는 아이도 있고 구연가처럼 표정과 몸짓을 섞는 아이도 있다. 다섯 번째 아이가 읽기를 마쳤다. 여섯 번째 아이는 미동도 않는다.

"다은이가 읽을 차례지요?"

선생님의 부드러운 다그침에도 아이는 입을 굳게 다물고 있다. 붉어진 얼굴에 시선들이 내리꽂힌다. 어른들이 소곤거린다. 일곱 번째 아이가 멀뚱멀뚱한 표정으로 여섯 번째 아이를 쳐다본다. 급기야 나와 눈이 마주친 다은이가 울음을 터트린다.

나는 어른들의 엉덩이 사이를 골라 디디며 무대 앞으로 걸어나갔다. 웅성거리는 어른들 앞에서 선생님이 뭐라 설명을 한다. "누구네 아이지?", "엄마가 안 오셨나 보네." 말들의 틈에 "109동 산대."라는 소리가 귀에 선명하다. 나는 아이를 들어 안고 무대를 내려왔다.

다은이를 전철역 앞 아이스크림 가게로 데려갔다. 네 가지 맛을 한 통에 담아 숟가락으로 푹푹 찔러 퍼먹었다. 녹아버린 찌꺼기는 다은이가 통째 들고 마셨다. 메스꺼움을 참으며 창밖을 내다보았다. 다은이네 아파트 단지가 보였다. 마지막 동이면서 맨 꼭대기에 있는 109동은 출입구도 주차장도 놀이터도 따로 쓴다. 쓰레기도 따로 모은다. 109동엔 삼대가 함께 모여 사는 집도 있고 편부모 가정도 있고 혼자 사는 할머니 할아버지도 있다. 노인정엔 109동 노인들만 득시글거린다. 놀이터엔 109동 아이들만 뛰어다닌다. 아랫동의 노인들은 자기들만의 쉼터가 있고, 아이들은 엄마에게 혼날 것이 두려워 그곳에 얼씬거리지도 못한다.

109동을 매달고 날려면 풍선들로는 어림도 없을 거다. 커다란 열기구 같은 거라면 몰라도.

"엄마한테 말하지 마."

나는 고개를 크게 끄덕여주었다.

아이스크림을 먹고 기분이 좋아졌는지 올라오는 내내 다은이는 노래를 불렀다. '뿡뿡이'도 부르고 '곰 세 마리'도 부르고 '꼬마버스 타요'도 불렀다. 나도 같이 따라 불렀다.

"푸른 하늘 은하수 하얀 쪽배엔 계수나무 한 나무 토끼 세 마리."

"한 마리라니까."

"세 마리야."

"누가 그래?"

"한 마리는 지져 먹고 한 마리는 볶아 먹고."

나는 걸음을 멈추고 서서 아이를 돌려세웠다. 내 손을 뿌리친 다은이가 마지막 소절을 부르며 앞으로 뛰어갔다.

"한 마리는 도망간다. 지옥의 나라로."

오늘따라 방 안에 울리는 음악 소리가 시끄럽다. 타이머를 한 시간 삼십 분에 맞춘다. 몸무게가 백 킬로는 넘어 보이는 손님이 소파에 앉아 고개를 숙이고 있다. 옆에 앉아 팔짱을 꼈더니 놀란 듯 나를 돌아본다. 여드름이 백 개는 되는 것 같다. 나는 입안에 든 얼음을 스릅 슙, 빨며 그가 말을 꺼내길 기다린다. 익숙한 질문과 대답이 오간다. 잠시 침묵이 흐른다.

"재떨이 필요하세요?"

"안 피워요."

혓바닥에도 여드름이 돋은 듯 까슬까슬하다. 잠시 뒤 그는 손등으로 침을 닦으며 자세를 고쳐 앉는다. 삼십 분 알람이 울린다.

"아직 수험생이에요."

대학을 졸업한 뒤 삼 년째 취업을 준비 중이라고 했다. 학원과 독서실을 오가는 일상이 몸에 익어 이제는 오히려 취직이 될까 봐 두렵다고 털어놓는다. 멋쩍은 듯 머리를 긁적이며 웃는다. 점점 멀어지는 친구들과 같은 과목 수업을 듣는 여자 이야기를 시작한다. 옷차림이 달라지고 술자리 메뉴가 바뀌고 말투마저 재수 없게 변해버린 친구들과 도대체 누구의 애인인지 매번 다른 남자와 데이트를 즐기는 여자에 대해.

하품이 나면서도 나는 점점 불안해진다.

등받이에 비스듬히 기대 있던 그가 같이 눕자고 말한다.

"그냥 안고만 있을게요."

밖으로 나가 얼음을 가져오고 싶다.

팔베개는 푹신하고 따뜻했다. 그는 내 머리칼을 귀 뒤로 쓸어 넘겨주며 입을 맞췄다. 나는 주춤주춤 그의 아래를 어루만졌다. 두 배 더 벌 수 있다니까. 실장의 갈라진 목소리와 바싹 마른 계곡 밑이 떠올랐다. 어둡고 메말라 어떤 것도 살아남을 수 없을 것 같은 그곳.

"이런 건 다른 데 가서도 할 수 있어요."

그가 내 손을 끌어다 자기 가슴에 얹으며 한숨을 쉬었다.

고르게 오르내리는 숨소리와 진동을 느끼며 나는 눈을 감았다. 널따란 품에서 아빠 냄새가 나는 것 같았다. 음악 소리가 점점 멀어졌다. 종료 알람이 울릴 때까지 우리는 달콤한 잠에 빠져 있었다.

집으로 돌아와선 캐리어 안주머니를 털어 은행 시디기에 입금했다. 오늘 받은 것까지 더해 육십만 원이나 됐다.

안방에 누워 티브이 채널을 돌려 보았다. 예능프로는 시끄럽고 드라마는 유치하고 영화나 다큐멘터리는 지루했다. 오징어채를 질겅거리다가 얼음을 물었다가 인상을 찌푸리며 싱크대에 침을 뱉었다.

모처럼 혼자만의 시간인데 생각보다 신나지 않았다.

다은이는 숙모 집에 갔다. 또래 사촌이 셋이나 있는 그곳에서 며칠 지내다 올 거라 했다. 어린이집에 가지 않겠다며 버티는 이유를 이모가 선생님과의 통화로 알아내고 세운 대책이었다. 돌아오면 다시 어린이집에 가겠다고, 다은이는 이모와 손가락을 걸고 약속했다.

얌전한 박자의 노크 소리에 눈을 떴다. 관리사무소 아저씨도 택배 아저씨도 모두 퇴근했을 시간이었다.

조금 센 강도와 빠르기로, 다시 문 두드리는 소리가 났다. 가만히 있으려니까 점점 더 신경질적인 충격음이 들려왔다. 그리고 보니 방마다 불이 다 켜져 있다. 하는 수 없이 일어나 현관문을 열었다.

다은이 아빠가 나를 노려보았다. 가쁜 날숨으로 술 냄새를 뿜어대면서. 나는 슬쩍 뒤로 물러섰다.

"다은인 외삼촌 집에 갔는데요."

아저씨가 불쑥 안으로 들어섰다. 이모에게 알려줘야 했지만 나에겐, 그리고 이 집 안엔 전화기가 없다. 안방으로 향하는 뒷모습을 보고 작은방으로 들어와 문을 잠갔다.

문밖에서 티브이 소리가 크게 났다.

냉장고 문을 여닫는 소리, 벌컥벌컥 물 마시는 소리, 주방과 안방을 바쁘게 오가는 소리, 쉭쉭거리는 숨소리, 작은방 손잡이를 비트는 소리. 다급하게 두방망이질치는 심장 고동 소리.

한 번, 두 번, 세 번, 네 번…… 소리가 멈췄다. 발소리가 멀어졌다. 잠시 뒤 서랍 여닫는 소리가 났다. 화장대인지 싱크대인지 신발장 쪽인지 알 수 없었다. 어깨를 곤추세우고 웅크려 있던 나는 벌떡 일어나 문을 열고 밖으로 튀어나갔다. 다행히 현관문은 잠겨 있지 않았다. 맨발로 뛰었다. 쓰레기집을 지나 엘리베이터를 탔고, 109동 출입구를 나와 근린공원 쪽으로, 온 힘을 다해 달음질쳤다. 언덕길 중간쯤에서 밤 산책을 나온 어른들과 마주쳤다. 숨을 헐떡이며 땅바닥에 주저앉았다. "괜찮니?" 선캡을 눌러쓴 아줌마가 다가와 물었다. 뒤따라오는 사람은 없었다.

눅눅한 바람이 콧속으로 스며든다. 날이 밝기 전에 비가 올 것 같다. 엔젤 폭포보다 더 높은 곳에서 떨어지는데, 비는 왜 땅바닥에 내리박힐까.

어제 오전에 다은이 아빠가 또 다녀갔다. 이모가 문을 열어주었는데, 그는 놀랐는지 화가 났는지 부릅뜬 눈으로 우리를 쏘아보았다. 나는 아무렇지 않은 척 다은이를 데리고 집을 나왔다. 오후에 돌아와 보니 이모는 출근도 하지 않고 혼자 술을 마시고 있었다. 다은이는 노란 가방을 등에 멘 채 이모 품을 파고들었다. 언니랑 나가서 놀아. 이모가 아이를 떠밀었다.

다은이와 숨바꼭질을 했다. 냉장고에 머리를 대고 열을 세었다. 이모의 등 뒤로 까치발을 들고 지나쳐 다녔다. 아이는 좁은 베란다 구석이나 작은방 문 뒤에서 발견되었다. 애초부터 숨을 곳이 많지 않았다. 나는 일부러 아이의 머리카락을, 분홍 양말을, 작은 어깨를, 못 본 척했다. 마지막 장소는 안방 장롱이었다. 못 찾겠어, 이제 그만 나와. 장롱문을 열고 나온 다은이는 온몸이 땀에 흠뻑 젖어 있었다. 이것 봐, 언니. 아이가 손에 쥔 탬버린을 흔들어댔다.

이모가 탬버린을 빼앗더니 그것으로 아이 엉덩이를 갈겼다. 엄마가 이딴 것 만지지 말랬지! 경쾌한 소리와 함께 불빛이 깜빡거렸다. 다은이가 울음을 터트렸고, 이모는 금세 아이를 안고 어르기 시작했다.

나는 작은방에 처박혀 엄마를 기다리다 잠이 들었다.

"당장 이 집에서 나가라고!"

무언가 부딪치고 깨지는 소리에 잠이 깼다. 이모 목소리엔 취기가 가득했다.

"무슨 일이야? 왜 그러는데?"

"니들 때문에 우리까지 쫓겨나게 생겼잖아."

"알아듣게 설명해 봐. 그게 무슨 말이야?"

엄마가 떨리는 목소리로 물었다.

"그 개새끼가 다 꼰질러버리겠대!"

"아니, 도대체 왜?"

"내가 알아? 돈 때문인지 뭣 때문인지."

우리에게 방을 빌려준 사실이 들통 나면 이모는 큰 액수의 벌금을 내야 하고 어쩌면 감옥에 가게 될지도 모른다. 임대주택 세입자 신분이면서 몰래 세를 놓아 법을 어겼기 때문이라고 했다.

"설마, 다은이가 있는데 그렇게까지 하겠어?"

"그 꼴통 양아치 새끼, 애 아빠 아니란 말이야."

이모가 목소리를 낮췄다.

한숨 소리, 술잔 부딪히는 소리, 조용히 흐느끼는 소리가 계속되었다.

"어떡해. 이제 우린 어떡해……."

엄마도 울었다. 많이 울었다. 아빠가 징역형을 받고 강릉으로 떠나던 날보다 더 많이.

방문을 비틀던 소리, 열쇠를 찾아 서랍을 뒤지던 소리…… 나는 깜깜한 허공을 쏘아보며 이를 악물었다.

냉장고와 벽에 쿵쿵 몸을 부딪쳐가며 엄마가 들어왔다. 문을 열고 한 발짝 들인 뒤 그대로 엎어져 버렸다. 엄마를 바로 눕히고 배에 이불을 덮어주었다. 배가 차가우면 다음 날 꼭 탈이 난다. 좁은 방에 술 냄새가 진동했다.

바닥에 나뒹구는 컵, 불은 면발, 마른안주 부스러기, 김치 조각…… 소주병엔 술이 반쯤 남아 있었다. 나는 잠깐 망설이다가 그것을 싱크대에 쏟아버렸다.

주방을 정리한 뒤 조용히 현관 밖 복도로 나왔다.

이제 우린 방을 옮겨야 할 것 같아. 여기보다 더 넓고 안전한 곳으로. 귀신집도 쓰레기집도 없는 데로 말이야. 다은이를 두고 가는 게 걱정되긴 하지만. 그런데 아빠, 풍선 할아버지처럼 아빠도 나랑 했던 약속 꼭 지킬 거지? 사랑해 아빠.

구름이 몸을 뒤틀며 무거운 신음을 냈다.

수지 언니 말로는, 어디든 방을 구하려면 최소 오백만 원은 필요하다고 했다. 머릿속으로 어제치 잔액을 헤아렸다. 엄마가 나처럼 몰래 모아둔 돈이 있다면 가능할까. 그럼 아빠는, 무릎을 꿇고 고개를 숙이던 아빠는 어쩌지.

내가 할 수 있는 일이 뭘까. 다시 찬찬히 생각을 가다듬었다.

실장의 재수 없는 웃음소리가 떠올랐다. 처음만 어렵지. 일단 나가기 시작하면 너도 재미 붙을 거야……. 얼음이라도 물고 나올걸, 후회됐다.

그래. 나는 엔젤이니까.

굵은 빗방울이 이마를 후려쳤다. 짧은 순간, 검고 긴 무언가가 왼쪽 시야에서 곤두박질쳤다. 믿을 수 없이 빠른 속도였다. 눈으로는 아무것도 쫓을 수 없었다.

그것은 소리이기도 진동이기도 했다.

퍼즐

도현은 1번 가로 행의 답을 '유해'라고 적어 넣었다. 볼펜 똥이 뭉개진 'ㅎ'자가 해골 같았다. 잡지를 덮고 누워 코밑까지 이불을 끌어올렸다. 전기요나 매트리스쯤 저렴한 걸로 하나 장만해버릴까. 요 며칠 그런 생각이 들기도 했다. 형광등을 끄고 눈을 감았다. 창과 문을 단단히 여몄는데도 커튼 자락이 연신 팔랑거렸다.

시신이 발견된 곳은 산 아래 공동묘지 근처라고 했다. 끊이지 않는 집안의 우환 때문에 이장(移葬)을 결심한 자손들이 조상 묘에 제를 올린 뒤 흙을 파내고 있을 때였다. 웃자란 잡풀 뒤에서 소변을 보고 올라온 남자가 자기 형에게 귓속말을 했다. 형은 엄한 표정으로 동생을 나무랐고, 개장(改葬) 절차가 모두 끝난 뒤 동생이 가리킨 곳으로 내려가 보았다.

신고전화를 받았을 때 도현은 파리한 낯빛으로 미영을 돌아보았다. 면장과 파출소장과 주무관들 여럿이 현장으로 출동했고, 주민센터 안은 오후 내 술렁였다. 소지품이라곤 셔츠 주머니에서 나온

꼬깃꼬깃한 쪽지뿐이었다. 수신인도 발신인도 날짜도 없었다. 다만 자신을 어디든 높은 곳에 뿌려달라는, 유언 같은 내용만 삐뚜름한 글씨로 쓰여 있었다. 근처에서 발견된 소주병의 제조 일자로 보아 사망 추정일은 일 년을 넘지 않을 거라 했다. 검시 결과 신원이 밝혀지고 가족을 찾게 되면 유서 같은 쪽지도 전달될 것이었다. 식사 시간이나 휴식 시간은 물론 근무 중에도 짬짬이 그런 얘기들이 오갔다. 새로운 소식이 들어올 때마다 미영은 의자를 옆으로 돌리고 앉아 소곤거렸다. 변사자 신원이 밝혀졌대…… 유족이 주검 인수를 거부한다나 봐……. 도현은 업무편람의 책장을 넘기거나 결재 서류를 분류하면서, 혹은 일지를 쓰면서 고개를 끄덕거렸다. 유해의 뒤처리는 경찰서 소관이었고 어쨌거나 그런 일은 한낱 짧은 뉴스거리일 뿐이었다.

그즈음 지안의 합격 소식을 들었다.

드디어 시민의 손과 발이 되었구나. 축하한다.

연수 끝나고 시간 되면 한번 내려갈게.

집에 부모님이 와있다며 그녀가 서둘러 전화를 끊었다. 그는 한동안 벽에 등을 기대고 앉아 있었다. 차가웠다. 몇 번 한숨을 내쉬었고, 그때마다 몸이 아래로 처졌다. 외투를 걸치고 밖으로 나섰다. 담배를 사려고 한 시간 넘게 돌아다녔지만 그 밤 문을 연 상점은 아무 데도 없었다.

유해에서 시작된 생각이 어느새 또 지안에게까지 미쳤다. 물리적으로는 이백육십 킬로미터가 넘는 거리였다. 도현은 일어나 담배를 꺼내 물었다. 창문을 열고 연기를 내뿜으며, 검고 높은 산등

을 눈으로 쫓았다. 겹겹으로 에워싸인 형국이 어디나 마찬가지라
는 생각이 들었다. 바람이 자꾸 얼굴을 후려쳤다. 너도나도 꽃 소
식에 안달했지만 4월이 되고부터 골에는 비와 바람과 구름만 오갔
다. 다시 창을 닫고 커튼을 여몄다.

　봄꽃이 활짝 핀 밤이면 도현과 지안은 근린공원 전망대에 오르
곤 했다. 고시촌을 따라 이어진 골목 중 가장 좁고 가파른 길을 통
해서였다. 언제부턴가 그는 뭐든 오래 걸리는 걸 꺼리게 되었다.
그들은 난간에 팔을 걸고 나란히 서서 가쁜 숨을 고르며 도심의 밤
과 꽃을 내려다보았다. 서로의 등을 쓰다듬는 손길은 언제나 따뜻
했다.

　가끔 막막한 기분을 견딜 수 없을 땐 고시원에서 라면 냄비를 놓
고 마주앉아 술을 마셨다. 빽빽한 강의실 빈자리를 찾아 기웃거릴
때, 독서실 칸막이에 머리를 기대고 예상문제집을 풀 때, 조미료
범벅 반찬들을 식판에 덜어 담을 때, 노량진역 육교 위에서 불꽃쇼
를 구경하며 오들거릴 때, 사진관 아저씨의 '웃어요.' 주문에 입꼬
리를 끌어올릴 때, 깊은 밤 검은 물살을 내려다보며 한강대교를 건
널 때…… 그들은 늘 함께였다.

　축하해.

　눈구름이 무겁게 내려앉은 날, 언 강을 내려다보며 지안은 차가
운 목소리로 말했다.

　본적지 응시 제도가 곧 폐지될 거라는 예고에 마음이 다급해졌
었다. 그즈음 미끄러진 카드회사의 계약직 면접 때문인지도 몰랐
다. 그녀에겐 말도 못 꺼내고 치른 시험이었다. 시골이면 어떻고

외딴 섬이면 어때. 지금 물불을 가릴 땐가. 이제 머잖아 마흔인데, 이러다 영영 붙지 못하면……. 그는 점점 자신을 믿지 않게 되었다. 조금만 더 고생하면 꽃 같은 앞날이 펼쳐지리란 기대도 사그라진 지 오래였다. 합격 사실을 확인했을 땐 방문을 걸어 잠그고 꼬박 하루를 누워만 있었다. 다음 날 아침 일찍 수험서를 모조리 내다 버린 뒤, 지안을 만나러 갔다.

부임지가 아니라 유배지로 밀려난 느낌이야.

짐짓 투덜대며 그녀의 눈치를 살폈다.

축하해.

지안은 더는 아무 말도 하지 않았다.

약속을 저버린 건 그녀가 아니라 자신일지도 몰랐다.

아침 일찍부터 민원전화가 빗발쳤다. 대부분 기초노령연금이나 영유아보육비, 사료구매자금 신청에 관한 문의였다. 그들의 높은 억양과 화난 듯한 말투와 알아듣기 힘든 사투리를 해독하느라 도현은 몇 번이고 되묻기를 거듭했다. 관련 규정집과 매뉴얼을 뒤적여 겨우 통화를 끝내고 나면 또다시 전화벨이 울렸다. 셋째 아이 출산장려금 지급 절차를 묻는 여자도 있었다. 한국어가 서툴렀고, 세 아이의 엄마라기엔 다소 앳된 말씨였다. 귓가에 언뜻 지안의 목소리가 스쳤다. 이곳에도 젊은 세대가 살고 있느냐 묻던.

집들이 겸 축하파티를 해준다며 공시 스터디 동기들이 몰려온 날이었다. 모두 하룻밤 자고 갈 계획이었는데 그녀 혼자 다음 날 약속이 있다며 고집을 부렸다. 터미널 대합실 의자에 웅크리고 앉아, 너도 주소지를 옮겨 놓으면 합격이 어렵진 않을 거라고, 취기를 빌려 말을 꺼냈을 때였다. 축하를 전하던 때보다 더 먼 말투로 그녀가 말했다. 여긴 노인들만 사는 데잖아.

전화벨 소리는 점심시간이 다 되어서야 잦아들었다. 오후엔 내일 이장회의 때 쓰일 자료들을 준비해야 했다. 도현은 서둘러 식사를 마치고 돌아와 각 부서에서 취합한 문서들을 출력하고 복사하고 짜깁기했다. 동료들은 저마다 산불 예방 홍보다, 독거노인 실태조사다, 민원인 면담이다, 외근을 핑계로 하나둘씩 자리를 뜨고 없었다. 전기 목책 사고 전화를 받고 미영마저 나가버리자 민원실이 텅 비었다. 산짐승을 막으려고 쳐둔 울타리에 지나가던 노인이 넘어지면서 몸을 스쳤다 했다.

도현은 복사기 용지를 채운 뒤 트레이를 탁, 소리 나게 닫았다. 면장실에서 인터폰이 왔다. 서류 뭉치를 아무 책상에나 던져놓고 탕비실로 뛰어가 전기포트의 스위치를 올렸다. 종이 필터에 원두 가루를 덜다가 커피 통을 엎었다. 신음처럼 욕설이 튀어나왔다. 커피를 들고 내려오는데 팩스 수신음이 울렸다.

문서의 발신처는 경찰서 수사과였다.

제목 : 변사자 시신 인도의 건.

검시 결과 신원이 밝혀진 변사자의 유가족이 유골 인수를 거부하므로 관련법에 따라 해당 지자체에서 그것을 처리하라는 내용이었다.

그는 공문에 접수 도장을 찍어 미영의 책상 위에 올려두었다.

길어진 오후 볕이 민원실 소파에 늘어졌다.

퇴근 시간이 다 되도록 미영은 돌아오지 않았다.

귀갓길에 도현은 장터 문구점에 들러 암기 노트와 빨간색 펜을 샀다. 빗방울이 안경 유리에 점점이 맺혔다. 우산이 필요할 정도는 아니었다. 서둘러 걷는데 언뜻, 오른쪽 시야에 노란 천 조각이 펄럭이는 게 보였다. 그는 내처 걸었고 정류장에 다다라 조금 전 자신이 지나쳐온 자리를 돌아보았다.

'사라진 우리 은애를 찾아주세요.'

화물트럭이 굉음을 내며 지나갔다. 도현은 움찔 몸을 들였다가 다시 고개를 내밀었다.

검고 굵은 고딕체의 글씨 옆엔 두 장의 사진이 인쇄돼 있었다. 하나는 십 대 후반쯤, 다른 하나는 서른 안팎으로 보이는 여자의 얼굴이었다. 나란한 방향에 서 있어선지 작은 글씨들이 잘 보이지 않았다. 그의 머릿속으로 옥외광고물 관리 규정이 떠올랐다.

집으로 돌아와서는 인터넷으로 올해의 공시 일정을 검색했다. 직렬별 시험일이 작년보다 죄다 앞당겨져 있었다. 국가직 9급의 원서 마감일은 일주일 뒤였다. 도현은 온라인 서점에서 수험서를 찾아 장바구니에 닥치는 대로 집어넣었다.

나 다시 공부 시작함.

지안에게 문자메시지를 보내고, 이불을 깔고 엎드려 잡지를 펼쳤다. 합격 통보를 받고 얼마 뒤 친구의 부탁으로 정기구독을 신청한 여행전문지였다. 역시나 커버스토리는 봄꽃에 관한 것이었다. 맨 뒷장 낱말 퍼즐 페이지를 펼쳤다. 문제풀이라면 넌더리가 났지만, 한편으론 그에게 가장 익숙한 일상이기도 했다. 어차피 수험서가 도착하면 그만둬야 할 일이었다.

2번 세로 열에 '해학미'라고 썼다. '미적 범주의 하나로서 풍자와 해학의 수법으로 우스꽝스러운 상황이나 인간상을 구현한다'는 문제였다. 가로 행의 '유해'와도 글자 연결이 알맞았다. 11번 세로 열 '보리수, 박하 따위로 만들며 약초를 말려 만든 차'와 가로 행 '현실을 올바르게 반영하지 않고 그 모습을 왜곡하는 것을 가리키는 루카치의 용어'는 도무지 답이 떠오르지 않았다.

그는 잡지를 덮고 돌아누웠다. 휴대폰을 켰다 끄고 눈을 감았다. 창밖을 휘도는 바람 소리를 들으며 그녀의 연수 기간이 끝날 때쯤 꽃이 필까, 생각했다.

골목 입구에 마티즈가 공회전을 하며 서 있었다. 도현은 비탈길을 뛰어 내려갔다.

"죄송해요. 먼저 나와 있었어야 하는데……."

"괜찮아. 나도 지금 막 왔어."

그가 차에 오르자 미영은 보고 있던 지형도를 뒷좌석으로 던지고 핸들을 돌렸다.

"쉬는 날 근무하려니 귀찮지? 나랏일이란 게 원래 그래."

십여 분쯤 달려 도착한 계곡 주차장에 차가 멈췄다. 미영은 배낭에서 빨간 모자를 꺼내 머리에 쓰고 도현에게도 하나 내밀었다. '산불 조심' 문구가 촌스럽게 노란색 궁서체로 새겨져 있었다. 그는 모자를 손에 쥐고 얼마쯤 거리를 두며 그녀를 뒤따랐다. 울퉁불퉁 미끄러운 바윗길을 미영은 새처럼 총총거리며 올랐다. 레깅스에

반바지 차림으로 등산화를 신었지만 나름 잘 어울린다고 생각했다. 그녀를 이렇게 주의 깊게 바라본 적은 없었다. 오히려 마주친 시선을 다른 곳으로 돌리느라 바빴다. 지나치게 자상한 성격이 부담스러웠고, '요즘 부쩍 예뻐졌네', '연애하는 게 틀림없네', 그녀를 두고 너스레를 떠는 직원들이 의식되기도 해서였다. '드디어 막내 자리를 물려주게 되었잖아요!' 그녀는 동갑내기임에도 멘토를 자처하며 잔소리에 가까운 조언을 일삼았고 업무편람에서 빠진 사례들을 손수 정리해 뽑아다 주는가 하면 틈틈이 그의 책상을 살피며 팔을 걷어붙였다. 가장 난처한 건 그녀가 과일이나 밑반찬들을 계속 챙겨다 주는 일이었다. 한두 번 사양했지만 어차피 혼자 다 못 먹어 그런다며 얼굴을 붉히는 바람에 그도 더는 어쩔 수 없었다. 어떤 날은 고로쇠 물이 든 페트병을 가져오기도 했다. 그는 밍밍하고 느끼하고 단맛이 나는 그것을 한 모금 맛보곤 싱크대 배수구에 쏟아 버렸다.

행락객들이 모인 곳에 이르러 미영은 걸음을 늦추고 자리를 흘끔거렸다. 휴대용 버너를 사용하거나 담배를 피우거나 공터에 불을 놓고 쓰레기를 태우는 행위 등을 단속하는 일이라고 했다. 수고들 하십니다! 낯빛이 불콰한 사내가 그녀의 뒷모습을 위아래로 훑으며 말했다. 도현은 들고 있던 모자를 머리에 쓰고 미영의 뒤에 바짝 붙었다.

나무 지팡이로 바닥을 헤치며 내려오는 길은 어깨를 나란히 하고 걸었다.

다음 장소로 이동하기 위해 그들은 다시 차에 올랐다. 미영은 시동을 걷기 전 도현에게 업무일지를 건넸다. 그는 순찰 내용을 간단히 적고 서명했다. 목록에 표시된 두 번째 행선지는 공동묘지였다.

"참, 경찰서에서 공문이 왔어요."

"알아."

그녀는 삼거리의 주황색 신호를 무시하고 지나쳤다.

"어제 감전사고 처리하느라 파출소에 갔었잖아."

그러고는 한결 낮은 목소리로, 자신이 듣고 온 이야기를 풀어놓았다.

변사자 강민호는 실종자이면서 수배자였다. 중학교 때 가출해 떠돌이가 된 그는 전과 기록이 서너 번 있으며 작년 여름 강도 상해 사건의 용의자로 수배 중이었다. 부모님은 오래전에 세상을 떴고 그의 유일한 혈육인 여동생은 강민호와 열 살 터울이다. 그녀는 무슨 이유에서인지 자신에게는 그런 오빠가 없다며 한사코 부인했고, 담당 경위의 끈질긴 설득이 되풀이되자 급기야 시신포기각서를 우편으로 보내왔다고 한다.

"새삼스러운 일도 아니야."

셔터가 내려진 카센터 마당에 차를 세웠다. 미영은 빨간 모자를 벗어 차에 두고 내렸다. 건물 뒤편으로 난 좁은 언덕 위로 아무렇게나 솟은 봉분들이 보였다. 도현은 조금 멀찍이서 걸으며 담배를 한 대 피웠다. 공중화장실 앞에서 그녀가 걸음을 멈추더니 먼저 올라가라며 손짓을 했다. 그는 주머니 속에서 만지작거리던 휴대폰을 꺼냈다. 메시지 수신함은 텅 비어 있었다. 언덕길을 천천히 오르며 전화번호의 즐겨찾기 목록을 열었다. 손가락을 몇 번 멈칫거리다가 맨 위에 저장된 이름을 눌렀다. 신호음이 길게 이어졌다. 달음질쳐 올라온 미영이 손바닥으로 그의 어깨를 툭 쳤다.

"한식날치곤 좀 한산하지?"

그는 휴대폰을 주머니에 집어넣고 주변을 둘러보았다.

성묘객들이 돗자리를 펴놓고 제를 올리거나 둘러앉아 차례 음식을 먹고 있었다. 볕이 잘 들고 평평한 곳엔 드문드문 비석도 세워져 있었다. 숲이 가깝고 비탈진 자리일수록 봉분들이 헙수룩하고 인적도 뜸했다. 미영은 그쪽을 손가락으로 가리키며 버려진 영혼들 어쩌고 하면서 혀를 찼다.

잡목들 사이로 난 좁은 길을 헤치고 그녀가 계속 앞서 걸었다.

"여기 어디쯤이죠?"

갑자기 왜 그런 생각이 들었는지 그로서도 알 수 없었다. 다만 오빠의 유골을 받지 않겠다는 여동생의 이야기를 듣고 지안이 떠올랐을 뿐이다.

미영은 뜨악한 얼굴로 뒤를 돌아볼 뿐 대답이 없었다. 그러면서도 눈길은 풀숲 근처 어딘가를 더듬거렸다.

홀린 듯 걸음을 놓던 그녀가 돌연 방향을 틀었다. 특근수당으로 점심을 사겠다며 도현의 팔을 붙잡아 끌었다. 얼마쯤 내려가다가 그는 뒤돌아보았다. 츠르르 츠르르. 잔바람에 풀잎 쓸리는 소리가 났다.

식당을 나와서는 구판장에 들러 요구르트와 빵, 막걸리를 사 들고 마을회관으로 갔다. 예상보다 많은 사람이 그곳에 모여 있었다. 여자들은 강당 바닥에 깔개를 깔고 앉아 뜨개질을 하거나 나물 등

속을 다듬으며 잡담을 나누었다. 한쪽에선 화투판을 벌인 할머니들과 막걸리 술판을 벌인 할아버지들이 서로 추렴을 들고 있었다. 모두 미영을 반겼고, 더러는 손을 붙잡고 쓰다듬으며 우야꼬 우야꼬 탄식을 했다. 미영은 도현의 손목을 붙잡고 다니며 두루 인사시켰다.

"앞으로 제 일을 대신 맡아줄 채도현 씨예요. 잘 부탁드립니다."

그는 멀뚱멀뚱한 낯빛으로 고개만 꾸벅여댔다. 악수를 청해온 손들이 하나같이 흐물흐물했다.

집집마다 들러 소방 점검까지 마치고 나니 어느덧 능선 뒤로 해가 이울고 있었다. 미영이 근무일지를 작성하는 동안 도현은 조수석에 앉아 해넘이를 바라보았다. 아직 하늘빛이 밝았지만 우뚝한 봉우리는 금세 어두운 그림자를 풀어놓았다. 휴대폰 문자메시지 창을 열었다. 독백 같은 그의 마지막 말 아래 여백이 그대로였다. 미영이 차에 시동을 걸었다.

"가까운 정류장에 내려주세요."

"혹시, 시간 좀 있어?"

그는 안전벨트를 만지작거리며 망설였다.

"집에 컴퓨터가 먹통이야. 한번 봐줬으면 해서."

갑작스러운 제안이 내키진 않았지만 딱히 핑곗거리도 떠오르지 않았다. 그는 시트에 몸을 기대며 심드렁히 답했다.

"그래요 뭐."

어둑한 도로를 달리는 동안은 고개를 끄덕이며 졸았다.

장터 오거리를 지날 때 얼핏 차창 밖으로 펄럭이는 플래카드가 보였다.

그는 창문을 열고 얼굴을 내밀었다. 습한 바람에 단내가 어렴풋
했다.

"저거, 허가받은 건가요?"

"뭐가?"

"현수막이요. 실종인 찾는다는."

"아…… 고은애?"

미영의 표정이 굳어졌다.

"대행업체가 알아서 잘 관리하고 있지. 그 아이 잃고 오 년 뒤엔
가, 식구들 모두 도시로 이사 나갔다고 들었어."

시장 근처의 불 꺼진 상점들을 지나 연립주택 주차장에 차를 세
웠다.

한 층에 여섯 가구씩 배치된 3층짜리 건물이었다. 미영이 앞장
서 계단을 올랐고 202호 현관문에 열쇠를 꽂았다. 그녀가 실내등
을 켜고 어질러진 물건들을 정리하는 동안 도현은 거실 한편에 우
두커니 서서 집 안을 둘러보았다. 티브이와 소파, 책장, 헬스 자
전거, 빨래 건조대, 쌀가마니, 구석에 쌓아 올린 크고 작은 박스
들……. 장식장 안에 세워둔 작은 액자엔 대여섯 살쯤 돼 보이는
사내아이 사진이 담겨 있었다. 안방 문 앞에서 그녀가 손짓했다.

"이쪽이야."

그는 의자에 앉아 데스크톱의 전원 스위치를 눌렀다.

거실 쪽에서 나지막이 흥얼거리는 소리가 들려왔다. 라디오에
서 흘러나오는 노래를 미영이 따라 부르고 있는 듯했다. 가스레인

지가 점화되는 소리, 냉장고 문 여닫는 소리가 잇따랐다.

부팅 단계에서 화면이 까매지는 걸로 보아 바이러스에 감염된 게 확실했다. 언젠가 그의 노트북도 이런 상태까지 갔던 적이 있다. 혹시 야동 같은 걸 다운받은 게 아니냐고, 지안에게 의심을 받기도 했다.

미영이 커피와 과일을 들여왔다.

"윈도우를 다시 깔아야 해요."

"없는데."

그는 에이에스를 신청하고 약간의 비용을 들이면 해결할 수 있는 문제라고 알려주었다.

"번거로워 그랬지……."

그녀가 말끝을 흐리며 멋쩍게 웃었다.

그는 컴퓨터의 전원을 끄고 일어나 점퍼를 걸쳤다.

"저녁 먹고 가."

"피곤해서요."

"혼자 차려 먹으니 여기서 한술 뜨고 가는 게 나을 텐데."

"점심 먹은 게 아직 그대로예요."

도현은 자신의 배를 위아래로 쓰다듬는 시늉을 했다.

미영이 자동차 열쇠를 챙겨 들고 외투를 걸쳤다.

"버스 타면 금방이에요."

"그럼 정류장까지만."

"괜찮습니다."

그가 정색하며 두 손을 가로저었다. 미영은 1층 계단참까지 따라 나와 손을 흔들었다.

가로등이 띄엄띄엄 서 있는 길을 오 분쯤 걸었다. 밤인데도 새소리가 요란했다. 깜깜한 골목 안쪽에서 부스럭 기척이 들렸다. 도현은 걸음을 빨리했다. 그러다 정류장에 다다라 우뚝 멈춰 섰다.

전봇대와 나무줄기 사이에 묶인 플래카드가 펄럭이고 있었다.

'이름 고은애. 실종 당시 열일곱 살. 장터 오거리 버스정류장에서 하차한 뒤 사라짐.'

두 장의 사진은 열일곱의 고은애와, 그녀의 현재 모습을 가상으로 만들어낸 이미지였다. 화질은 흐릿했다. 그 밑에 작은 글씨로, 그날의 옷차림과 머리 모양과 신체 특징과 평소 습관 등이 빼곡히 기록돼 있었다. 사례금은 천만 원. 소녀가 사라진 날짜는 1999년 이었다.

십오 년.

도현은 멀리, 검은 능선을 바라보았다.

십오 년 전이면 대학 2학년 때였다. 마음만 먹으면 뭐든 될 수 있다고 믿었던 시기. 그래서 더 막막하고 두려웠던 시기. 서른이 넘는다는 것을 상상조차 할 수 없던 시기. 차라리 훌쩍 나이가 들어 마흔쯤 되었으면, 바랐던 시기. 이후 십오 년을 문제풀이와 시험만으로 보내게 될 줄은 꿈에도 몰랐던 그때. 십오 년. 누군가에겐 오직 기다림뿐이던 세월.

얼마나 긴 시간을 이 자리에 서 있었을까.

도현은 손바닥으로 가만히 현수막을 쓸어보았다. 빳빳했다. 노란 바탕은 선명했고 사진 말고는 빛바랜 곳도 없었다. 낡고 해진

현수막을 새것으로 갈아 끼우고 때마다 신고 서류와 비용을 내고. 그 일을 남의 손에 맡겨두고 가족들은 멀리 떠나고……. 잃어버린 길을 되찾아 돌아온다면 고은애는 어디로 가야 할까. 살아있다면 서른이 넘었을 테고 열일곱이었으면 길을 잃을 나이도 아닌데. 어쩌면 소녀는 벌써 돌아온 게 아닐까. 아무도 없는 빈집을 확인하고 다시 길을 떠났거나, 홀로 남아 가족을 기다리고 있거나.

밤의 냄새가 짙었다. 흙과 물과 나무와 짐승과 묘지와 숨 막히는 고요의 냄새들. 아주 희미한 단내마저도 그는 무섭고 낯설었다. 버스에서 내려 집까지 달음질쳤다. 현관 앞에 다다라 숨을 헐떡이며 도현은 바닥에 놓인 택배 상자를 집어 들었다. 온라인 서점에서 보내온 수험서들이었다. 이불을 깔고 엎드려 그는 한동안 문제풀이에 몰두했다.

연분홍 벽돌 외관의 다세대주택 앞에서 도현은 휴대폰 시계를 확인했다. 열 시 사십 분. 거의 모든 병원이 오전 진료에 한창일 시간이다. 집에 손님이 없다면 강민호의 여동생은 한의사 남편을 출근시킨 뒤 청소와 설거지를 마치고 소파에 누워 드라마나 예능 프로를 보고 있을 터였다. 어쩌면 커피를 마시며 책을 읽고 있을지도 몰랐다. 신혼의 피로를 이기지 못해 쪽잠에 빠졌을 수도. 도현은 아침 일찍 회사에 출장계를 내고 이곳으로 왔다. 어차피 최종 처리만 남은 마당에 우리가 그렇게까지 할 필요는 없다고, 미영은 고개를 내저었다. 시외버스와 택시로 두 시간이면 닿을 거리였다. 그러니 강민호와 그의 여동생은 생각보다 멀지 않은 사이임이 분명했다. 그는 그렇게 믿었고, 그것을 확인하고 싶었다. 슈트 상의의 맨 아래 단추를 채우고 그는 2층으로 향하는 계단을 올랐다.

현관 벨을 누르고 조금 기다리자 스피커로 응답이 흘러나왔다.

"누구세요?"

도현은 도어 카메라에 얼굴을 가까이 대고 자신의 근무지와 신분을 밝혔다.

한동안 기척이 없었다. 다시 벨을 눌렀다. 딸깍. 수화기 내려놓는 소리가 났다.

그는 연거푸 벨을 눌러댔다. 모든, 응답 없는 것들에 문득 화가 북받쳤다. 앞집 문이 빼꼼 열렸다 닫혔다.

잠시 뒤 현관문이 열렸다.

살굿빛 커튼이 하늘거리는 거실에 두 사람은 마주앉았다. 한 뼘쯤 열어놓은 창으로 불어 드는 바람의 냄새가 달았다. 강민호의 여동생은 단단한 표정으로 그를 바라보았다. 가늘고 긴 눈매가 전체적인 인상을 단아하게도, 사납게도 보이게 했다.

"또 무슨 일이죠?"

그녀의 표정과 목소리는 단호했다. 도현은 땀이 밴 손을 양복바지에 문질렀다.

"강민호 씨……."

"이미 끝난 일 아닌가요?"

"다시 한 번 생각해 보세요. 고인의 마지막 가는 길입니다. 어려우시면 저희 쪽에서 동행해드릴 수도 있고요."

그는 주머니에서 구겨진 쪽지를 꺼내 테이블 위에 올려놓았다.

"내가 왜 그래야 하죠?"

그녀가 가는 눈을 흘기며 쏘아붙였다.

"이미 죽은 사람을, 벌써 십오 년째 기다리는 사람도 있어요. 현수막까지 걸어놓고 말이에요."

자신도 모르게 언성이 높아졌다. 유서를 꺼내 놓으면서 엉뚱한 말이 튀어나왔다. 고은애의 생사를 전해 들은 적은 없었다.

"그 사람은 우리 오빠가 아니라니까요. 우리 오빠 중학교 때 캐나다로 유학 갔어요. 아시겠어요? ……더는 우릴 모욕하지 마세요."

팔짱 낀 어깨를 부들거리며 말마디마다 힘을 주는 그녀에게선 티끌만큼의 연민도 보이지 않았다. 그것이 진실의 항변인지 강한 허위의 몸짓인지, 알 수 없었다. 도현은 힘없이 일어섰다.

"모레쯤이면 화장 후 무연고 납골당에 안치될 거예요. 그나마도 십 년이 지나면 여러 뼛가루와 함께 한 항아리에 섞이게 됩니다."

갑자기 그녀가 일어서더니 방으로 들어가 버렸다. 뒤이어 잠금 장치를 누르는 소리가 들렸다.

그는 잠시 가만히 앉아있었다. 쫓아가 방문을 노크할 필요까진 없을 것 같았다. 흥분이 가라앉으면서 자괴감이 몰려왔다. 왜 이런 일을 벌였을까. 무엇에 이끌렸나. 강민호도 그의 여동생도 고은애도, 나와는 아무 상관 없는 사람들인데.

그는 넥타이를 풀어 주머니에 쑤셔 넣었다. 밖으로 나와 미영에게 전화를 걸었다. 사정을 전해 들은 그녀는 수고했다면서 오늘은 면장님도 출장 중이고 별일 없으니 곧바로 퇴근해도 좋다고 말했다.

정류장에서 집까지 걸어오는 동안 군데군데 망울을 틔운 산수유를 보았다. 비로소 단내의 정체를 알 것 같았다. 회색빛 하늘과 나뭇가지 끝의 노란 점들이 낮은 채도로 흐릿했다. 그는 남의 집 담장에 바짝 붙어 서서 가지 끝을 살폈다. 노랗고 작은 꽃잎이 활짝 핀 모양이 갓난아기의 손 같았다.

꽃이 피었어.

사진을 찍어 지안에게 전송했다.

저녁밥 대신 도현은 밥상 위에 문제집을 펼쳐놓았다. 지문을 읽다 보면 어느새 이런저런 이미지들이 눈앞을 어지럽혔다. 새로 도착한 잡지의 포장을 뜯고 과월호 퍼즐의 정답을 맞춰보았다. 서른하나의 문제 중 틀린 답이 세 개나 되었다. 1번 가로 행과 2번 세로 열의 답이 뜻밖이었다. '유해'와 '해학미'의 정답은 '유골'과 '골계미'였다. 오답이 오답을 낳았다. 잘못 든 길이 잘못된 길을 낸 거였다.

빨간 펜으로 오답을 지우고 알맞게 고쳐 적었다. 비워둔 칸에도 정답을 적어 넣었다. 11번 가로 세로의 답은 각각 '허위의식'과 '허브티'였다.

일찌감치 불을 끄고 누워 그는 오래 뒤척였다. 한없이 처지는 몸과 달리 의식은 잇따르는 생각의 갈래를 끝까지 뒤쫓았다. 강민호를 설명할 수 있는 최후의 단어는 '신원미상', '무연고 시신' 같은 것이었다. 그에 선행되는 단어가 궁금해졌다. 무엇이었을까. 왜 이렇게 되었을까. 어떤 길을 따라 그는 이곳으로 왔을까. 변사자, 수배자, 실종자. 그 이전의 단어. 퍼즐의 잘못 든 길처럼 그를 여기까지 이끈 최초의 낱말은 무엇이었을까.

흐린 달빛이 창으로 스며들 때쯤 문자메시지 알림음이 울렸다.

꽃은 여기도 필 거야.

이모티콘 하나 없는 답장이었다.

퍼즐 문제를 풀 때 앞선 단어는 다음 낱말의 실마리가 된다. 반대의 경우도 있다. 어떤 단어의 낱글자가 다음 단어와 마디로 연결된다는 점은 퍼즐의 매력이면서 맹점이다.

계곡 주차장에 택시가 멈춰 섰다.

먼저 와 기다리고 있던 미영이 손전등을 흔들며 뛰어왔다. 눈가와 입술에 반짝이는 화장이 낯설었다.

"어쩐 일이야? 술을 다 마시자 하고."

산빛이 짙었다. 미영이 앞서고 도현은 그 뒤를 따랐다. 주말에 왔을 땐 몰랐는데 골짜기 입구에 식당 서너 채가 영업 중이었다. 그녀가 맨 윗집의 문을 열고 들어섰다.

앞이 트인 방갈로는 싸늘했다.

두 사람은 계곡을 마주하고 나란히 앉았다. 미영이 주인 남자에게 난로를 가져다 달라고 부탁했다. 남자가 전기 히터와 담요 두 장을 들고 왔다. 그녀는 담요를 어깨에 둘렀다. 사위는 어둑했고 형광등 불빛은 침침했다. 매운탕이 끓기를 기다리는 동안 도현은 바윗길을 따라 흐르는 계곡물을 내려다보았다. 물소리 덕분에 침묵이 어색하지 않아 다행이었다.

"아무래도 강민호 일이 걸리나 보네?"

"그냥요. 잠도 안 오고. 인사도 드릴 겸."

미영이 가스버너의 불을 줄이고 그릇에 탕을 덜어 담았다.

"안녕히 가세요."

도현은 술을 따라 미영에게 건넸다.

그녀를 둘러싼 소문이 어떻든 관심 없었다. 나이 들어 혼자인 여자에게 으레 따라붙는 사연들이란 게 빤해서, 그저 그런 이야깃거리에 불과하다 여겼다. 그러면서도 자신 역시 늘 어느 정도 거리를 두었던 일이 새삼 미안해졌다.

"그만 보자는 얘기 같은데?"

그녀가 콧등을 찡그리며 미소 지었다. 둘은 건배했다.

"잘 살아. 이게 내 길이다 생각하고. 그러다 보면 네게도 기회가 오겠지."

미영은 순환보직발령을 받아 군청 민원실로 자리를 옮기게 되었다. 그러니까, 그래 봤자 군청이었다.

"보고 싶으면 연락해."

취기가 오르면서 그녀의 동공은 점점 흐릿해졌다. 아련한 듯 희미한 시선으로, 미영은 검은 능선을 건너다보고 계곡을 내려다보고 도현을 바라보았다. 물소리가 점점 아득하게 느껴졌다. 어느 순간 그녀가 나른한 목소리로 중얼거렸다.

"술도 취하고, 너랑 나랑 연애할 것도 아니고…… 그만 가자."

도현은 가방을 들고 일어서려는 그녀의 손을 잡아끌었다.

"잠깐만요."

그녀가 주춤하더니 그의 곁에 다가앉았다.

"왜, 고백할 말이라도 있어?"

"강민호 씨, 제가 알아서 할게요."

그녀는 헛웃음을 터트렸다. 흘러내린 머리칼을 귀 뒤로 넘기며 고개를 가로저었다.

"글쎄다……."

캄캄한 계곡을 따라 내려오는 동안 둘은 번갈아 노래를 불렀다. 미영의 구슬픈 노래가 늘어진다 싶으면 도현이 목청을 돋워 경쾌한 곡으로 끼어드는 식이었다. 서로 주거니 받거니 하다가 어떤 노래는 함께 화음을 맞추기도 했다. 손전등 불빛이 그들의 발밑에서 흔들거렸다.

갈림길에서 그녀가 불쑥 손을 내밀었다. 그들은 서로 악수했다. 어두운 산을 헤치고 내려온 미영의 손은 차가웠다.

14불1527.

무연고 시신으로 분류된 강민호의 등록번호였다. 도현은 의료원 담당자가 내민 서류를 받아 집으로 돌아왔다. 내일 아침 화장장으로 가서 신고서를 제출하면 '처리'가 될 거라 했다. 버스 안에서 미영의 송별회 장소를 알리는 메시지를 받았다. 그는 잠시 고민하다가 집에 어머니가 내려와 계셔서 참석하기 어렵다고 답신을 보냈다. 오는 길에 문구점에서 사 온 노끈으로는 수험서들을 한데 모아 묶어두었다.

시외버스를 타고 두 시간을 달리는 동안 꽃의 터널을 여러 번 지났다. 그는 창밖 풍경을 바라보다가, 휴대폰을 꺼내 만지작거리다가, 눈을 감고 잠을 청했다.

유족 대기실의 전광판에 강민호의 이름이 붉은 글씨로 점멸했다. 도현은 벽면에 설치된 모니터를 뚫어져라 바라보았다. 화구 문이 닫히고 붉은 글씨가 '대기 중'에서 '화장 중'으로 바뀌었다. 따끔거리는 눈을 감고 있으려니 온몸에 힘이 풀리고 졸음이 쏟아졌다.

두 시간쯤 지나 알림음이 울렸다. 망자의 이름이 차례로 호명되고 유족들을 수골실로 호출하는 방송이 흘러나왔다. 도현은 유리벽 너머 크고 작은 뼛조각들을 건너보았다. 잔해들이 빗자루에 쓸려 상자에 담겼다. 유니폼을 입은 직원이 그것을 기계에 넣고 스위치를 눌렀다. 흰 모래알 같은 가루가 밑구멍으로 쏟아져 내렸다.

터미널에 도착했을 땐 산마루 뒤로 해가 넘어가고 있었다. 망설이다 앞차를 놓치는 바람에 시간이 지체되었다. 납골당으로 가려면 다른 버스를 타야 했다. 유언대로 하는 건 불법이야. 미영은 엄하게 당부했다. 도현은 품에 안고 있던 배낭을 등에 메고 버스에서 내렸다.

등산로 입구 잡화점에서 손전등과 생수를 샀다. 그는 옅은 불빛으로 자신이 가야 할 길을 비추며 자박거렸다. 조금씩 가빠지는 숨소리와 느려지는 자취소리, 나뭇가지와 바람이 옷자락에 스치는 소리 들에 마음을 기울이면서. 고개를 들면 어둠 뒤에 숨어 있던 나무들이 허연 낯빛을 드러냈다. 그때마다 등마루가 뻐근해졌다.

갑자기 나뭇가지들이 쏴아, 몸을 떨어댔다. 소리는 이내 아래로 달음질쳐 내려갔다.

길이 갈리는 곳에 이정표가 있었다. 그는 나무 팻말 아래 배낭을 세워두고 물을 꺼내 마셨다. 가까이 다가온 능선과, 트인 하늘을 바라보았다. 여기쯤이면 될까. 강민호가 바란 '어디든 높은' 그곳.

이제부터는 어떤 마디에도 연결되지 않기를…….

그가 다시 가방을 둘러멨다. 등은 아직 따뜻했다.

장터 오거리에 다다라서는 배낭을 달랑이며 바삐 걸었다. 한쪽 매듭이 풀린 현수막이 바닥을 쓸며 너울거리고 있었다.

그는 늘어진 끈을 붙잡아 나무기둥에 단단히 비끄러맸다.

호모
리터니즈

나는 빈칸에 그의 이름과 주민등록번호를 입력한다. '해당 정보와 일치하는 아이디는 다음과 같습니다. jeonghyuns**' 개인정보 보호를 위해 끝 두 자리를 별표로 표시한다는 설명이 붙지만 나머지 철자는 뻔하다. 정현수. 그러니까 숨겨진 두 글자는 알파벳 'oo'인 셈이다. 화면 상단의 비밀번호 찾기로 들어간다. 아이디와 이름, 주민등록번호, 휴대폰 인증번호를 차례로 채운다. 마지막으로 새 비밀번호를 입력하라는 창이 뜬다. 정현수의 보안장치는 너무 허술했다. 현실과 가상으로 나뉜 그의 공간. 탐사 삼 일째. 잠입은 성공적이다.

　첫째 날은 집 안을 둘러보고 청소하는 일로 시간을 보냈다. 불청객을 가장 먼저 맞이한 건 냄새였다. 숙성이랄까 부패랄까. 음식 냄새, 담배 냄새, 가구 냄새, 하수구 냄새…… 그리고 그의 체취. 여러 성분들이 얽히고설켜 묵고 찌든 냄새. 증발된 삶의 흔적들이 좁은 공간을 빠져나가지 못한 채 고여 있었다. 금세 두통이 도졌다. 발코니로 다가가 창을 열었다. 앞 동은 층고가 낮고 뒤쪽은 야트막한 산이 배경인 아파트의 21층. 벌거벗고 집 안을 활보해도 될 만큼 자유로운 높이에 그는 살고 있었다. 발밑으로 솜뭉치 같은 먼지들이 풀풀거렸다. 청소기를 돌리고 썩은 음식들을 내다 버렸다. 자정이 넘은 시각, 음식물 쓰레기통 뚜껑을 여는 남자를 눈여겨보는 사람은 없었을 것이다.

둘째 날은 늦잠을 잤다. 퀴퀴한 냄새가 배어 있는 그의 이불 속에서 나는 배가 고파 눈을 떴다. 냉장고 안에 먹을 수 있는 음식이라곤 생수 두 통뿐이었다. 주방 수납장에서 라면 세 봉지를 발견했다. 계란도 단무지도 김치도 없이, 끓인 라면을 냄비 뚜껑에 덜어 두 끼를 때웠다. 정현수의 휴대폰을 충전해 전원을 켰다. 다행히 잠금 설정은 되어있지 않았다. 연락처 목록은 텅 비어 있었다. 통화목록도 문자메시지함도 메모장도 마찬가지였다.

받은 편지함에 읽지 않은 메일 수백 통이 쌓여 있다. 나는 잠시 헤아린다. 메일들을 클릭하는 순간 벌어질 수 있는 일에 대해. '수신 확인'은 그의 실존을 증명할 만한 단서가 되지 않겠는가. 어쩌면 그것이 더 나은 일일지 모르겠다. 먼저 광고메일들을 체크해 휴지통으로 보낸다. 발신자가 쇼핑몰이나 금융사, 온라인 서점 등의 상호로 표시되거나 제목에 '대출', '오빠', '이벤트' 같은 키워드가 포함되어 있으면 무조건 삭제한다. 그러고 나니 진짜 편지로 보이는 메일은 여섯 통뿐이다. 두 통은 결혼식과 돌잔치 안내가 제목으로 올라와 있고 한 통은 '형 잘 지내요?'로 안부를 전하는 메시지 같다. 발신자가 '한강병원'인 네 번째 메일의 제목은 '수정 관련 사항입니다'. 무언가 비밀스러운 내용이 담긴 듯하다. 정현수는 유부남이었을까. 제목을 클릭한다. 안녕하세요. 한강병원 원무과 김 대리입니다. 홈페이지 팝업메뉴 관련 오류가 발생하여 문의합니다. 추가로 수정을 원하는 부분도 상세하게 적어두었으니 첨부 파일을 확인하세요. 비용 문제도 상의할 겸 통화를 좀 하고 싶은데요. 그럼 연락 기다리겠습니다.

마지막으로 발신인이 '리시케시'인 메일 두 통을 놓고 고민한다. 리시케시는 실명일까, 닉네임일까. '제목 없음'이 제목인 이 메일은 광고일까, 아닐까. 얼핏 대부업체 같은 느낌도 난다. 인터넷 새 창을 열어 검색어를 입력한다.

요가와 명상의 도시 리시케시. 갠지스 강의 상류에 있는 히말라야의 관문이다. 힌두교도의 성지이므로 이곳에서 뿌자를 하고 꽃접시를 띄우며 소원을 빌기도 한다. 요가의 본고장이라 수많은 아쉬람과 요가 선생들이 있고, 비틀즈가 구루(guru) '마하리시 마헤시'를 찾아와 머무르면서 더욱 유명해진 도시. 장기간 요가와 명상을 즐기고 싶은 여행자에게 최적의 장소이며 금주와 채식의 고장. 술은 어디서도 구할 수 없고 100% 채식을 하므로 이곳에서는 달걀조차 먹을 수 없다…….

수행자의 도시에서 온 메일. 역시 판단하기가 어렵다. 어쩌면 그가 활동했던 동호회나 인터넷 카페의 명칭일 수도 있겠다는 생각이 든다. 카페 카테고리로 이동한다. 삼십 대 중후반의 남자라면 대부분 가입했음직한 성격의 카페들이 주르륵 여섯 개가 뜬다. 여행, 사진, 재테크, 게임, 웹 프로그래밍, 그리고 시이오(CEO)클럽.

정현수의 직함은 대표이사였다. 회사명은 '펨토테크놀로지'. 첫째 날, 그의 명함에 인쇄된 번호로 전화를 걸어 보았다. 결번이었다. 명함 오른쪽 상단엔 '네트워크 솔루션'이라는 문구가 찍혀 있었다. 회사 도메인을 인터넷 주소창에 입력했다. 페이지를 표시할 수 없다는 메시지가 떴다. 어떤 이유에서인지 문을 닫게 된 그 회사의 시이오가 정현수였다. 그가 되려면 먼저 그를 완벽히 알아내야 한다. 나는 리시케시에서 온 메일을 열어보기로 결심한다.

수신날짜가 8월 5일인 첫 번째 메일은 사진 한 장과 두 줄의 메시지가 전부였다.

내가 지금 이곳에 머무는 이유를 잊으려고 노력 중이야. 마음이 편안해지고 있어. 새로 사귄 친구를 소개할게.

허름한 골목길, 얼룩소 한 마리가 수도꼭지에 입을 대고 물을 마시는 사진. 소의 턱을 타고 흘러내리는 게 물인지 침인지 모르겠다.

두 번째 메일은 내용 없이 인물 사진만 첨부돼 있다. 통통한 체형에 단발머리 스타일의 여자가 정면을 바라보고 있는 상반신 컷. 무표정이지만 편안해 보이는 얼굴이다. 두 통의 메일로는 아무것도 짚어낼 수가 없다. 그녀는 정현수와 어떤 관계일까. 수신된 날짜는 10월 17일. 내가 그를 발견하기 하루 전에 도착한 것이었다.

마른 낙엽을 수북이 덮고 그는 얌전히 엎드려 있었다.

평일 오후의 등산로는 한산했다. 매표소 앞 매점에서 김밥과 라면을 사 먹고 네 시쯤부터 오르기 시작한 산행이었다. 중년 부부 두 쌍과 젊은 남자 한 명, 대학생으로 보이는 일행 대여섯 명 정도가 그날 마주친 사람 전부였다. 어디서 넘어왔는지 모르지만 그들은 모두 하산길이었다. 조용한 산길에서 서로 말없이 길을 터주며 걸음을 재촉했다. 깔딱고개를 지날 땐 평소보다 심하게 헉헉거렸다. 지난밤 과하게 마신 술 때문이었다. 계곡을 타고 오른 지 한 시간쯤 지났을까. 정상이 눈앞에 보였다. 숨이 턱까지 차올랐다. 마지막에 사람을 가장 고통스럽게 담금질하는 건 산행에서도 예외는 아니었다. 조금 있으면 해가 질 시간이었다. 산속의 어둠은 모든 것을 까마득하게 지워버린다. 주변은 물론, 시야에서 사라진 길 위에 서 있는 내 모습까지도. 검은 하늘과 더 짙은 능선의 경계만 구분할 수 있을 뿐이다. 야간 산행을 준비하지 않은 사람에겐 당혹감을 넘어 두려움으로 온몸을 굳게 만드는 어둠. 나는 산속의 어둠쯤 두렵지 않았다. 거의 매일 오르내린 덕분에 눈 감고도 헤칠 수 있는 길이었다. 호흡은 가빠도 마음은 더없이 고요했다. 등산객 이외의 어떤 것으로도 나를 판단하지 않는 산. 그곳에 있을 때 나는 가장 자유롭고 평등했다.

물든 단풍은 정상 근처에서만 볼 수 있었다. 발밑에서 낙엽들이 사각, 소리를 내며 부서졌다. 늦더위에 가세한 가뭄이 세상을 바짝바짝 말리고 있었다. 9부 능선 즈음에서 나는 용변 볼 장소를 찾아 길을 등졌다. 널찍한 바위 뒤에 쭈그리고 앉아보았다. 굽이진 길 위로 하산 중인 일행이 보였다. 소변이야 대충 돌아서서 금방 끝낼 수 있지만 엉덩이를 까고 앉아야 하는 일은 더 은밀한 장소여야 했다. 아래쪽은 급경사였다. 다른 길을 찾아볼 여유는 없었다. 내리막 경사를 따라 미끄러지듯 뛰었다. 이 정도면 됐다 싶은 곳에 바지를 내리고 앉았다. 어느새 파리들이 다가와 윙윙거렸다.

발끝으로 낙엽을 모아 용변을 덮었다. 역시 어제 마신 술 때문인지 냄새가 심했다. 시큼하고 들큼하고 구렸다. 손가락으로 코를 싸쥐고 발로 계속 낙엽을 찼다. 사위는 이미 어둑해지고 있었다. 대충 정리를 끝내고 비탈길을 오르던 나는 문득 뒤를 돌아보았다. 누군가 불러 세운 것 같기도, 알 수 없는 신호를 받은 것 같기도 했다. 내가 앉았던 주변을 몇 발짝 떨어진 곳에서 내려다봤다. 불룩하게 솟은 무언가가 보였다. 바위도 나무도 흙도 아니었다. 다시 슬금슬금 내려가 그 자리에 섰다. 그리고 가까이 다가가 그것을 유심히 살폈다. 수북한 낙엽 사이로 푸른 옷자락이 보였다. 손바닥으로 낙엽을 헤쳤다. 역한 냄새가 훅 끼쳤다. 푸른 상의에 검은 바지차림의 누군가가 엎드려있었다. 그의 등에 손바닥을 댔다. 차가웠다. 이봐요. 나는 푸른 옷의 오른팔을 들춰보았다. 표피가 터질 듯부풀어 오른 파리 유충들과 딱정벌레 무리가 굼실거리고 있었다.

요동치는 마음과 달리 나는 한 발짝도 뗄 수 없었다. 차고 날카로운 뭔가가, 정수리와 등줄기를 찌르듯이 훑고 지나갔다. 온몸이 부르르 떨렸다. 나는 망설였다. 어떻게 할까. 그냥 모른 척 되돌아가고 싶었지만 후들거리는 발이 붙박인 듯 움직이지 않았다. 휴대폰을 꺼내 '119'를 눌렀다. 깊은 계곡 안이어선지 통화불능이었다. 높은 곳으로 올라가 다시 시도해봐야 할 것 같았다. 조금만 기다려요. 그 말은 오히려 나 자신을 안심시키는 효과가 있었다. 나는 천천히 몸을 움직여 일을 처리했다. 구조대원들이 발견하기 쉽도록, 그를 덮은 흙과 나뭇가지와 낙엽들을 옆으로 치웠다. 벌레들이 놀란 듯 꼬물거렸다. 파리들이 머리 위를 맴돌았다. 냄새 때문에라도 더는 머물러 있을 수 없었다. 현장 정리를 마치고 돌아서려던 그때, 또다시 무언가가 내 시선을 잡아끌었다. 그의 바지 뒷주머니 위로 반쯤 비어져 나온 지갑.

나는 침착하게 등산 장갑을 손에 꼈다.

어차피 이 사람에겐 소용없는 물건 아닌가. 수습을 마친 구조대원이 유족들을 수소문해 돌려줄 수도 있겠지. 하지만 나와 같은 누군가가 이것을 먼저 발견한다면……. 장갑 낀 손으로 지갑을 빼냈다. 몇 장의 카드와 신분증. 현금은 십만 원도 채 안 됐다.

그때까지만 해도 나는, 내 의도와 상관없이 유예된 삶에서 벗어날 방도를 궁리 중이었다. 좀 더 잘 살기 위해 선택한 길인데 어쩌다 보니 한가운데 갇혀버린 채 덜컥 문이 닫혔다. 세상은 나를 필요로 하지 않았고 사람들 또한 그랬다. 서른 살 넘은 무직자인 나와 관계를 유지하는 사람은 어릴 적 친구들뿐. 누구도 나를 달가워하지 않았다. 나는 이제껏 그 흔한 연애조차 못 해봤다. 더 나은 모습으로 더 좋은 상대를 골라야 한다는 강박 때문이었다. 현재의 나를 설명할 수 있는 수식어는 없었고 그런 내가 적응할 수 있는 집단이나 장소 역시 없었다. 하지만 그건 명백히 내 잘못이 아니다. 나는 열심히 노력해 왔다. 단 한 번도 샛길로 빠져보지 않은 그야말로 모범생이었다. 그렇다 해도 나를 그럴듯하게 돋보일 수식어가 없는 한 내 삶은 유예 중인 거였다. 이제 와 새로운 계획을 세우고 전면적인 궤도 수정을 하기엔 너무 늦었다. 벌써 결혼을 하고 아이를 낳고 내 집 마련을 목전에 둔 동기들을 보면 더욱 극심한 절망감에 빠졌다. 그렇다면 어떻게 바꿀 것인가. 오던 길 계속 가는 것도 불안하고 새 길을 찾아내는 것 또한 자신 없었다. 나는 내 인생의 판을 새로 짜고 싶었다. 도저히 불가능한 일이었다.

지갑에서 현금 대신 신분증을 꺼냈다. 아이 손바닥만 한 작은 플라스틱판 안에 그의 정보가 고스란히 들어있었다. 이름은 정현수. 나와 동성이고 나보다 한 살이 많다. 뿔테 안경에 회색 스웨터 차림의 증명사진 속 그는 나이보다 조금 더 늙어 보였다. 주소지는 서울의 남쪽 신도시에 위치한 아파트······.

순간 아찔한 현기증을 느꼈다. 이제껏 한 번도 품어보지 못한 생각이, 그야말로 섬광처럼 떠올랐다. 나는 세차게 고개를 흔들어댔다. 아니다. 그것은 전부를 버려야 가능해지는 일이다. 지금까지의 나, 나의 생활, 인간관계, 과거 행적까지 모두.

그럴 수 있겠는가.

모든 일은 순식간에 처리됐다. '그럴 수 있겠는가'에 대한 결단은 내리지 못한 채였다. 나는 내 지갑의 신분증을 꺼내 그의 것과 맞바꿨다. 신용카드 한 장과 그의 명함도 몇 장 챙겼다. 현금은 건드리지 않았다. 주머니에 지갑을 원래대로 꽂아두었다. 오른쪽 앞주머니를 더듬어 휴대폰과 열쇠꾸러미까지 갈취했다. 딱딱한 그의 골격이 손가락에 닿았다. 헤친 낙엽과 흙을 다시 그의 몸 위에 덮었다. 더는 아무것도 보이지 않았다. 깜깜한 그곳을 어떻게 등지고 하산했는지 기억나지 않는다. 가을밤, 산중의 바람은 차가웠다. 땀에 젖은 바지가 다리에 자꾸 휘감겼다. 어지러워 더는 걸을 수 없어 주저앉았다. 멀리서 매점 불빛이 반짝였다. 내 삶을 최초로 이탈하는 순간이었다.

두 통의 메일로 봐선 정현수와의 관계를 가늠하기가 어렵다. 현재 인도에 체류 중인 여자는 두 달 간격으로 소식을 전해왔다. 그것도 너무나 간략하게. 여자의 이전 소식을 알 수 있을까 싶어 메일 보관함을 뒤졌다. 정현수가 따로 챙겨 둔 메일은 없었다. 휴지통마저 텅 비어 있었다. 그는 주변 정리에 있어 빈틈이 없고 깔끔한 사람이었다.

컴퓨터에 저장된 자료들은 종류별로 나뉘어 탐색이 수월했다. '작업방'이라고 명명된 폴더 안에는 그가 맡았던 프로젝트의 발주처인 듯한 이름 몇 개가 하위 폴더로 가지를 쳤고, 그중에 한강병원도 있었다. '영화방', '자료방' 따위를 대충 훑고 '사진방'을 살폈다. 날짜별로 분류된 몇 개의 폴더 안에 인물 사진은 그의 독사진 몇 장뿐이었다. 나머지는 모두 풍경 사진. 인화된 사진을 모아둔 앨범이 있을까 싶어 책장과 책상, 옷장, 침대 밑, 심지어 주방 서랍과 다용도실까지 뒤졌지만 그 흔한 졸업 앨범조차 없었다. 그는 누구일까. 새삼 불안해진다. 그를 빌리기로 결심한 이후 가장 걱정되는 점이 인간관계였다. 휴대폰에 저장된 연락처와 통화 목록이 하나도 없다는 것에 용기를 내지 않았던가. 그러니 오히려 다행스러운 일 아닌가. 그래도 설마 했는데, 관계를 짐작할 수 있는 단서는 어디에서도 찾을 수 없었다. 최소한의 관계인 가족조차도. 모든 인연에 무관한 삶은, 어쩌면 그의 의도에 의한 것은 아니었을까.

사흘간의 탐사 끝에 비로소 나는 그가 되어 사는 일에 첫발을 내디딜 수 있었다.

현금인출기에서 돈을 뽑아 상가 식당에서 백반을 사 먹었다. 식사 뒤엔 동네 주변을 산책했다. 나는 정현수 대신, 아니 정현수가 되어 거리를 쏘다녔다. 그의 옷은 내게 헐렁했다. 살을 좀 찌워야 하지 않을까, 나는 잠시 고민했다. 키는 더 늘일 수 없으니 소매와 바짓단을 줄여야 할 것이다. 정현수의 패션 취향은 심플했다. 살림 살이 또한 단출해서 그 흔한 티브이와 소파도 없다. 책장에 드문드문 꽂힌 책들은 대부분 프로그래밍 실무와 기업경영 쪽이었고 간간이 처세와 관련된 제목도 눈에 띄었다. 옷장 서랍 밑바닥엔 통장 네 개가 나란히 깔렸었는데, 고맙게도 맨 앞장 귀퉁이마다 비밀번 호 네 자리가 적혀있었다. 각종 공과금이 정해진 날짜에 자동이체 로 빠져나갔고, 잔액은 얼마 남아 있지 않았다.

'관계없음'으로 인한 정현수의 삶은 외로웠을지 모르지만 그것 이 익숙한 내겐 무척 다행스러운 일이었다.

엄마가 세상을 떠나고 나는 혼자가 되었다. 아버지는 내가 중학 생이던 때 엄마와 이혼하고 다른 여자와 결혼했다. 엄마는 늘 내게 말했다. 명심해라. 첫 단추를 잘 끼워야 한다는 걸. 아버지와의 연 애가 절정에 이르렀을 당시 엄마는 항공사 승무원 시험의 최종합 격 발표를 앞두고 있었다. 사랑에 눈먼 엄마는 결혼을 선택했고 그 때문에 자신의 인생이 어그러졌다고 늘 말했다. 그때 내가 다른 길을 택했더라면……. 평생을 잊지 못할 아쉬운 선택에 엄마는 탄식했다. 그건 모르는 일이죠. 그 길에서 또 어떤 일이 엄마의 삶을 틀어지게 했을지. 어쩌면 지금보다 더 참혹했을 수도 있어요. 나는 혼자 중얼거렸다. 알밤을 맞을 일이 두려워서가 아니었다. 잘못된 선택으로 자신의 고귀한 인생이 나락으로 떨어졌다고 믿는 일이, 현재의 비루한 삶을 견디는 것보단 나을 것 같아서였다.

졸업 후 여기저기서 취업 제의가 들어왔다. 금융권의 계약직 사원으로 취직한 동기들이 앞다퉈 나를 데려가려고 나섰다. 나는 공인회계사 시험에 이년 째 낙방 중이었다. 마음만 먹으면 중소기업 정규직 자리도 널려있었다. 서른이 넘도록 용돈을 타 쓰는 일이 괴로웠던 나는 솔깃했다. 하지만 엄마가 고집을 부렸다. 출발점이 어디냐에 따라 네 인생이 달라지는 법이야. 지금 그렇게 아무 데나 들어가면 너는 평생 그 좁은 바닥에서 푸드덕거리다 끝나고 말 거다. 어려워도 더 넓고 깊은 물에 뛰어들어야 해. 나중에 후회하지 않으려면 엄마 말 잘 들어라. 그렇게 삼 년이 더 흘렀다. 취업문은 좁아졌고 동기들은 제 밥줄 잡고 버티기조차 힘겨워했다. 엄마는 내가 큰물에 몸을 던지는 일을 보지 못하고 눈을 감았다. 그리고 나는 지금 첫 단추를 새것으로 갈아치웠다.

받은 편지에 대한 답신을 보낸다. 기쁜 날 참석 못 해 미안하다. 개인적인 사정이 생겨 당분간 메일로만 연락이 가능할 것 같다. 안부를 물어온 정현수의 후배에게도 비슷한 내용을 쓴다. 리시케시의 여자는 건너뛴다. 마지막으로 한강병원 김 대리에게 짧은 메시지를 적는다. 보내주신 수정안 잘 받았습니다. 현재 맡고 있는 프로젝트의 마감이 겹쳐 당장은 진행이 어렵습니다. 조금만 말미를 주시면 감사하겠습니다.

H은행 통장정리기 앞에서 한참을 기다린다. 입출금 명세를 기록하는 기계음이 찌익 찍, 지루하게 이어진다. 다른 데보다 시간이 오래 걸리는 거로 보아 이곳이 정현수의 주거래 은행인 모양이다. 답신을 보낸 다음 날 전화가 걸려왔다. 정현수의 휴대폰이 울린 건 처음이었다. 받아야 하나 말아야 하나. 벨 소리는 길게 이어졌고 나는 전화를 받지 않았다. 잠시 후 문자메시지가 도착했다. 한강병원 김 대리입니다. 유지보수비 외에 수정 비용을 따로 지급해야 할까요. 도통 무슨 뜻인지 알 수 없었다. 응답하지 않으면 또 전화가 걸려올지도 몰랐다. 나는 간단히 답신을 보냈다. 그건 알아서 처리해 주세요. 투입구에서 빠져나온 통장을 받아 살폈다. 한강병원으로부터 매달 일정 금액이 입금되고 있었다. 김 대리가 말한 유지보수비, 그러니까 프로그램에 대한 사후관리비쯤 되는 것인가. 그러잖아도 잔액이 떨어져 걱정하던 참이었다.

전화벨이 울린다. 발신번호를 확인하고 수신 버튼을 누른다.

"네. 정현수입니다."

"작업은 사흘 정도 걸릴 것 같습니다."

"되도록 빨리, 부탁드릴게요."

"결제는 어떻게……."

"계좌번호를 문자로 찍어주세요."

홈페이지 수정 작업은 내가 할 수 있는 일이 아니었다. 정현수의 실력까지 덮어쓸 순 없었으니까. 김 대리에게 답신을 보낸 뒤 컴퓨터의 '한강병원' 폴더로 들어가 보았다. 나로서는 알 수 없는 파일들만 수두룩했다. 홈페이지 제작업체를 찾아가 기존 프로그램의 수정과 보완이 가능한지를 물었다. 담당자는 소스 코드니 스토리보드니 전문용어를 써 가며 자료가 필요하다고 했다. 집으로 돌아와 유에스비 메모리에 파일들을 복사했다. 그리고 어제 그것을 통째로 넘겨주고 왔다.

지하철역 입구에 서서 잠시 고민한다. 오늘 저녁은 무얼 먹을까. 내가 살던 집 근처엔 할머니 혼자 삼십 년 넘게 꾸려온 순댓국집이 있었다. 좁은 공간에 테이블 여섯 개가 전부여도 끼니때가 되면 줄을 서서 기다려야 할 정도로 맛 소문이 자자했다. 요즘 자꾸 그 맛이 당긴다. 정현수의 집으로 가는 길과 순댓국집으로 가는 길은 서로 반대 방향이다. 어떻게 할까. 주변을 둘러본다. 길 건너 환한 불빛, '○○순대' 체인점 간판이 시야에 들어온다. 횡단보도 쪽으로 몸을 돌려 걷는다. 어쩌면 할머니 순대를 다시 먹을 수 없을지도 모른다 생각하니 조금 우울해진다. 내 안에 축적된 기호와 습성들을 완전히 지울 방법은 없을까…… 나는 정현수니까.

온라인 원격교육 사이트에 로그인한다. 첨삭해야 할 리포트가 다섯 개 올라와 있다. 통신교육업체의 수강생들이 문제지를 풀어 올리면 그것을 채점하는 일이 내 몫이다. 과정별로 교재는 무료로 제공된다. 나는 그 교재를 읽고, 함께 제공된 답안지를 참고해 점수를 낸다. 의뢰일로부터 일주일 이내에 완료하면 되는 일이다. 딱히 어렵거나 촉박하지도 않다. 외부활동 없이 집에서 책을 읽고 인터넷에 접속만 하면 된다. 대신 보수는 적다. 한 건당 삼천 원. 그럭저럭 웬만큼만 하면 먹고사는 데 지장은 없을 것이다.

며칠 동안 취업사이트를 돌며 일을 찾았다. 남은 잔액과 한강병원에서 입금되는 유지보수비로는 관리비와 공과금 납부도 빠듯했기 때문이다. 이제부터 생존에 관한 문제는 스스로 해결해야 할 것이다. 정현수의 떡고물을 축내려고 이곳에 온 건 아니니까. 결과물을 보고 김 대리는 아주 만족해했다. 이번에는 그의 전화를 피하지 않았다. 윗선에서 따로 비용지급은 어렵다고 합니다. 대신 제가 술 한잔 사도록 하죠.

수강생의 이름을 클릭하고 점수 칸을 채운다. 교재에서 참고될 만한 사항은 따로 발췌해 코멘트를 남기기도 한다. 객관식과 주관식 문항에 꼼꼼히 답을 단 이들에게서 성실한 삶의 태도가 느껴진다. 대부분 공공기관이나 대기업에 근무하는 사람들이다. 텍스트의 내용은 직장 내 소통과 개인적인 성공에 관한 것들이 주를 이룬다. 상사가 지켜야 할 도리, 동료들끼리의 커뮤니케이션 방법, 설득과 대화의 심리학…… 틈틈이 다른 일자리를 더 알아봐야겠다. 언제까지나 방구석에 처박혀 지낼 수는 없으니까. 정현수의 전공과 이력 정도면 어렵지 않을 것도 같다. 그러기 위해선 공부를 많이 해야겠지. 새로운 영역으로 들어서는 일, 마음이 설렌다. 그리고 상황이 된다면, 아니 무엇보다 먼저, 연애를 하고 싶다.

"선배님, 오랜만입니다."

체크무늬 반코트에 파란색 백팩을 멘 남자가 다가와 머리를 꾸벅인다. 나는 한강병원 로비의 회전문을 등지고 서서, 지나다니는 행인들을 바라보고 있었다. 어딘가로 가고 있거나 어딘가에서 돌아오고 있는 사람들……. 김 대리에게 떠밀리다시피 약속을 정해놓곤 내내 후회했다. 지난번 빚진 거 갚아야죠. 정 선배님 얼굴도 보고 싶고요. 처음엔 핑계를 대며 몇 번 거절했다. 서슴없이 '선배'라는 호칭을 쓰는 것이 마음에 걸렸다. 그가 정현수의 어느 시절 후배인지, 그저 의례적으로 사용하는 호칭일 뿐인지, 알아낼 방법이 없었다. 그렇다고 무작정 미루고 있는 것 또한 불안했다. 세 번째 전화를 받았을 때 어쩔 수 없이 수락한 거였다. 나는 최대한 정현수처럼 보이도록 치장했다. 사진 속 그의 것과 비슷한 뿔테안경을 구입했고, 옷장에서 가장 낡은 옷을 골랐다. 낡았다는 것은 오래 묵었다는 뜻이기도 하지만 그만큼 즐겨 사용했다는 증거이기도 하니까. 두툼한 회색 니트를 꺼내 입었다. 키높이 구두를 신었더니 바짓단을 접지 않아도 되었다.

"작년 봄 제작 회의 때 뵙고 이번이 두 번째네요. 살이 좀 빠지신 것 같습니다. 제가 기억하는 선배님 첫인상은 꽤나 듬직한 분이셨는데요. 헤헤."

나는 머쓱한 척 웃었다.

불판 위 고기가 지글거리며 익어간다. 김 대리가 잔을 든다.

"과묵한 건 여전하시네요."

선후배 사이라지만 저쪽도 어색하긴 마찬가지인 모양이다. 잔을 비운 그가 냅킨을 뽑아 안경알을 닦는다.

다행히 술기운이 돌면서 분위기는 차츰 부드러워졌다. 김 대리는 고깃살을 내 앞 접시에 올리고 자주 잔을 부딪쳐왔다. 벽걸이 티브이에선 저녁 뉴스가 한창이었다. 취객들의 소란에 앵커 멘트는 알아들을 수 없었지만. 나는 자주 화면의 자막을 흘끔거렸고 불콰해진 김 대리는 말이 많아졌다. 이 나라 국민치고 내일이 불안하지 않은 사람 없습니다. 침체의 늪에 이제 막 첫 발이 빠졌을 뿐인데요. 자신이 어떤 나락으로 떨어질지 모르는 불안한 나날을 보내고 있다고요. 우리 병원도 감원의 칼바람이 언제 휘몰아칠지 몰라 매일 살얼음판입니다. 나는 간간이 고개를 끄덕였고 그에게 동조와 연민이 담긴 눈길을 보냈다. 따끈한 온돌 방바닥에 엉덩이를 지지며 우리는 조금씩 노곤해졌다.

"그런데 신 선배는 아직 연락 없어요?"

우물거리던 입놀림을 멈추고 그를 건너다봤다. 결국 걱정했던 일이 일어난 것이다. 그는 정현수와 사적인 관계였다. 둘의 공통분모, 신 선배라니.

"아직……."

"참, 세상일 알 수 없고 믿을 놈 아무리 없다지만, 어떻게 신 선배가 그럴 수 있어요?"

나는 고개를 떨어뜨렸다. 이쯤에서 자리를 정리하고 일어서야 할까. 이런 식으로 이야기가 이어지면 곤란한데.

"정 선배님이야 뭐, 회사 일로 알게 되었지만 신 선배하고 저는 수업도 같이 듣고 꽤 가까운 사이였거든요. 절대 그럴 사람이 아녔다고요."

그가 고기와 술을 추가로 주문하더니 말을 이었다.

"선배님, 많이 드세요. 형수님 소식도 들었습니다. 지난여름 동문 모임에서요. 어딘가로 떠나셨다면서요…… 혼자서 얼마나 힘드세요."

나는 점점 궁금해진다. 신 선배라는 사람은 정현수에게 무슨 짓을 한 걸까. 정현수의 아내는 누구이며 어떤 이유로 그에게서 떠나버린 걸까. 리시케시의 여자일까. 이대로 묵묵히 김 대리의 말을 듣고 있어도 괜찮을까. 아마 정현수였더라도 지금의 분위기에선 그랬을 것이다. 그의 몸이 시계추처럼 흔들거린다.

"이게 다 신 선배 때문 아닌가요? 그 사람 절대 용서하지 마세요. 동업자이기 전에 둘도 없는 친구였다고 들었습니다. 쳇, 자기혼자 잘 살자고 그런 짓을 하다니요. 결국 경쟁사만 배불리고, 회사 문 닫고, 자기는 도망쳐버리고, 친구도 잃고. 이게 뭐예요? 어떻게 정 선배한테 그럴 수 있냐구요……."

풀썩, 김 대리가 옆으로 쓰러진다. 불판 위 까맣게 눌어붙은 고기 조각이 오그라든다.

지금까지의 이야기를 정리해보면 신 아무개와 정현수는 절친한 친구이며 동업자였다. 그런데 신 씨가 정현수를 배신하고 회사를 망하게 했다. 이후 정현수의 아내가 그의 곁을 떠났다.

만취해 잠든 그를 간신히 깨워 밖으로 데리고 나왔다. 선배님 잘살아요. 김 대리가 눈을 끔뻑이며 중얼거렸다. 나는 그의 등을 두어 번 토닥이고 택시를 잡았다.

리시케시에서 메일이 도착했다. '회귀'라는 제목이 붙어있다.

삶의 의미를, 내가 사는 이유를 찾고 싶어 떠나온 지 벌써 이
년이 지났어. 나는 아무것도 깨닫지 못했지만 그것이 내가
찾아낸 정답이라면 당신은 아마 웃을 테지? 아무것도 알 수
없기 때문에 살아야겠어. 다시 나로 돌아가 내 삶을 찾는 것
이 방법일 거야. 이곳에서의 삶도 그곳과 별반 다르지 않더
라. 사람 사는 모습 엇비슷하고 어디에 머물든 어떻게 살든,
나는 그저 나일 뿐이더라구…… 당신 많이 보고 싶다.

여자의 도착 예정일은 11월 28일이라고 했다. 앞으로 일주일 후
면 그녀는 정현수를 찾아 이곳으로 올 것이다. 그들이 공유하고 있
는 사연은 무엇일까. 나는 그녀를 맞아야 할까 피해야 할까. 그렇
게 되면 나의 일생일대 프로젝트는…….
　다시 돌아갈 수 있을까.
　내가 다른 삶을 원했던 이유는 현실에 대한 불만족 때문이었다.
나는 무능한 사회 부적응자였으니까. 새로운 길을 찾아볼 수도 있
었지만 스스로에 대한 기대치를 낮추기가 어려웠다. 그동안 쌓아
온 것들을 모두 접고 다른 일을 시작하기엔 너무 많이 와버렸기 때
문에. 한 번만 더. 이번엔 되겠지. 미련을 쉽게 접을 수 없었다. 모
든 것을 내 손으로 허물어야 하는 일이 아직은 자신 없다. 그곳으
로 돌아가 다시 내가 된다면 똑같은 고민과 패배감에 휩싸여 매일
산에 오르는 일만 반복할지 모른다. 나는, 나로 사는 것이 두렵다.

서가에 꽂힌 책들을 멍하니 바라본다. 우측 선반 맨 위, 낯익은 제목이 시야에 들어온다. 만년수험생으로 타 분야 서적을 읽을 시간이 없던 내게 친구 녀석이 선물해줬던 책. '잠깐 머문 곳도 내게는 고향'이라는 인상적인 구절이 떠오른다. 의자를 놓고 올라가 그것을 꺼내 든다. 툭. 발밑으로 무언가 떨어져 내린다. 누런 서류봉투가 반으로 접혀있다. 도톰하다. 책을 내려놓고 봉투 안의 내용물을 꺼낸다.

모두 같은 장소에서 찍힌 수십 장의 사진. 리시케시 여자와 정현수. 새하얀 예복을 입은 그들은 행복해 보인다. 그와 그녀가 공유했던 삶의 윤곽……. 봉투와 책을 원래 있던 자리에 꽂아두고 쫓기듯 도망치듯 나는 밖으로 뛰쳐나온다. 정현수 당신, 고작 이런 거였어? 그를 빌리기로 작정했던 순간 내가 바라던 상황은 이런 게 아니었다. 적어도 나보단 나은 인생일 거라 믿었는데…… 이런 삶을 나더러 어떻게 살아내라고. 아파트 단지를 벗어나 뒷산을 오르고, 다시 내려와 걷는다. 인도를 따라 무작정 뛰고 헉헉대며 걷다가 호흡이 잦아들면 다시 뛴다. 어느 방향이든 상관없다. 지극히 외롭고 무거운 그의 삶을 벗어날 수 있는 곳이면 어디라도.

정현수도 나와 같은 생각이었을지 모르겠다. 그의 죽음은 우연한 사고였을까. 어쨌든 그는 실족하지 말았어야 했다. 그렇게 마침표를 찍은 삶을, 바통을 넘겨받듯 이어 사는 일에 무슨 의미가 있을까. 버리듯 도망치듯 빠져나온 이전의 내 상황과 다를 게 뭐란 말인가. 지금의 삶이 차곡차곡 쌓여 미래가 되고 어느 지점쯤에 다다르면 나는 또 새 판을 짜고 싶어질까.

리시케시의 여자처럼 나도 원래 있던 곳으로 돌아가야 하는 걸까.
시간이 얼마 남지 않았다.

옷장 안 깊숙이 넣어두었던 등산복을 꺼내 입는다. 두툼해진 뱃살 때문에 바지 지퍼가 올라가지 않는다. 허리띠 버클을 조정해 간신히 채운다. 배낭을 메고 그의 신분증과 휴대폰, 신용카드와 명함, 열쇠꾸러미를 주머니에 넣는다. 현금카드, 통장, 그동안 사용하던 물품들은 모두 제자리에 돌려놓았다. 마지막으로 현관에 서서 집 안을 둘러본다. 돌아온 그의 여자가 낯선 흔적을 발견할 수 없길 바라며.

어둑해진 산길을 천천히 오른다. 사각거리던 낙엽들이 어느덧 수북이 쌓여 발목을 푹신하게 감싼다. 오랜만의 산행이라서일까. 무거워진 몸 때문일까. 걸음이 쉽지 않다. 리시케시의 편지 내용이 떠오른다. '다시 나로 돌아가 내 삶을 찾는 것이 방법일 거야. 나는 그저 나일 뿐이더라구.' 새 삶을 살 수 있는 방법은 이런 것이 아니었다. 남의 인생을 덮어쓰는 일, 그것은 결국 누구의 삶도 아니었다. 과거를 버려둔 채 현재의 나를 바꿀 순 없는 거였다. 그런데 길이 낯설다. 그날 내려왔던 그대로 마른 계곡을 따라 길을 잡았는데 이쯤 나타나야 할 바위가 보이지 않는다. 하산길 이정표를 지나 얼마 떨어지지 않은 거리였는데.

이정표 지점부터 다시 시작한다. 부쩍 떨어진 기온에 으슬으슬 한기가 든다. 그를 다시 만나야 할 일이 내키진 않지만 내 자리로 돌아가려면 이곳을 꼭 거쳐야 한다. 빌린 물건을 돌려주고 맡긴 내 물건도 되찾아야 하니까. 이제 회계사 시험공부 따윈 더는 하지 않을 것이다. 다시 나로 돌아가 모든 것을 엎고 새 삶을 시작할 것이다. 조만간 납골당의 엄마에게 인사부터 드려야겠다. 엄마에게 이이야기를 해줄까 말까. 발걸음이 빨라진다. 계곡 깊이 내려앉은 어둠에 앞을 분간하기가 어렵다. 랜턴을 켠다. 십여 미터 전방에 그날의 바위가 보인다. 나도 모르게 진저리를 친다.

바위 뒤를 돌아 내려선다. 낙엽 더미에 무릎이 푹 빠진다. 벌레도 냄새도 사라져 제법 소슬한 느낌까지 든다. 춥고 건조한 초겨울의 바람 덕분이리라. 발견 당시 유충들의 먹잇감에 불과하던 정현수. 죽음 이후의 삶은 이곳에서 더 의미 있고 유용했을지 모르겠다. 장갑을 끼고 낙엽을 헤집는다. 정확한 지점이 어딘지 헷갈린다. 앉아 있던 자리 주변을 몇 군데 파헤친다. 다시 몇 걸음 옮겨본다. 일어서서 발로 바닥을 굴러본다. 어느 지점쯤, 돌출된 나무뿌리를 밟은 듯 딱딱한 느낌. 그곳에 쪼그려 앉는다. 장갑 낀 손으로 더듬어 굴곡을 살핀다. 머리끝까지 소름이 돋는다. 잘 있었어요…… 울컥, 목이 멘다.

수분이 빠져나간 그의 엉덩이는 아래로 쑥 꺼져 있다. 지갑이 꽂힌 자리만 조금 도드라질 뿐.

챙겨온 정현수의 물건들을 하나씩 꺼낸다. 먼저 휴대폰과 열쇠꾸러미를 그의 바지 앞주머니에 밀어 넣는다. 어쩐지 이전보다 헐렁해진 느낌이다. 뒷주머니에서 지갑을 빼낸다. 휴대폰의 감촉이 손끝에 와 닿는다. 채우고 흐르던 내용물이 사라지고 지지대만 남은 그의 몸. 갑자기 누군가가 머리칼을 잡아챈 듯 정수리에 극심한 통증이 인다. 떨리는 손으로 지갑을 펼쳐 신분증을 맞바꾼다. 꽂혀 있던 내 것을 꺼내고 가져온 그의 것을 쑤셔 넣는다. 그리고 재빨리 지갑을 원래 있던 자리에 꽂아둔다.

모든 절차가 끝났다. 이제 나는 돌아가 내 삶의 새 판을 짤 것이다. 그럼, 잘 있어요. 인사를 마치고 신분증을 내 지갑에 꽂는다. 그런데 뭔가 이상하다. 손끝에서 느껴지는 낯선 이물감. 신분증을 다시 꺼낸다. 바닥에 두었던 랜턴을 집어 그것을 비추어 본다. 경련으로 요동치는 내 손바닥 위의 이것은…… 이것은 내 것이 아니다.

그의 주머니에 있던, 내가 꺼낸 신분증에 기록된 낯선 사진과 정보. 이름 한재우. 주민등록번호 690125…….

무릎이 꺾이듯 나는 자리에 털썩 주저앉는다. 그의 지갑에 넣어두었던 내 신분증이 어디로 사라졌단 말인가. 정현수가 보관하고 있어야 마땅할 내 물건. 대체 누가 나와 똑같은 짓거리를 한 걸까. 여기 이렇게 얌전히 엎드려있는 이 사람은, 누구인가! 나는 거칠게 그를 뒤집어 가슴팍을 움켜 일으킨다.

손에 들린 파란 등산복 밑으로 우수수, 무언가 떨어져 내린다.

게스트하우스

정은 신발장에서 카키색 로퍼를 꺼내 신었다. 휴가를 혼자 보내게 된 아내의 얼굴은 의외로 담담했다.

"웬만하면 날것 먹지 말고."

둘은 가볍게 포옹했다.

태풍이 동해 쪽으로 방향을 틀었다는 소식에 정은 안도했다. 애초 예보대로 남부지방을 관통했더라면 세미나 일정이 취소되어야 했다. 비행에 치명적인 건 무엇보다 바람이다. 기류가 뒤섞이면 오르지도 내리지도 못하고 발이 묶인다.

세 시간 후 도착 예정.

정은 메시지를 보내고 버스 좌석 등받이에 몸을 기댔다. 도심을 가로지르는 강의 수면 위로 비무리가 낮게 내려앉고 있었다. 공항 도착까지는 아직 40여 분쯤 남았다. 정은 눈을 감았다. 학회지 원고 마감이 맞물려 하룻밤을 꼬박 새우고 나선 길이었다.

마지막 다트가 보드에 내리꽂히는 순간 찬은 참았던 숨을 터뜨렸다. 일곱 겹 동그라미 중 바깥쪽 세 번째 영역이다. 앞서 던진 두 개 모두 다섯 번째 구역을 벗어나지 못했다.

규칙이 좀 복잡한 것 같더라고. 요즘 애들이 즐긴다 해서 달아놓긴 했는데.

커피머신의 추출구를 행주질하며 하영이 말했다. 지난겨울, 폭설에 발이 묶인 투숙객 두 명이 오후 내 다트 게임으로 시간을 보내던 날이었다. 내기에 진 사람이 어깨를 으쓱이며 콜택시를 불러달라고 했다. 어질러진 테이블을 정돈하다 무심히 다트 하나를 집어 던져 보았다. 보드를 맞고 튕겨난 화살이 바닥으로 떨어졌다.

생각보다 쉽진 않을 거야.

긴장한 그의 어깨를 토닥이며 그녀가 싱긋거렸다.

다시 다트를 쥐고 숨을 고른다.

중심을 향해 날아간 측은 번번이 둘레만 맴돌았다. 동그라미의 가장 깊은 곳에 마음을 두고, 호흡을 고르고, 다트가 꽂힐 때까지 몸의 힘을 풀지 않을 것. 나름대로 정한 노하우는 별 도움이 되지 않았다. 바람 때문일까. 실내의 모든 창과 문을 꼭꼭 닫아봤다. 소용없었다. 상관없다. 어차피 흥미를 가진 일도 목표를 품은 일도 아니니까. 투숙객들이 빠져나간 객실을 청소하고 식재료를 주문하고 예약 현황을 관리하고 카페 손님을 접대하고 바닷가 테라스를 오락가락하는 짬짬이 찬은 다트를 던졌다. 하나에 집중하는 것은 다른 모든 일을 잊는 것과 같았다.

카운터 전화벨이 울린다.

"헬로?"

기대와 설렘으로 달뜬 이방인의 목소리. 도미토리 예약 전화다.

"아침 식사 포함 25달러입니다. 1층 카페에서 토스트와 우유, 과일, 그리고 에그 프라이를 제공합니다. 당신과의 만남을 기대합니다."

찬은 예약자의 이름과 연락처를 관리 프로그램에 입력했다.

어제 아침, 오랜만에 해가 났다. 며칠 요동치던 파도가 잠잠해진 후였다. 태풍이 비껴갔다는 소식에 섬 전체가 안도했다. 갠 하늘처럼 말끔해진 하영은 아침 뉴스를 보며 박수까지 쳐댔다.

서둘러 찬, 손님맞이 준비를 해야지!

오전 내내 두 사람은 대청소를 했고 오후부터 투숙객들이 잇따라 도착했다. 청소를 마친 뒤엔 중국 음식을 배달시켜 먹었다.

먼지 많이 마셨으니 기름진 음식을 먹어줘야겠지?

하영은 짜장면의 반을 덜어 찬의 그릇에 얹었다.

조금 더 드셔야죠.

찬이 한 젓갈 크게 떠서 옮기려 했지만 하영은 손등으로 그릇을 덮었다. 그들은 낄낄거리며 서로 마주 보았다. 곧 그녀가 젓가락질을 시작했고 그의 입가에서 웃음기가 걷혔다. 하영이 기다렸던 건 맑게 갠 하늘이 아니라, 막바지 피서객들이 아니라, 정이었다는 사실을 그제야 알아챘기 때문이었다. 식사를 마친 뒤 하영은 찬이 가져다준 생수로 입안을 헹궜고 그 물을 꿀꺽 삼켰다. 처음 그 행동을 봤을 때 찬은 그것이 무척 비위생적이라 생각했었다. 나이 든 아저씨들이나 할 법한 행동이었다. 희한하게도 하영은 다른 사람 앞에서는 볼가심을 삼갔다. 옆 건물 횟집 사람들과의 회식 자리라든지 가끔 손님들과 함께 식사할 때도 입속 물로 음식찌꺼기를 정리하는 일은 하지 않았다. 그다지 예쁜 모양새가 아니라는 걸 알고는 있는 것 같아 찬은 그나마 마음이 놓였다. 그러니까, 자신만 알고 있는 비밀 같은 거였다. 눈을 동그랗게 뜨고 깜찍한 표정으로 뺨을 볼록이는 모습은 볼수록 천진했다.

101호에선 아직 기척이 없다.

오늘 아침 뷔페 개장과 동시에 투숙객들이 카페로 몰려들었다. 저마다 잰 동작으로 접시에 빵과 과일을 담고, 머그잔에 커피와 우유를 따르고, 프라이팬에 달걀을 부쳐냈다. 하영이 그들 곁으로 다가가 아침 인사를 건넸다.

굿모닝, 편안한 밤 보내셨어요? 필요한 것 있으면 여기, 찬에게 말씀하세요.

그녀의 분홍빛 뺨이 미소로 물들었다. 두 개가 나란한 토스터에서 식빵 네 개가 동시에 튀어 올랐을 땐 까르르, 소리 내어 웃었다. 그러곤 서둘러 쟁반에 과일 접시와 에스프레소 두 잔을 담아 들고 101호로 들어가 버렸다.

머잖아 그녀는 가벼운 당부를 남기고 정과 함께 게스트하우스를 나설 것이다.

다트 세 개를 연달아 내리꽂고, 찬은 숨을 몰아쉬었다.

"찬, 거기 있니?"

막바지 여름 볕이 기세 좋게 내리쬈다. 찬은 오늘 밤 해변 파티 때 쓰일 장작을 테라스로 옮겨다 놓고 있었다. 정의 팔짱을 끼고 하영이 나타났다. 바람에 새하얀 원피스 자락이 나풀거렸다. 그늘 한 점 찾을 수 없는 그녀의 얼굴을 찬은 온몸으로 땀을 흘리며 바라보았다.

"오늘은 아마 못 돌아올 거야. 부탁할게, 찬."

폭우로 흠뻑 젖었던 그제 밤의 물기가 어느새 바싹 말라 있었다.

"수고해, 찬!"

정의 호쾌한 목청은 여전했다. 다부진 풍채와 반백의 머리카락, 하영은 그 중후한 매력에 첫눈에 빠져들었다 했지만 아무래도 찬의 눈엔 삼촌뻘로밖에 보이지 않았다. 셔츠 자락으로 땀을 훔치며 그는 서로 손을 꼭 잡고 멀어져 가는 두 사람의 뒷모습을 바라보았다. 그러곤 바로 창고로 돌아가 청소 도구를 챙겼다. 현관 옆 바구니에 담긴 카드키를 꺼내 들고 빈방들을 2층부터 훑었다. 파티 준비 따위, 투숙객들이 돌아오기 전까지만 마치면 될 일이었다.

카트로 현관문을 고정하고 바다 쪽 창을 활짝 열어젖혔다. 침대 이불을 탁탁 털고 시트를 갈아 끼우고 청소기로 바닥을 꾹꾹 누르며 밀었다. 화장실 휴지와 마른 수건을 새로 걸고 쓰레기봉투에 휴지통을 털어 비웠다. 바닥으로 빈 소주병이 나뒹굴었다.

어젯밤 늦게 홀로 든 여자 투숙객에게 찬은 105호 카드키를 내주었다. 지친 표정으로 숙박계를 써 내밀던 여자는 하영 또래쯤 돼 보였다. 어깨 위에 찰랑거리는 단발머리도 비슷했다. 202호에 침대 하나가 남긴 했지만 다섯이 동행인 그곳보단 빈방이 덜 외로울 것 같았다. 어차피 손님이 더 들 시간도 아니었다. 너는 젊은 애가 웬 오지랖이니? 평소 같았으면 핀잔을 들었을 테지만 오늘 하영은 투숙객 리스트를 거들떠보지도 않았다.

변기 뚜껑이 내려져 있다. 이런 경우 열에 아홉은…… 찬은 한 손으로 코를 싸쥐고 조심스럽게 뚜껑을 들어 올렸다. 울컥 치미는 욕지기를 누르며 밖으로 달려나가 카트에서 마스크를 찾아 썼다.

둥근 변기 가득 불그죽죽한 오물이 차올라 있었다. 잔잔한 수면 위 살찐 지렁이 같은 면발을 보자 찬은 다시금 구역질이 치솟았다. 뚜껑을 덮고 변기 레버를 힘껏 눌렀다. 쿠르릉 쿠릉. 퇴적돼 있던 건더기들이 물살에 휩쓸려 바닥으로 흘러넘쳤다. 발가락 사이로 면발이 파고들었다. 찬은 고무 흡착기를 수면 안쪽으로 깊숙이 밀어 넣었다. 가슴이 답답해지고 숨이 차올랐다. 걸핏하면 과음을 일삼고 꺽꺽거리며 속을 게우던 혜나 때문에 막힌 변기를 뚫는 일은 그야말로 신물이 났다. 그녀와 함께 살던 방은 낮은 수압 때문에 대변보는 일조차 큰 공사였는데, 용변을 다 마친 후 물을 내리면 어김없이 흘러넘치기 일쑤여서 한 덩어리 누고 물 한 번 내리고, 다음 덩어리에 또 내리고, 이런 식으로 처리해야 사고를 면할 수 있었다. 그럼 어떡해? 용암처럼 솟구치는 걸 그대로 참고 있으란 말이야? 잔소리를 피하려고 혜나는 늘 이렇게 선수를 쳤다.

찬은 흡착기를 단번에 잡아 뺐다. 쿠륵 쿠르륵 커억. 혜나의 표현대로 공룡 트림 소리 같은 굉음을 내며 소용돌이가 빠져나갔다. 변기 안쪽에 세제를 부어 휘휘 젓고 거칠게 솔질했다.

그가 이곳에 내려온 지 어느새 두 계절이 지났다.

우리 누나 친구가 운영하는 곳인데, 사장 성격도 괜찮고…… 무엇보다 일이 어렵진 않을 거야.

한 달 치 보수를 더 받는 선에서 퇴직 절차가 마무리된 직후였다. 신도시 어학원 밀집구역으로 영업장을 옮겨가면서 원장은 많은 고민을 하지 않았다. 구직을 원하는 원어민 강사들이 줄을 이었고, 각종 시험에서 적잖은 성과를 내왔던 찬의 이력은 유학파 후배들의 스펙 아래로 일찌감치 밀려나 있었다.

전임자가 교통사고로 크게 다쳐서 오랫동안 쉬어야 한다나 봐.

친구는 몇 달 쉬고 돌아와 다른 자리를 찾아보라며 찬에게 저가 항공사의 티켓을 끊어주었다. 어차피 짐을 빼야 하기도 했다. 혜나의 기말시험이 끝나는 날 공항버스에 올라 그녀에게 문자메시지를 보냈다. 답신은 오지 않았다.

용찬 씨? 앞으로 잘 부탁해요.

선뜻 손을 내밀어 악수를 청하던 사장은 자신의 이름을 장하영이라고 소개했다. 마디가 툭툭 불거져 부러진 나뭇가지 같은 손가락을 찬은 머뭇대듯 잡았다 놓았다. 그녀의 함박웃음 사이로 덧니 하나가 도드라졌다. 무척 입체적인 인상이라고, 그는 잠깐 그런 생각을 했다.

'용찬 씨'에서 '용찬'을 거쳐 '찬'으로, 호칭이 한 글자씩 떨어져 나갈 때마다 그는 기뻤다. 사장님, 누나, 하영…… 머릿속으로 수없이 굴려봤지만 그는 아직 한 걸음도 다가서지 못했다. 정 박사인지 강사 나부랭이인지, 그 작자가 없다면 가능했을까.

마지막 코스로 찬은 101호 앞에 섰다.

내 방은 따로 청소할 것 없어. 그가 하영의 말을 따른 적은 한 번도 없었다. 101호를 청소할 때마다 찬은 그녀의 게스트가 된 것처럼 들떴다. 콧노래를 부르며 침구를 갈고 화장실을 닦고 바닥을 훔쳤다.

하지만 오늘 같은 날은 사정이 달랐다.

찬은 푸우, 한숨을 내뱉었다. 그렇다고 그냥 지나칠 수도 없었다. 하영의 샴푸 냄새와 화장품 향기와 체취에 뒤섞인 낯선 냄새를 한시라도 빨리 떨어내야 했다.

그는 프런트 서랍에서 가져온 하영의 담배에 불을 붙였다. 첫 숨에 기침이 터졌다. 호흡을 가다듬으며 꾸역꾸역 한 대를 다 피웠다. 콧속이 매워 눈물을 참을 수 없었다. 현기증에 무릎이 꺾였다. 쿵쿵 가슴이 뛰었다.

침대 시트를 갈아 끼우고, 청소기로 바닥을 꾹꾹 눌러 밀고, 휴지통을 비우고, 소독제로 화장실을 닦고. 찬은 이 모든 과정을 전력질주 하듯 끝냈다. 땀으로 질척이는 옷을 벗어 던지고 찬물로 샤워를 마친 후에는 화장대 소품 바구니에 담긴 콘돔을 집어 창밖으로 던져버리고 나왔다.

"커피 좀 마실 수 있을까요?"

105호 여자가 잠긴 카페 문 앞을 서성이고 있었다.

"아, 전화를 주시지 그랬어요."

찬은 민망한 표정으로 출입문에 써 붙여둔 메모를 가리켰다.

"열쇠가 몽땅 사라져서…… 청소 중인 줄 알았어요."

105호는 아이스커피 더블 샷을 주문했다. 얼음을 가득 채운 컵에 에스프레소 두 잔을 들이부으며 그는 아침 뷔페 때 여자가 보이지 않았음을 떠올렸다.

혼자 온 손님이라고 무턱대고 대화를 시도해선 안 돼. 따뜻한 말 한마디가 도움되는 경우도 있지만 오히려 무관심이 최고의 서비스가 될 때도 있는 거야.

하영은 그 두 갈래를 정말 귀신같이 구별해냈다.

그걸 어떻게 구분해요?

글쎄…… 매뉴얼은 없어. 그저 감으로 아는 거지.

찬은 알 수 없었다. 이럴 때 105호에게 변기를 뚫었다고 말을 해야 할지 말아야 할지.

여자는 아이스커피를 홀짝이며 멍한 표정으로 유리 벽 너머 바다만 바라보았다.

야자수 그림자가 일렁이며 마른 볕을 쓸어내리고 있었다.

찬은 다트 상자를 열었다.

혜나에게선 끝내 대답을 듣지 못했다. 이별의 이유를 묻기 위해 찬은 한동안 발작적으로 전화를 걸어댔다. 통화연결음이 길어질수록 심장 뛰는 속도가 점점 빨라졌다. 한 번만 더, 이번이 마지막이야. 수신음이 진동으로 설정됐을지 몰라. 어쩌면 조금 더 망설일 시간이 필요한지도…… 연인들이 헤어지는 데 그리 복잡한 이유가 필요치 않다는 것과 작별 인사쯤 생략하는 게 좋을 수도 있다는 것을 그도 모르진 않았다.

마지막 다트가 바닥으로 미끄러진다. 여자가 그 모습을 물끄러미 바라본다.

찬은 보드 앞으로 다가가 다트를 하나씩 잡아 뽑았다.

다트의 숙명은 매번 다른 자리에 가 닿는 것. 포인트를 언제 뽑느냐에 따라 보드의 밀도가 달라진다. 너무 오래 머문 자리는 구멍이 쉽게 아물지 않는다.

그가 테라스에서 혼자 술을 마시고 있는 하영을 발견했을 때 그녀는 이미 꽤 취한 듯 보였다. 잠이 오지 않아 뒤척이다 나선 길이었다. 늦장마의 끝자락은 길고 무거웠다. 차양 안으로 장대비가 들이쳤다. 그녀의 얼굴이 물고기처럼 반들거렸다. 하영은 작은 몸을 의자 위에 웅크리고 앉아 빗줄기를 바라보고 있었다. 테이블에 소주병과 종이컵, 귤 몇 개가 나뒹굴었다. 인기척에 얼굴을 돌린 그녀의 눈에 해일이 휘몰아쳤다. 찬은 못 본 척 뒤돌아섰다.

같이 할래?

그녀가 종이컵을 내밀었다. 그는 그것을 단숨에 들이켰다. 바람과 파도가 춤을 추듯 몸부림쳤다. 외부 스피커에서 흘러나오는 음악은 바람과 파도소리에 묻혀버렸다. 그들은 한동안 폭우와 밤바다에 시선을 붙박고 술만 마셨다. 차츰 졸음이 밀려드는 걸 그는 간신히 참고 있었다.

서른이나 됐으면, 너도 사랑이란 걸 충분히 해봤을 테지?

찬은 하영의 얼굴을 말끄러미 쳐다보았다.

이럴 수도 저럴 수도 없을 땐 어떻게 해야 할까?

그녀가 종이컵을 들어 건배를 청했다.

미안하다…… 누나가 주책없구나.

그리고 더는 아무 말도 하지 않았다. 그것만으로도 그는 충분했다.

혼자 술을 마실 때 하영은 결코 곁을 주지 않았다. 스스럼없이 찬을 대하던 평소와 달리 그때만큼은 언제나 그랬다. 어쩌다 안줏거리라도 가져다주면 고맙다는 짧은 인사 후 서늘하게 굳어버리기 일쑤였다. 그마저도 관대한 반응이었고 대개는 무심하게 외면했다.

하영은 계속 술을 권했고 찬은 한 잔도 거절할 수 없었다. 몹시 어지러웠다. 취한 그녀가 걱정됐지만 자리를 접기는 아쉬웠다. 검은 바다는 끝도 없이 성질을 부려댔다. 어느 때부턴가 그는 저도 모르게 자꾸만 고개를 꾸벅이고 있었다.

그만 일어나세요.

찬은 음절 하나하나에 힘을 주어 말했다. 날숨에 소주 냄새가 진동했다.

괜찮으니 먼저 들어가.

하영이 몸을 좌우로 흔들며 손사래를 쳤다.

찬은 잠깐 망설이다 비틀거리며 일어났다. 그녀 앞에서 고꾸라지는 모습을 보일 순 없었다. 난간을 잡고 엉금엉금 계단을 올랐다. 간신히 방에 도착해 찬물로 세수를 했더니 눈앞이 또렷해지면서 점점 후회와 불안이 밀려들었다. 만취한 그녀를 혼자 두고 오다니. 제 한 몸 가누자고 어처구니없는 짓을 저지른 거였다. 다급히 창을 열고 테라스를 내려다봤다.

돌고 있었다. 너풀거리는 머리카락, 제멋대로 허공을 가르는 손…… 그녀가 빙글빙글 돌고 있었다.

찬은 다트 상자를 정리한 다음 카운터 자리로 돌아왔다. 다섯 시가 넘었으니 채비를 서둘러야 했다. 메모지에 준비목록을 적어 내려갔다.

탁.

105호 여자가 다트를 던졌다. 포인트는 네 번째 얇은 고리 모양 동그라미에 꽂혔다. 여자는 도리질하며 보드에서 다트를 뽑아냈다. 그러곤 잡지꽂이에서 노트를 꺼내 펼쳤다.

"여기 더 계실 건가요?"

찬이 벽시계를 곁눈질하며 물었다. 여자는 다트에만 집중했다.

그는 카트를 밀고 창고와 카페와 테라스를 오가며 파티 준비를 시작했다. 얼음을 채운 양동이에 맥주와 과일을 담고, 가지런한 배열로 식기들을 세팅하고, 테이블 사이에 화로를 끌어다 놓고, 메모해둔 목록을 체크했다. 손님들이 모이면 고기와 숯불을 내다주고 모래밭에 모닥불을 마련해야 할 것이다. 그러는 동안, 한껏 맑아진 표정으로 숙소에 도착한 여행객들은 짐을 들여놓고 카페로 들거나 해변을 거닐었다. 성마르게 제 속을 뒤집던 파도가 사람들의 발밑에서 주춤거렸다.

파티 일행 아홉 명이 모였다. 202호 여자 다섯과 206호 남자 넷. 찬의 눈에는 그들 모두가 서른 중반 남짓의 학교 동창이거나 동호회 멤버들로 보였다. 저마다 비슷한 기종의 카메라를 지닌 거로 봐선 동호회 가능성이 컸고, 격의 없이 편한 대화를 나누는 것으로 미루어 동창 같아 보이기도 했다. 불판 위 고기가 지글거리고 빈 술병이 늘어가고 대화가 중구난방 뒤엉키면서 분위기가 무르익었다. 테라스와 바다 사이 모래밭에는 모닥불이 저 홀로 타오르고 있었다. 찬은 카페와 테라스를 분주히 오가며 그들이 주문한 술과 안주와 장작을 실어 날랐다. 하필 테라스와 가장 가까운, 일찌감치 불이 꺼진 105호의 창을 흘끔거리면서. 파티라고 해봐야 고작 술과 음식을 먹고 오랜 시간 수다를 떠는 일이 전부였다. 여행 코스에 대한 의견을 나누고 각자의 일상사와 고민을 털어놓고 서로 조언을 받고 하찮은 농담이 오가고 한숨과 웃음이 번갈아 터지고…… 잔잔한 파도 소리마저 지루하게 늘어지는 여름밤이었다.

"이것 좀 같이 먹어요."

일행 중 누군가가 찬에게 접시를 내밀었다.

그는 끄트머리 의자에 엉덩이를 걸치고 앉아 혜나와의 마지막 파티를 떠올리고 있었다. 트릭 오어 트릿. 그녀는 입을 거의 오므린 채 아이 같은 목소리로 빠르게 옹알거렸다. 과자를 주지 않으면 장난을 칠 테야. 도심의 바에서 열린 코스프레 파티는 술 취한 좀비들의 무도회 같았다. 피투성이 '캣 우먼'과 '조커'가 되어 그들은 낙엽 휘날리는 거리를 밤새 쏘다녔다. 그리고 다음 날 지독한 몸살로 혜나는 결석을, 찬은 휴강을 해야 했다.

옆 테이블에서 맥주를 마시던 대학생 둘이 그들과 동석했다. 얼마 전부터는 간간이 노랫소리가 들려오기도 했다. 찬은 꺼져가는 모닥불을 되살려놓고 카페로 돌아와 라면을 끓여 먹었다. 손님들이 권하는 고기와 맥주를 꽤 받아먹었지만 자꾸 허기가 졌다. 생크림을 잔뜩 얹은 아이스 모카를 만들어 마시고 예약 문의 메일에 답변을 달고 카페 구석구석을 걸레질하고 에스프레소머신까지 분해해 청소를 마쳤는데도 아직 열한 시밖에 되지 않았다. 다트를 잡고 싶은 마음은 들지 않았다. 그는 냉장고를 열어 식재료의 재고를 살폈다. 파티 주문량이 예상치를 초과하는 바람에 내일 아침 뷔페에 내놓을 과일이 부족해 보였다. 조금 망설이다가 수화기를 들었다. 외부에 있는 그녀가 해결할 문제는 아니지만…… 하영은 전화를 받지 않았다.

막막한 기분으로 휴대폰을 만지작거리던 그는 뒤늦게 부재중 전화와 문자메시지를 발견했다.

시간 날 때 연락 바람.

어학원 원장이었다.

찬은 잡지들 틈에서 노트를 꺼내 마지막 장을 펼쳤다. 다트를 잡은 이들이 점수판으로 사용하는 걸 알고 있지만 별 관심을 두진 않았다. 그저 횟수 대비 총점이 높은 사람이 승자이려니 짐작만 했다. 앞장으로 페이지를 넘기며 찬찬히 살폈다. 대부분 이름 옆에 301 혹은 501을 정해놓고 내림차순으로 변해가던 숫자들이 0에 다다르면 끝이 났다. 어떤 게임에서는 점수가 되돌려지기도 했다. 하영의 말대로 규칙이 단순치는 않아 보였다.

찬은 다트 상자를 열고 숨을 가다듬었다.

첫 번째 화살을 잡고 겨냥한다.

하영은 지금 어디에서 무얼 하고 있을까.

두 번째 다트를 아무렇게나 내던진다.

정은 오늘도 101호의 게스트가 되겠지.

세 번째는 가장 안쪽 동그라미에 꽂혔다.

홍조를 띠며 환하게 웃던 하영의 아침이 떠올랐다. 그가 떠나고 나면 다시금 짙은 그늘에 휩싸일 게 뻔했다.

"더블 불(double bull)이네요."

언제 들어왔는지 105호 여자가 창가 테이블에 앉아 있었다. 당황한 표정으로 돌아보는 찬에게서 움찔 시선을 거두며 웅얼거렸다.

"바깥이, 너무 소란스러워서요."

그는 여자에게 경기 규칙을 아느냐고 물었다.

"괜찮다면 간단히 설명을 부탁해도 될까요?"

불면의 밤이나 기다림의 밤이나 아득한 건 마찬가지였다. 105호는 테라스 쪽을 건너다보다 한참 만에 고개를 끄덕였다.

"점수 내는 건 당구 게임이랑 비슷해요."

105호는 노트에 숫자를 적은 뒤 찬에게 다트를 건넸다.

높은 득점을 공략하다 번번이 실패하는 찬과 달리 105호는 중간 득점만으로 차분히 선두를 지켰다. 가장 큰 점수인 20이나 19를 겨냥하며 던진 다트는 바로 옆 1과 3에 꽂혔고, 15와 14는 실수를 해도 11과 10이었다.

"마음을 크게 품는 쪽이 그만큼 많은 몫을 감당해야 해요."

105호의 말에 찬은 멈칫했다.

"여길 봐요. 아까 맞춘 더블 불 50점보단 17 트리플 링 51점이 더 높잖아요. 그러니까, 중심이라고 꼭 좋은 것만은 아닐 수도 있어요."

파티 일행 중 누군가가 카페 문을 열고 마지막 주문을 넣을 때까지 그들은 다트를 던졌다. 보드에 꽂힌 자리를 짚어가며 105호는 싱글 불과 더블 불, 이너 싱글, 아우터 싱글, 더블 링, 트리플 링 따위의 용어를 설명했다.

"같은 숫자 범위라도 어느 자리에 꽂히느냐에 따라 배점이 달라져요."

찬의 다트가 보드에서 번번이 튕겨났다. 여자의 시선이 자꾸만 아래로 떨어져 내렸다.

펑. 휘이익, 펑. 펑.

불꽃놀이가 시작됐다. 맑은 밤하늘에 형형색색의 꽃들이 활짝 피었다, 진다. 먼저 타오른 꽃이 사그라질 때쯤 다음 꽃망울이 터지고 또 터지고 우수수, 빗방울처럼 떨어져 내리는 빛 방울들.

모래밭으로 자리를 옮긴 사람들이 모닥불 가에 둘러앉아 불꽃스틱을 쏘아댔다. 누군가는 탄성을 터뜨렸고 어떤 이들은 서로 몸을 기울여 소곤거렸으며 더러는 앉은 채로 꾸벅꾸벅 졸고 있었다. 105호가 돌아간 뒤 찬은 테라스 구석 자리에 앉아 바다와 불꽃과 모닥불을 우두커니 바라보았다.

내일이면 저들은 떠날 것이다. 파티 일행도 어린 대학생들도 105호 여자도. 다음 여정을 위해 저마다 아침 일찍 길을 나서야 한다고 했다. 게스트하우스의 속성은 오래 머물거나 다시 찾는 여행객이 드물다는 것. 누구나 여정에 따라 숙소를 옮겨 다녀야 한다. 나도 이곳을 떠날 수 있을까.

찬은 천천히 고개를 가로저었다.

빛과 소리가 조금씩 잦아들었다. 사람들이 하나둘 비틀거리며 숙소로 올라갔다. 제법 서늘해진 바람만 여기저기 빈자리를 훑고 다녔다.

찬은 한동안 파티의 잔해들 사이에 서 있었다. 점점 작아지는 모닥불의 불씨와 끈질긴 파도 소리만 아니면 시간이 멈춘 것 같은 착각이 들 정도로 막막했다. 더는 아무도, 들지도 나지도 않았다.

깊은 한숨 끝에 그는 휴대폰을 꺼내 들었다.

"어디로 꼭꼭 숨은 거야?"

다소 과장된 목소리로 원장이 반겼다.

"내가 참 면목이 없지만, 괜찮다면 나는 용찬 샘 다시 보고 싶은데……."

통화를 끝낸 뒤 찬은 양동이를 가져다가 음식쓰레기부터 쓸어 담았다. 마지막에 주문한 견과류 안주는 손도 대지 않은 상태였다. 눅눅해진 호두와 땅콩이 담긴 접시를 탁탁 털다, 꽁초가 수북한 종이컵을 바닥으로 떨어뜨렸다.

무심코 돌아본 해변에 심상찮은 일이 일어나고 있었다.

찬은 테라스 난간을 뛰어넘어 바다를 향해 돌진했다. 첨벙이며 몸을 던져 헤엄쳐 나아갔다. 파도에 단발머리가 붕 떠올랐다 사라졌다. 찬은 온 힘을 다해 팔다리를 휘저었다. 아무 저항 없이 가라앉고 있는 단발머리를 보며 차라리 제 심장이 멎는 것만 같았다. 성가시게 밀려드는 파도를 휘저어 뿌리치며 그는 비명을 질러댔다. 꺾인 나뭇가지 같은 팔다리가 잡힐 듯 다시 멀어졌다. 눈앞이

캄캄했다. 쿠르릉 쿠르릉. 바다가 몸을 뒤채며 신음했다.

105호 여자는 넋이 완전히 나가버린 듯했다. 찬은 여자가 눈을 뜰 때까지 숨을 불어넣고 명치께를 눌러댔다. 정신을 차린 여자가 멍한 눈으로 그를 올려다보았다.

"그러려고 그런 게 아니었는데……."

105호는 아무 표정도 없이 눈물을 흘렸다. 그는 여자를 업어다 침대에 눕히고 따뜻한 물을 떠다 놓고 구급함에서 청심환을 가져다 먹이고 잠들 때까지 곁을 지켰다. 다그쳐 묻지도 화를 내지도 위로를 건네지도 않았다. 때로 무관심이 최고의 위안이 될 수도 있다는 것을, 그는 이제 알 것 같았다.

느른해진 다리를 이끌고 카페로 돌아왔다. 스쿠터로 한바탕 섬을 헤집고 싶은 걸 꾹꾹 누르며 무겁게 유리문을 밀었다.

"파티 잘 마쳤니? 별일 없었지?"

하영이 보드에 꽂힌 다트를 뽑아내고 있었다.

찬은 다급한 시선으로 카페를 훑었다. 정은 보이지 않았다.

"저런, 홀딱 젖었네. 수영했어?"

그녀가 덧니를 드러내며 활짝 웃었다. 그러곤 손에 쥔 다트를 하나씩 재빠르게 던졌다.

첫 번째 화살이 5점 싱글 영역에 꽂혔다. 나머지도 모두 비슷한 언저리였다.

"역시, 예상대로 쉽지 않아."

하영이 다트를 뽑아 왔다. 뒤로 묶은 머리 아래 가냘픈 목선을 바라보며, 찬은 머뭇거렸다. 정이 다시 올 때까지 하영의 리듬이 어떻게 바뀌어 갈지 눈에 선했다. 저렇게 아무렇지 않은 척 잘 지내다가 언제 돌변할지 모를 일이었다. 앞으로 얼마간 하영은 모든 일을 내려놓고 종일 침울한 표정으로 테라스에 앉아만 있을 것이다. 그러다 어느 날 들뜬 목소리로 이웃들을 불러 모으라 시켜 파티를 열 것이고, 101호에 틀어박혀 닥치는 대로 영화 관람이나 독서를 일삼은 후엔 심술궂은 표정으로 그를 달달 볶아댈 거였다. 카페 테이블 배치 좀 바꿔 봐, 지루해 죽겠어. 표백제 떨어졌니? 침대 시트가 죄다 누르팅팅해. 무슨 행사장도 아니고, 테라스 조명이 너무 밝지 않아? 원두에서 구린내가 나, 다 쏟아버리고 새로 볶아야겠다…… 만취해서 춤을 추는 일쯤 아무것도 아니었다.

105호 여자는 그러려고 마음먹은 일이 아니었다고 했다. 그는 우연한 사고 소식으로 하영을 동요시키고 싶지 않았다.

"같이 할래?"

그녀가 찬에게 다트를 건넸다. 그는 그것을 받아 가볍게 던졌다. 18점 트리플 링. 중심에서 한 시 방향 안쪽 얇은 고리에 꽂혔다.

"너도 뭐, 나랑 별 차이 없구나."

"잘 봐요."

그는 그녀를 보드 앞으로 데려다 세우고 각 부분을 손가락으로 짚어가며 설명했다.

"여기 원판 둘레의 숫자가 해당 영역의 점수예요. 부채꼴 영역은 쓰인 숫자대로, 바깥 링은 두 배, 안쪽 링은 세 배씩 점수를 줘요. 이곳 중심 원이 50점, 그 바깥 띠는 25점이고요."

찬은 작심한 듯 노트를 펼치고 하영의 이름과 자신의 이름, 그 아래 각각 숫자 301을 적었다.

"내기하실래요?"

"난 룰도 이제야 배웠는데. 불공평하잖아."

"저도 오늘 알았어요. 술기운 때문에 집중하기도 힘들 거예요."

탁.

탁.

탁.

그들은 말없이 다트를 던졌다. 세 개를 연달아 던지고, 뽑아 건네고, 점수를 빼고, 던지고, 뽑고, 빼고……. 찬은 되새겼다. 같은 숫자 범위라도 어느 자리에 꽂히느냐에 따라 배점이 달라져요. 얼음 같은 표정으로 하영은 다트 포인트에 몰두하며 점수 차를 좁혀 왔다.

5점 차이를 두고, 그가 먼저 0점에 도달했다.

"네가 이겼구나. 내기로 무엇을 걸까?"

냉장고 문을 열고 소주병을 꺼내며 그녀가 말했다.

"밖으로 나가요."

찬은 쟁반에 술병과 잔과 과일을 담았다. 그녀가 터덜터덜 앞장섰다.

모든 것이 사그라진 밤의 바다에 파도 소리만 숨을 잇고 있었다.

테라스 주변은 파티의 잔해들로 어수선했다. 타버린 장작과 불꽃스틱, 모래밭을 뒹구는 술병들, 치우다 만 음식찌꺼기까지.

하영이 식기들을 옆으로 밀어 자리를 마련했다. 찬은 창고에서 꺼내온 장작 세 개비를 모닥불에 밀어 넣고 후후 불다가 쟁반으로

부채질했다. 그녀가 멀건 눈빛으로 살아나는 불씨를 바라보았다.

바람에 파도가 밀려 출렁거렸다. 주춤거리다 하얗게 부서지며 물러났다 다시 밀려왔다.

"바다는 참 냉정해."

어느새 잔을 단숨에 비우고 그녀가 말을 이었다.

"어지간해선 선을 넘지 않잖아. 저렇게 힘차게 달려오다가도…… 언제나 비슷한 자리에서 되돌아 나가고."

다시금 술병을 잡는 그녀의 손을 그가 끌어당겼다.

"왜? 또 춤이라도 출까 봐?"

하영은 가볍게 뿌리쳤다.

"왜 그렇게 힘든 연애를 해요?"

가슴이 쿵쿵거리는 걸 간신히 누르며, 떨리는 목소리로 찬이 말했다.

바람을 맞은 불꽃이 화르륵 일었다.

하영은 한동안 굳은 듯 허공을 응시했다. 헝클어진 머리칼이 갈피를 잃고 나부꼈다. 찬은 지그시 아랫입술을 깨물었다.

이윽고 그녀가 픽, 웃었고 다시 정색하더니 가만히 고개를 저었다.

"그 사람의 삶을 망가뜨리고 싶지 않아. 그 망가진 잔해들을 끌어안을 자신도 없고."

타닥. 타다닥. 허공에 불꽃이 튀었다. 불길이 활활 타올랐다. 바람을 타고 뜨거운 열기가 전해져 왔다. 조금씩 그의 몸이 달아올랐다.

"내기에 이겼으니 말할게요."

찬은 하영의 손을 지그시 감싸 쥐었다. 마른 가지 같은 손가락을 마디마디 어루만졌다. 사윈 불씨가 되살아나는 것 같았다. 식사 후 입가심한 물을 꿀꺽 마시는 버릇과 만취해 미친 사람처럼 춤을 추는 모습과 가끔 생트집을 잡으며 변덕쟁이가 되는 때와 그 이유를, 정 선생 따위가 알 리 없었다. 무엇보다 더는 그녀를 파도에 휩쓸리게 하고 싶지 않았다.

찬의 눈동자에 불빛이 일렁였다.

그는 가만히 그녀의 손을 끌어당겼다.

"돌아가고 싶지 않아요."

그녀의 손등이 바르르 떨렸다.

파도가 스르르 뒷걸음쳤다.

하영이 슬그머니 손을 뺐다. 그윽한 눈길로 그를 바라보며 부드럽게 타이르듯이 말했다.

"찬, 여긴 게스트하우스야."

어느새 불길이 잦아들고 있었다.

그들은 말없이 나란히 앉아, 검게 죽은 장작과 되돌아 나가는 물결을 오래도록 바라보았다.

새벽바람에 간밤의 열기가 서늘하게 식어갔다.

*

정은 거실 테이블에 쇼핑백을 올려두었다. 면세점에서 아내의 화장품과 딸아이 선글라스를 고르느라 하마터면 탑승시간을 놓칠 뻔했던, 귀한 물건들이다. 식구들이 깨지 않도록 그는 욕실까지 까치걸음을 걸었다.

그가 살그머니 침실 문을 열고 안으로 들었을 때 아내가 뒤척이며 눈을 떴다.

"벌써 온 거예요? 내일 저녁때 도착한다고 했잖아."

"응. 일정 하나가 취소되는 바람에."

정은 침대에 누워 아내에게 팔베개를 해주었다. 몹시 졸렸고 온몸이 침대 밑으로 가라앉을 듯 무거웠다. 잠으로 빠져들기 직전, 아주 잠깐 하영의 얼굴이 떠올랐다.

"내일은 우리 영화나 보러 갈까?"

아내가 잠꼬대처럼 웅얼거렸다.

"그래."

정은 이내 깊은 잠 속으로 빠져들었다.

금성의
시간

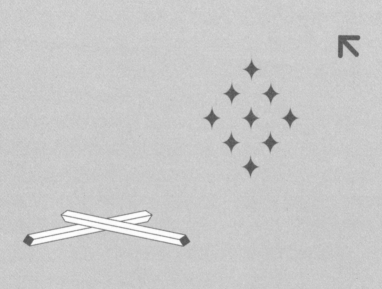

느린 시간 속으로 들어선다.

오후 볕이 거실 깊숙이 들이치고 있었다. 길어진 그늘이 아버지의 등을 구붓이 타고 넘는다. 소리 죽인 티브이 화면엔 뉴스가 한창이다. 바닥이 드러난 저수지 아래, 돌에 묶여 유기된 시신을 찾아냈다는 자막이 흐른다. 언제나 고정된 채널에선 종일토록 뉴스가 방영되고 아버지는 특정 사건이 아니면 볼륨을 높이지 않는다. 반년 만에 돌아온 나를 맞은 건 벽에 걸린 빛바랜 사진 속 동생의 시선. 크고 깊은 눈망울이 아이답지 않게 슬퍼 보인다. 인기척에도 아버지는 미동이 없다. 모든 게 그대로다. 시간에도 겹이 있다면 이곳의 층위는 아주 낮은 자리일 것이다.

네가 좀 올라와야겠다.

어제 점심시간이었다. 수화기 너머 엄마가 다짜고짜 말했다. 명절이나 생신 때마저도 집에 오길 꺼리던 내겐 당혹스러운 요구였다.

간판이 작살나 버렸어.

긴 한숨 소리 끝에 전화가 끊겼다.

퇴근 전에 휴가원을 제출했다. 주말을 끼고 사흘간 시간이 났다. 이렇게 닥쳐서 올리면 어떡하나. 총무과장이 언짢은 얼굴로 말했다. 아버님이 위독하세요. 그가 의심스러운 눈초리로 나를 흘긋 쳐다보곤 서명을 마쳤다. 머릿속으로 산산이 부서진 간판을 떠올려보았다. 딱히 내가 할 수 있는 일은 없었다. 위로가 필요한 관계는 깨진 지 오래였다. 지루한 소송이 끝난 것처럼 오히려 홀가분했다. 준에게 문자메시지를 보냈다. 나 내일 서울 가요. 일요일 오후 연락 바람.

바닥에 흩어진 아크릴 조각들. 심하게 우그러진 함석 철판. 아버지는 해체된 '금성양복점' 간판 앞에 웅크리고 앉아 파편들을 맞춰보고 있었다.

금성양복점이 문을 닫은 지 십여 년이 지났다.

모두가 재개발에 떠밀려 동네를 떠나야 할 때였다. 어차피 맞춤 양복을 찾던 사람들은 일찌감치 발을 끊었고 기성복의 하청 일이나 수선 등으로 명맥을 잇고 있던 터였다. 양복 원단과 자재 들을 헐값에 처분한 아버지는 그 돈을 모조리 술값에 들이부었다. 재개발이 끝나 돌아오기 전 몇 년 동안 이사를 다니면서도 버리지 않던 낡은 간판. 붉게 녹슨 철판은 우툴두툴했고 군데군데 떨어져 나간 글자들은 매직으로 덧칠했다. 엄마는 깔끔하고 세련된 간판으로 바꿔 보자 했지만 아버지가 반대했다. 그렇게 하면 누가 알아볼 수 있겠냐며 언성을 높였다. 오로지 한 사람을 위한 일이었다. 그것을 알아보고 우리를 찾아올, 어릴 적 잃어버린 내 동생 동주를 위해.

이제는 이렇게 기다리는 것밖에 더는 할 수 있는 일이 없으니까. 다섯 살이 되던 해였으니 문자보다는 이미지로 기억해낼 가능성이 크다는 게 아버지의 생각이었다.

"이것들이 시치미를 뚝 떼고 발뺌만 하네."

구시렁대며 현관으로 들어선 엄마는 몹시 지친 표정이다.

"왔으면 앉지, 왜 그러고 있니?"

우두커니 서 있는 나를 일별하곤 아버지 곁으로 다가가 앉는다.

"관리소장이 시시티브이 확인시켜 준댔어요. 한바탕 뒤집어엎었는데, 부녀회에선 오히려 펄펄 뛰고 생난리네. 제깟 놈들 아니면 대체 누가…… 휴우, 어쨌든 좀 이따 윤주랑 같이 가 봅시다."

아크릴 조각에 시선을 붙박은 아버지는 아무런 대꾸도 없다.

금성양복점이 굴착기에 쓸려나가고 그 자리에 아파트가 세워지는 동안 우리는 옆 동네 다세대 주택에 세를 얻어 살았다. 쓸모없는 짐을 줄이고 버려야 하는 와중에도 베란다 한구석에 꼿꼿이 세워져 있던 낡은 간판. 새 아파트에 입주하던 날 맨 먼저 풀었던 짐이다. 사람들이 분주하게 세간을 들이고 집 안을 정리하는 사이 아버지는 공구함과 간판을 들고 밖으로 나가 정문 바로 옆 벽돌 사이에 못을 박고 그것을 내걸었다. 다음 날 거실 스피커를 통해 공동 시설물에 불법으로 설치한 광고물을 즉시 철거하라는 방송이 흘러나왔다. 불응할 시 관리사무소에서 임의로 처리하겠다는 은근한 협박까지 이어졌다. 아버지는 밖으로 나가 간판은 떼지 않고 그 옆에서 보초를 섰다. 얼마 후 관리소 직원들이 몰려왔고 아버지는 그들을 몸으로 막아섰다.

이러시면 안 됩니다.

관리소장이 위압적으로 말했다. 아버지는 대답 없이 완강히 서서 버텼다. 한참을 어르고 설득해도 소용이 없자 그가 아버지의 어깨를 잡고 옆으로 밀쳐 냈다.

그만들 해요!

사라진 아버지를 찾아 밖으로 나온 엄마가 소리쳤다.

도대체 이곳에 간판을 거는 이유가 뭡니까? 우리 아파트 규정에는 상가 외 장소에서 영업 행위가 금지돼 있습니다.

이건 영업 행위가 아니오.

아버지가 목소리에 힘을 주어 말했다.

어쨌든 곤란합니다. 이곳은 개인이 임의대로 사용할 수 있는 공간이 아니잖아요.

여기에 간판을 내건다고 사람들에게 피해를 주는 일이 대체 뭐란 말이에요? 말이 나왔으니 말이지, 누가 멀쩡한 동네 갈아엎고 아파트 지어 달랬나요?

엄마도 함께 맞섰다. 난감한 표정으로 눈짓을 주고받던 그들이 돌아간 후에도 부모님은 이삿짐 정리를 뒤로한 채 한동안 그곳에 서 있었다. 이후 입주자 대표나 부녀회와의 마찰도 마찬가지였다. 볼썽사나운 간판이 미관을 해쳐 집값에 영향을 미친다, 정문 담벼락은 입주민들의 공동 재산이고 그러므로 아버지의 행위는 재산권 침해에 해당한다며 난리굿을 치는 일이 일상처럼 굳어졌다. 아버지는 철거해 간 간판을 되찾으러 종종 구청을 드나들었고 과태료 고지서도 심심찮게 날아왔다. 차츰 우리 집 사연이 알려지면서 한

편에서는 그것을 허용하자는 동정론까지 생겨나고 있었다. 그러는 동안 사람들은 조금씩 진이 빠졌고 점점 시들해지다가 결국엔 포기하거나 무심해졌다.

'천오백 년 만에 되살아난 소녀.'

티브이 화면 속 복원된 가야 소녀는 주인과 함께 순장된 가냘픈 몸매의 시녀였다고 한다. 진흙더미에서 출토된 백골이 각 분야 전문가들의 손길을 거쳐 생전의 모습을 되찾았다. 아귀가 맞는 조각을 찾기 위해 아버지의 등이 활처럼 휘어진다. 아버지는 간판을 복원할 수 있을까…… 그와 대화를 나누던 기억이 까마득하다. 부녀 사이에 소통은 오래전에 끊겼다. 동주가 나타나지 않는 한 아마도 그것은 우리 가족의 변함없는 미래가 될 것이다.

네가 없을 때도 그렇지만 너를 보면 동주 생각이 더 난다.

대학 1학년 첫 방학 때였다. 어느 날 무슨 말끝이었던지 그렇게 말을 마친 아버지는 흠칫 몸을 떨었다.

부모님이 실종 아동기관에 미아 신고를 접수하고 전단을 만들어 백방으로 동주를 찾아 헤매는 동안 나는 중학교에 진학했고 다른 아이들에 비해 얌전한 사춘기를 보내야 했다. 그저 이를 악물고 버텨 내는 수밖에, 다른 길은 없었다. 마그마를 품은 빙하처럼. 어쨌든 시간이 흐르고 있다는 것만 다행스러운 일이었다. 슬픔에 빠진 엄마는 친척들과 이웃들의 위로와 격려에 아주 느리게나마 기운을 되찾고 있었다. 문제는 금성양복점이었다. 아버지는 손님과의 약속을 매번 지키지 못했고 살갗에 바늘을 꽂기 일쑤였으며 다림질 후엔 꼭 손가락이나 손등 어딘가에 크고 작은 물집이 남았다. 단골들의 발길은 당연히 뜸해졌다. 늘 아버지의 시선은 가게 유리문 너머 어딘가에서 허둥대고 있었다.

소파에 비스듬히 누워있던 엄마가 리모컨으로 채널을 검색한다. 볼륨을 높인다.

비탈길의 중턱에 우리 집이 있었어요. 대문 색깔이 파랑이었는지 초록이었는지는 가물가물하고요. 아…… 건넛집 할머니가 치매를 앓고 있었던 것 같아요. 아이들이 무서워서, 그 집 앞을 지나길 꺼려 했어요.

여성 출연자의 시선이 먼 곳을 더듬는다. 교양프로그램의 요일별 테마 중 생방송 가족 찾기 코너이다. 이정표 같은 전화번호가 자막으로 흐른다.

부모님은 동주를 잃고 나에 대한 시선마저 잃은 듯했다. 상위권이던 성적이 바닥을 쳤을 때도, 그러다가 몇 달 후 다시 회복했을 때에도 그들은 무덤덤했다. 물론 비탄에 잠긴 집안에서 내가 도드라진다고 좋을 것도 없겠지만 그렇다 해도 자연스레 딸의 존재를 망각한 부모님의 태도를 아무렇지 않게 받아들일 순 없는 거였다. 차라리 미아가 되지 못한 내 운명이 원망스러웠다. 동주에 대한 추억과 갈망뿐 서로의 시선이 엇갈리는 그곳에서 하루빨리 벗어나는 것만이 유일한 소원이었다. 그리고 그 바람대로 나는 지방 국립대에 지원했고 서둘러 독립했다. 졸업 후 그곳에서 일자리를 잡고 잦은 이직을 되풀이하면서도 서울로 돌아올 생각은 단 한 번도 하지 않았다. 이제 너까지 없으면 우린 어떡하니. 떠나는 날 아침, 엄마는 내 주머니에 동생의 사진을 밀어 넣으며 눈물을 글썽였다.

아버지의 굽은 등을 물끄러미 바라본다. 으스러진 조각으로는 완성된 음절을 단 한 개도 만들 수 없을 것이다.

간판에 글자들이 온전하게 붙어있던 시절, 동주가 우리와 함께 살던 마지막 해, 그때 나는 초등학교 6학년이었다.

갈림길의 초입에 금성양복점이 있었다. 가게 앞은 자동차들이 지나다닐 수 있는 반듯한 길이었고 뒤쪽으론 폭 좁은 비탈길이 여러 갈래로 나누어졌다. 골목을 사이에 두고 왼편으로 철물점이 있었는데 상점 앞 공터에 모래를 쌓아두고 팔았다. 모래언덕은 아이들의 키를 훌쩍 넘을 만큼 높았다. 그곳은 우리들의 놀이터이기도 했다. 푹푹 빠지는 모래 언덕을 오르내리고, 깃발이 꽂힌 모래 산을 긁어내고, 숨겨둔 보물을 찾아내고, 모래성을 쌓고, 두꺼비집도 지었다.

모래언덕이 아이들 놀이터였다면 어른들의 쉼터는 아버지의 양복점이었다. 어지간히 바쁜 일이 아니면 사람들은 골목을 들고 나는 길에 금성양복점을 거쳤다. 응접용 소파에 앉아 엄마가 내주는 야쿠르트나 박카스를 마시며 서로 안부를 주고받았다. 머무는 시간이 길지는 않았다. 대개 음료를 마시는 시간 동안 만이었다. 그 사이 골목 안 이런저런 소식들이 오가고 웃음과 한숨이 엮였다. 아버지는 옷감을 마름질하거나 재봉틀의 페달을 밟으면서, 엄마는 완성된 양복의 실밥을 정리하거나 바지 밑단을 감침질하며, 그들과 이야기를 나눴다. 겨울이면 가게가 더욱 북적이던 기억이 나는데 아마도 골목으로 들기 전 잠시라도 온기를 쐬려고 문턱을 넘는 사람들이 많아서였으리라. 언제나 연탄난로 위에선 무쇠다리미가 뜨겁게 달궈지고 있었다. 나는 가끔 어른들의 이야기를 훔쳐 들으며 김 서린 유리문에 손가락으로 그림을 그리곤 했다.

양복점의 한 벽은 책처럼 빽빽하게 꽂힌 원단들의 자리였고 쇼윈도의 얼굴 없는 마네킹은 계절이 바뀔 때마다 혹은 그보다 더 자주 옷을 바꿔 입었다. 가게를 접었던 무렵은 한겨울이었음에도 얇은 마 소재의 양복을 걸치고 있었지만. 아버지의 수첩엔 이름과 연락처 밑에 숫자들이 줄줄이 적혀 있었다. 목둘레, 어깨너비, 팔 길이, 가슴과 허리둘레, 다리와 밑위길이, 그리고 허벅지와 종아리 둘레 따위였다. 가끔 엄마는 동주와 나를 데리고 동대문시장에 갔다. 샘플 북에서 고객이 골라낸 원단을 필요한 치수만큼 끊어오기 위해서였다. 아버지는 넓은 재단대에 옷감을 펼쳐놓고 곧은 자와 둥근 자를 이용해 초크로 그림을 그렸다. 의뢰인의 몸을 본뜬 모양이었다. 그것을 가위로 잘라내고 시침질한 후 연락하면 옷 주인이 와서 입어보았다. 꽉 끼는 부분과 헐렁한 부분을 바로잡아 재봉틀로 박음질했고, 안쪽에 '금성양복점' 마크를 달고 다림질로 마무리해 한 벌의 옷을 완성했다. 여름엔 전기다리미, 겨울엔 무쇠다리미를 이용한다는 것만 달랐다.

넓고 평평한 재단대는 동주의 공연 무대이기도 했다. 아버지는 틈날 때마다 동주를 그 위에 올려놓았고 녀석은 유치원에서 배운 노래와 율동을 깜찍하게 재연했다. 하얀 태권도복을 입고 품새 동작을 처음 선보이던 날은 아버지의 웃음소리가 골목 너머까지 퍼져나갔다. 어렵게 얻은 동생이었다. 나중에 알게 된 사실이지만, 나와 동주 사이에 네 명의 아이가 엄마 배에서 미끄러졌다고 한다.

아버지의 초크는 훌륭한 낙서 도구였다. 누나, 비행기 그려줘. 이번엔 공룡. 아니, 이건 개구리잖아. 길바닥에 앉아 모래 놀이를 하고 그림을 그리며 티격태격 오누이가 자라는 동안, 아버지는 유리 너머로 그 모습을 지켜보았다. 가위질을 하다가, 재봉틀을 돌리면서, 다리미를 내려놓고, 손님들 몸의 곡선을 자로 재면서 잠깐씩 흘끔흘끔 혹은 오랫동안 물끄러미……

흑백 화면 속 남자가 금성양복점 간판 앞을 어슬렁거린다. 두리번거리며 주변을 살핀 후 주머니에서 공구용 칼을 꺼내 든다. 철판에 붙은 글자들을 하나하나 떼어 낸다. 그러다 갑자기 동작을 멈추고 화면에서 사라진다. 취객처럼 보이는 행인이 비틀거리며 금성양복점을 지나쳐 간다. 다시 나타난 남자가 간판을 바닥에 내려놓고 남은 글자들을 모조리 떼어 낸다. 이윽고 일어서서 마구 짓밟는다. 움푹움푹 패인 철판의 한쪽 모서리를 힘껏 잡아 젖힌다. 처참해진 그것을 잠시 내려다보더니 화면 밖으로 천천히 걸어나간다.

시시티브이에 녹화된 동영상이었다.

저, 저, 처 죽일 놈을 봤나! 엄마가 엉덩이를 들썩이며 흥분했다. 아버지는 붉게 달아오른 볼을 씰룩거리며 거친 숨만 내쉬었다. 부들거리며 일어서려던 그가 바닥으로 무너졌다. 오래 묵은 나무가 쓰러지듯 둔탁한 소리가 났다. 남자는 모자를 깊게 눌러쓰고 마스크까지 착용해 얼굴을 살펴보기 힘들었다.

"잠깐만요."

나는 관리소 직원에게 남자의 얼굴을 확대해 달라고 부탁했다.

"왜, 짚이는 놈이라도 있니?"

주저앉은 아버지를 일으켜 세우며 엄마의 눈이 휘둥그레졌다.

남자의 옆얼굴이 클로즈업된다. 모두 숨죽인 채 모니터를 들여다본다.

"됐어요."

마른 바람이 서쪽에서 불어왔다. 관리사무소를 나오며 우리는 아무 말도 하지 않았다. 바람을 맞은 눈이 따끔거린다. 놀이터에 아이들 서넛이 모여앉아 강아지를 괴롭히고 있다. 작은 짐승은 낑낑대며 악동들의 손에서 벗어나려고 안간힘을 쓴다. 아무도 그들을 말리지 않는다. 이곳은 아주 오래전 모래언덕이 있던 자리다. 철물점 아저씨가 아파트 단지 배치도를 펼쳐놓고 말해준 바에 의하면 모래언덕은 정문 맞은편 놀이터로, 금성양복점은 보도블록이 깔린 인도가 될 거라고 했다. 그 많던 모래는 다 어디로 갔을까. 철물점의 모래도 놀이터의 모래도 얼마 전 말끔히 깔린 매트 바닥에 자리를 내주고 사라져 버렸다. 따가운 눈을 비벼 눈물을 짜낸다. 금세 이물감이 사라진다. 따끔거리는 눈에 아버지가 식염수를 넣고 입김을 불어주면 눈물과 함께 대구루루 흘러나오던 모래알. 서쪽에서 불어온 마른 바람이 쌓인 낙엽을 뒤치고 지나간다.

준에게선 아직 연락이 없다.

거친 숨을 몰아쉬며 돌아누운 내게 그는 가끔 담배에 불을 붙여 건네곤 했다. 평상시엔 냄새조차 싫은 물건이었다. 필터를 지그시 깨물어 깊숙이 빨아들였다 후, 내뱉으면 덜 삭은 감정들이 조금은 빠져나가는 듯했다. 부연 허공에 준의 시선이 느릿하게 떠다녔다.

엄마 친구의 조카인 준은 하숙생이었다. 동쪽 바닷가 태생인 그가 서울로 올라와 다니던 대학이 우리 집에서 도보로 20여 분 거리에 있었다. 동주가 사라지던 그해 겨울 갑자기 우리 곁을 떠날 때까지, 언제나 긴 머리칼에 가려 보이지 않던 검은 사마귀. 입대를 앞두고 우편물을 찾으러 왔던 날 나는 그것을 처음 보았다. 부모님과 마주앉아 인사말을 주고받는 그를 곁에서 흘끔흘끔 훔쳐보다 발견한 거였다. 귓불과 턱관절이 만나는 움푹한 지점에 팥알만 한 사마귀가 돋아 있었다.

다행히 엄마는 못 알아본 눈치였다. 어쩌면 사마귀의 존재조차 모를지도 몰랐다.

가끔 엄마는 친구에게서 들은 그의 소식을 나에게 전하곤 했다.

대학 때 사귀던 여자애랑 결혼했다는구나.

삼 년 만에 아들을 얻었다더라.

아이가 사고를 당해 많이 다쳤다는데…….

그때마다 무방비로 그 시절이 떠올랐고 나는 어쩔 수 없이 무른 감정에 휘말리곤 했다.

애, 글쎄…… 준이가 다녀갔다.

재작년쯤이었나. 베란다 화분에 만개한 철쭉을 바라보며 엄마가 말했다.

며칠째 간판 앞을 서성이는 수상쩍은 사내가 있기에 유심히 살폈더니 점점 낯이 익더라는 거였다. 거기…… 이봐요. 화들짝 놀라며 돌아선 그는 준이었다. 아니, 이게 누구야! 여긴 어쩐 일이니? 머뭇대는 그의 손을 집으로 이끌었다. 하지만 그는 엄마가 내어 준

주스를 몇 모금 마시곤 쫓기듯 돌아갔다고 한다.

낯빛이 무척 안 좋아 뵈더라. 묻는 말에 대답도 잘 않고.

그리고 얼마 지나지 않아서였다.

실례지만 강윤주 씨……. 머뭇거리는 말투를 듣고 단박에 알아 차렸다. 말끝에 다정함이 묻어나는 것도 그대로였다. 나에게 그와 첫사랑은 이음동의어였다. 동생은 찾았니? 14년 만에 연결된 통화에서 그는 동주의 소식부터 묻고 있었다. 그와 내가 공유하는 가장 큰 기억이지만 달갑지 않은 화제였다. 언제나 누구나 그랬다. 사람들은 늘 나보다 동생의 소식을 더 궁금해했다. 연락처는 어떻게 알아냈어요? 어머님이 네 휴대폰 번호를 알려주셨어. 그런데 동주, 아직 못 찾은 거니?

주말 저녁 신촌에서 준을 만났다. 많이 컸구나. 그가 덥석 내 손을 잡았다. 베트남 식당에선 내내 동주 이야기만 했다. 뜨거운 물에 적신 라이스 페이퍼에 쌈을 싸 먹으며 나는 그와의 만남을 후회했다. 음식을 거의 다 비웠을 무렵 소주를 주문했다. 동주가 없어지던 날, 있잖아, 윤주야……. 나는 자리에서 벌떡 일어났다. 우리 이차 가요. 서른 중반의 유부남을 끌고 클럽에 갔다. 끊임없이 몸을 흔들며 맥주를 마셨다. 가끔 그가 무어라 말을 했지만 시끄러운 음악에 파묻혀 들리지 않았다. 내 귀에 닿은 준의 입술이 뜨거워졌다. 눅눅한 지하 화장실에서 쿵쿵 울리는 음악에 맞춰 나는 사납게 엉덩이를 흔들어댔다.

차고 건조한 바람이 귀밑 식은땀을 훔치고 지나간다.

준이 등교하고 없는 시간, 나는 종종 그의 방을 들락거렸다. 건

축학도였던 그의 방엔 신기하고 흥미로운 도구들이 많았다. 제도판, 도면 용지, 갖가지 모양의 도형 자, 컴퍼스, 48색 색연필…….
빈방에 틀어박혀 도구들을 갖고 놀면 시간 가는 줄 몰랐다. 가끔서랍을 열어 예쁜 엽서와 그림카드 같은 것들을 훔쳐보기도 했다.
'안녕, 준'하고 시작된 편지들의 끄트머리엔 한결같이 '지현'이라는이름이 붙어 있었다. 그의 여자친구였다. 4×6 사이즈 컬러사진 속그녀는 달걀형 얼굴에 검은 뿔테 안경을 쓰고 있었다. 미소 띤 표정임에도 인상은 차갑고 도도해 보였다. 뾰족한 컴퍼스로 여자의얼굴을 콕콕 찍어놓았다.

윤주 어딨니? 친구가 찾는다.

엄마의 목소리와 함께 드르륵, 미닫이 방문이 열렸다.

애가 또 여기서 뭐 하는 거야? 어서 나오지 못해!

마당에 모래집 아이와 동주가 나란히 서 있었다.

쇼윈도 마네킹이 두꺼운 코트를 걸치고 있을 무렵은 금성양복점의 대목이었다. 사람들은 동장군보다 한 발짝 서둘러 겨울 채비를했다. 기본 재킷과 바지 외에도 조끼와 코트까지 갖추려니 맞춤 비용은 비싸졌고 그만큼 아버지의 일도 바빠졌다. 약속 날짜를 맞추느라 가끔 끼니를 놓칠 때도 있었다. 구운 식빵에 잼을 발라 틈틈이 한 입씩 베어 우물거리면서도 아버지는 날렵했다. 재단대와 재봉틀을 오가며 앉았다 섰다를 끊임없이 반복하면서 세상에 단 한벌뿐인 옷을 지어냈다. 손님들이 찾아가야 할, 빼곡하게 걸린 옷들중에 똑같은 옷은 한 세트도 없었다.

그럴 때 동주는 언제나 내 책임이었다. 일손이 모자랐기 때문에 엄마는 집안일을 제쳐 두고 아버지를 도왔다. 다섯 살 사내아이를 돌보라는 건 그 아이의 뒤만 졸졸 쫓아다니라는 뜻과 같았다. 차라리 여자아이였다면 마주앉아 인형놀이라도 할 수 있었을 텐데. 동주는 장난감 총으로 나를 겨누며 탕, 탕, 고함쳤고 느닷없이 공을 던져 내 이마나 뒤통수를 맞추기 일쑤였으며 태권도 발차기로 종아리를 가격하곤 했다. 그나마 가장 얌전한 놀이는 장난감 로봇 조립이었다.

추운 날씨였지만 그날도 아이들은 골목에 모여 있었다. 오늘도 쟤 달고 왔구나. 한 아이가 말했다. 나는 동생을 한쪽 구석에 앉혀 두었다. 여기서 기다려. 다 먹으면 누나가 또 줄게. 동주에게 막대 사탕을 까서 쥐어 주었다.

우리는 손바닥을 뒤집어 짝을 정했고 모래집 아이와 내가 한 팀이 되었다. 상대편 아이들이 고무줄을 발목에 걸고 서서 노래를 불렀다. 장난감 기차가 칙칙 떠나간다. 과자와 설탕을 싣고서……. 두 발을 번갈아 고무줄 안으로 넣고 밖으로 빼고, 한 소절이 끝나면 몸을 돌려 똑같이 반복하고. 그러면서 틈틈이 동주를 지켜보았다. 꼬마 동생은 얌전히 앉아 사탕을 빨았다. 퐁당퐁당 돌을 던지자. 누나 몰래 돌을 던지자. 우리 팀 모두 허벅지 단계에서 실패했다. 이번에는 모래집 아이와 내가 고무줄을 걸고 마주 서서 노래를 불렀다. 상대편 아이가 뛰기 시작했다. 누나, 사탕 다 먹었어. 나는 주머니에서 막대사탕 하나를 더 꺼내 동주에게 건넸다. 꼬마 동생은 내 옆에 바짝 붙어 서서 사탕 껍질을 깠다. 상대 팀은 만만찮은 실력으로 어느새 엉덩이와 허리 단계까지 통과하고 있었다. 아이들은 뛰는 듯 나는 듯 사뿐사뿐 고무줄을 꼬고 팅기고 깡충거렸다. 나리 나리 개나리 입에 따다 물고요. 우리 차례가 오려면 한참 멀었을 거란 생각이 들었다. 나는 조금 지루해져서, 시무룩이 하늘을 올려다보았다. 두꺼운 회색 구름이 낮게 내려앉고 있었다.

탁.

눈앞이 번쩍거렸다. 누군가 후려친 것처럼 오른쪽 뺨이 얼얼했다.

너, 죽었어! 순식간에 아이들이 뛰기 시작했다. 상대편 아이 둘과 모래집 아이, 어느 사이 나도 덩달아. 쌀집 아들 대환이 녀석이 저만치 앞서 달아나고 있었다. 한 손에 가위를 든 채. 녀석은 우리 곁으로 살금살금 다가와 고무줄을 끊고는 냅다 튀고 있는 거였다. 거기 안 서! 아이들은 고래고래 악을 써대며 발을 굴렀다. 다 이긴 게임을 망쳐 화가 났고 끊어진 고무줄에 뺨을 맞아 분했다. 녀석은 날랬다. 곧 잡힐 것 같던 옷자락이 어느새 다시 멀어졌다. 모퉁이를 돌아 사거리에 이르렀고, 그곳에서 대환이가 사라졌다. 사방으로 흩어져 녀석을 뒤쫓았지만 얼마 지나지 않아 우리는 헉헉거리며 되돌아와야 했다. 터덜터덜 제자리로 돌아와 끊어진 고무줄을 이어 묶었다. 묶다가, 나는 문득 깨달았다.

다섯 살 동생의 모습이 보이지 않았다.

저물녘 개들이 컹컹거리는 골목을 친구들과 나누어 샅샅이 뒤졌지만 동주는 어디에도 없었다. 저마다 코가 빨개졌고 모두 배가 고팠다. 나 이제 집에 들어가 봐야 해. 누군가 낮게 웅얼거렸고 나머지 아이들도 슬금슬금 내게 손을 흔들곤 뿔뿔이 흩어져 버렸다. 옷에 밴 땀이 겨울바람에 차갑게 식어 갔다. 나는 골목에 혼자 남아 부르르 진저리를 쳤다. 눈앞이 깜깜해졌고 머리끝까지 냉기가 뻗쳐 올랐다. 엄마, 아버지, 동주의 얼굴이 차례로 떠올랐다. 무슨 일이 일어나고 있는 걸까. 할 수만 있다면 대환이가 고무줄을 끊고 도망치던 시간으로 되돌아가고 싶었다. 동주가 사탕을 빨던 자리에 서서, 나는 왈칵 울음을 터뜨렸다. 어룽진 허공에 뿌연 눈발이 바람을 타고 흩날렸다.

저녁 상차림에 엄마가 소주를 내왔다.

"이제 어쩔 거요?"

엄마의 목소리는 담담했다. 아버지는 잠자코 술만 마셨다. 마음이 요동치는 쪽은 나였다. 시시티브이 남자가 준일 거라는 확신 때문만은 아니었다. 묵은 체증이 쑥 내려간 것처럼 후련할 줄 알았는데 오히려 막막해지는 심사는 왜일까.

"그만합시다."

소주잔을 홀짝이며 엄마가 티브이 채널을 돌린다.

"16년이나 지났는데도 못 찾는 거면…… 이만큼 했으면 그만 접어도 괜찮아. 우리 동주도 이해할 거요."

그러고는 셔츠 소매로 눈가를 훔쳤다. 아버지의 커다란 눈이 튀어나올 듯 붉어진다.

어머니가 제일 그리울 때는 언제였나요? 진행자의 물음에 청년이 싱긋 웃으며 답한다. 행복했던 순간마다 엄마, 그리웠어요. 세 살 무렵 미국으로 입양되었던 그는 자신을 버린 엄마를 만나기 위해 한국을 다시 찾았다. 생모의 볼을 타고 쉴 새 없이 흐르는 눈물. 진행자가 손수건을 꺼내 눈가를 훔친다. 매주 금요일 저녁 빠짐없이 시청해 온, 또 다른 가족 찾기 프로그램이다. 아버지가 방송국에 보낸 사연은 순위에서 매번 탈락했다. 상대 출연자를 찾지 못했기 때문이다. 동주의 흔적은 어디에도 없었다.

"똑같이 만들어주는 데가 있을 거예요. 요즘 세상에 이깟 간판쯤이야……."

핏발 돋은 아버지의 눈을 보고 마음이 약해졌을까. 나도 모르게 불쑥 튀어나온 말이었다.

"네가 매사를 그런 식으로 생각하니까 문제다. 뭐든 똑같이 새로 만들 수 있다는 생각…… 동주가 우리에게 그런 존재더냐!"

"이 집안에서 그 아이가 돌아오길 가장 간절히 바라는 사람은 바로 저라고요!"

엄마가 내 옆구리를 아프게 꼬집었다. 아버지는 붉은 눈을 홉뜨고 나를 노려보았다. 외투를 챙겨 들고 집을 나섰다. 부서진 간판도 아버지의 궁상도 더는 참을 수가 없었다. 시시티브이 남자가 오히려 고마워졌다. 간판 복원은 불가능할 것이다. 아버지는 동주가 아직도 골목 어딘가를 맴돌고 있을 거라 믿고 있었다. 존재하지 않는 존재 때문에 존재해야 할 것들이 사라지고 있었다. 어쩌면 정작 집으로 돌아와야 할 사람은 동주가 아닐지도 몰랐다.

그날 아버지는 나에게 동주가 사라지던 당시의 정황을 묻고 또 물었다. 자정이 넘도록 굵은 눈발이 쏟아 붓고 있었다. 엄마와 아버지, 모래집 아저씨, 어른들은 패를 나눠 골목을 돌고 또 돌았다. 나는 자책감과 두려움으로 방구석에 쪼그리고 앉아 숨죽여 울었다. 그날따라 준의 귀가도 늦었다. 아직도 소식이 없다니? 쌀집 아주머니가 호빵이 든 비닐봉지를 건네주고 갔다. 저녁을 거른 터라 몹시 배가 고팠다. 호빵 두 개를 들고 준의 방으로 들었다.

그의 방 한쪽 면은 푸른 표지로 제본된 도면들로 빼곡했다. 설계도에는 얽히고설킨 지형이 한 군데도 없었다. 모든 길과 건물들이 반듯하게 연결된 그곳. 앞으로 우리가 살게 될 동네도 그와 같을 거라던, 준의 말이 떠올랐다. 따뜻한 호빵 덕분에 속이 가라앉고 있었다. 나는 의자에 앉아 그가 스케치하다 만 도면을 가만히 들여다봤다. 그리고 문득 생각했다.

이렇게 반듯한 길에서라면 길을 잃는 아이는 더 이상 없을 거야.

그렇다. 동주를 잃어버린 건 복잡한 골목길 때문이었다. 곧게 쭉쭉 뻗은 길이었다면 동생을 잃지 않았을지 모르고 찾기도 훨씬 쉬웠을 것이다. 그 생각은 어느새 나에게 면죄부가 되었고 오히려 억울한 감정마저 불러일으켰다. 꼬불꼬불 얽힌 길이 지긋지긋해졌다. 하루빨리 골목을 벗어나고 싶어졌다. 새벽까지 부모님은 돌아오지 않았고 나는 그의 방에서 마음 편히 잠들었다. 밤새 내린 눈으로 세상이 무거워진 아침, 일어났을 땐 여전히 나 혼자였다.

그리고 그곳을 가장 먼저 벗어난 사람은 준이었다. 동주가 사라지고 얼마 지나지 않은 어느 날, 이삿짐 차를 타고 그는 떠났다. 잘 있어라. 부모님 말씀 잘 듣고. 내 머리를 쓰다듬으며 짧은 인사를 건넨 후 그가 차에 올랐다. 빠르게 멀어져 가는 트럭을 바라보며 나는 오랫동안 골목 어귀에 서 있었다.

정신없이 걷다 보니 어느새 버스정류장이다. 언제나 그랬듯 내가 할 수 있는 일은 아무것도 없었다. 저마다 갈 곳을 향해 분주히 타고 내리는 승객들. 노선번호 안내판에 유실견을 찾는다는 전단지가 붙어 있다. 세상은 여전히 많은 것들을 잃어버리고 있었다.

준에게 전화를 건다.

집에 다녀갈 때면 어김없이 그를 만났다. 그래 봐야 1년에 서너 번이었다. 준은 아무것도 묻지 않았고 더는 동주 이야기를 꺼내지도 않았다. 격렬하게 몸부림치는 나를 그저 지그시 바라보기만 했다. 공허와 슬픔과 안타까움이 한데 뒤섞인 눈길이었다.

오늘은 곤란한데.

준의 목소리는 칼칼했다.

지금 근무 중이야. 월요일까지 도면 마감이라 주말 동안 꼬박 작업해야 해.

잠깐이면 돼요. 내가 그쪽으로 갈게.

저기, 그냥 다음에 만나면 안 될까?

왜 그랬어요?

…….

잠시 후 그가 더듬거리며 약속 장소를 일러주었다.

준은 잠자코 내 손목을 잡고 걸었다. 구겨진 낙엽들이 발밑에서 바스락거렸다.

주말 밤 빌딩가의 술집은 한산했다.

휴대용 가스버너 위에 홍합탕이 끓고 있다. 주문한 음식이 차려지는 동안 우리는 아무 말도 하지 않았다. 살굿빛 조명 아래 그의 피부는 푸석해 보였다. 말없이 창밖을 내다보며 가끔 한숨을 내쉬었고 그럴 때마다 미간의 골이 깊어졌다.

빈 홍합 껍데기를 양푼에 담는다. 까만 무덤이 금세 수북해진다. 준은 말없이 술만 들이켜고 있었다. 홍합 살과 뿌연 국물을 접시에 담아 그에게 건넸다.

"부모님은 괜찮으시니?"

그가 나를 빤히 건너다봤다.

"이제 와서, 왜 그랬어요?"

다시 고개를 돌린 그의 시선을 따라 나도 창밖을 내다보았다. 깊은 빌딩 숲 위로 보름달이 떠 있었다.

"학교에서 행성의 자전과 공전에 대해 배웠을 때 동주 생각이 났어요. 그 아이가 별처럼 제자리에만 있어준다면…… 어쩌면 만날 수 있지 않았을까 하고요."

달을 보고 떠오른, 오래된 기억이었다.

한순간 그의 눈동자가 흔들렸다. 나는 어느새 식어버린 홍합국물을 냄비에 쏟아붓고 가스버너의 불을 켰다. 물기 빠진 홍합 살이 접시에서 쭈그러들었다. 지금도 아버지는 간판을 손보고 있을 것이다. 고장 난 컴퓨터의 하드디스크를 복원하고 도심 왕궁과 하천을 복원하고 화재로 소실된 사찰과 순장된 가야 소녀, 찌그러진 자동차까지 복원하는 세상. 잃어버린 동생, 유년의 골목, 훼손된 간판, 따뜻한 가족…… 나에게선 어느 것 하나 복원할 수 없는 것들.

"우리 이제 그만 하자."

나는 숟가락을 든 채 멀거니 그를 바라보았다.

"금성에서의 하루는 1년과도 비슷하다지."

그가 주머니를 뒤적여 담배를 꺼냈다.

"너희 가족에게 하루와 1년은 같은 의미였을 거야."

"……."

"미안하다, 윤주야."

손가락에 끼웠던 담배를 탁자에 내려놓고 그가 깊은 한숨 끝에 말을 이었다.

"그날 동주는 골목을 따라 어찌어찌 큰길까지 나왔던 모양이더라. 그때 나는 버스정류장에서 여자친구와 심하게 다투던 중이었어."

그들과 얼마 떨어지지 않은 거리에 낯익은 아이가 서성거리고 있었다. 여자친구는 숨도 쉬지 않고 쏘아붙였다. 사소한 오해였고 부질없는 말싸움이었지만 어쨌든 듣고 있어야 했다. 그러면서도 준은 흘끔흘끔 아이의 동선을 살폈다. 관둬, 이제 너랑은 끝이야! 이윽고 그녀가 돌아섰다. 삼촌……. 동주가 그의 곁으로 다가왔다. 한 걸음 두 걸음. 그녀는 조금씩 멀어지고 있었다. 지현아! 그녀가 모퉁이를 돌아 시야에서 사라졌다. 아이의 고사리손이 그의 손끝을 스쳤다. 준은 그녀를 향해 뛰었다. 날리던 눈이 하나둘, 바닥에 내려앉았다. 미끄러운 도로에 차들이 어지럽게 엉켜 있었다. 빵빵. 경적 소리와 함께 브레이크 마찰음이 여기저기서 치솟았다. 끼익. 끼익. 끼이익.

한참 후 준이 돌아왔을 때 아이의 모습은 보이지 않았다.

"그때 내가 네 동생의 손을 잡아주었더라면……."

"그 얘길 왜 이제야 하는 거예요?"

나는 날카롭게 쏘아붙였다.

우그러진 철판, 글자의 파편들, 남아 있는 수백 장의 전단지, 아버지의 시선, 잃어버린 동생 때문에 내가 잃어야 했던 것들. 그날 그곳에서 준이 동주의 손을 잡아주었더라면 우리는 이 모든 일을 겪지 않아도 되었을까. 그날 대환이가 고무줄을 끊고 그렇게 달아나지 않았다면, 내가 그 아이를 잡으러 골목을 뛰쳐나가지 않았다면, 엄마가 동주를 곁에 두고 일을 했더라면. 우리 가족이 수천수만 번도 넘게 세워보았던 가정들. 그때 준이 여자친구를 쫓지 않고 동주의 손을 잡아주었더라면.

검은 창 너머로, 추위와 두려움에 몸을 떨며 길을 헤매는 다섯 살 동생의 모습이 그려졌다.

"동주와 너희 가족에게 미안한 마음, 지금껏 천형처럼 짊어지고 살아왔어. 뭘 해도 실패뿐인 인생 고비마다 그 아이가 떠오르더라. 그때의 죗값이라 여기면 한편으로 마음이 편해지기도 했지. 그런데, 그런데 아무리 생각해도 상쇄되지 않는 일이……."

굳었던 그의 표정이 점점 일그러졌다.

준의 아들은 3년 전 뺑소니 차량에 치었고 그때 머리를 심하게 다쳤다고 한다. 때문에 아이가 청년이 되고 중년을 지나 노년으로 생을 마감할 때까지 어린아이의 지능으로밖에 살 수 없게 되었다. 흐르는 시간이 아무 의미가 없어졌다. 그의 죄책감은 지극한 원망과 억울한 감정을 넘어 피해의식으로까지 치달았다. 모든 게 그날 때문인 것 같았다.

"너도 언제까지, 이렇게 지낼 수만은 없지 않니."

모두가 그 시간에 갇혀 있다고 했다. 우리 집을 찾아내고, 간판을 발견하고, 나와 만나는 동안, 그는 점점 더 고통스러워졌다. 결국 누군가는 빗장을 깨부숴야 했다.

나는 가만히 자리에서 일어나 밖으로 나왔다. 방향도 알 수 없는 길을 무작정 걸었다. 명치끝이 따가웠다. 시커먼 빌딩 사이를 길 잃은 아이처럼 헤매고 다녔다. 우리 곁을 떠나버린, 찾을 수도 잊을 수도 없는 것들에 대해 생각하면서 가쁜 숨이 잦아들 때까지 오랫동안.

이제 그만 너의 궤도로 돌아가.

바람이 찬 입김을 불며 뒤를 쫓았다.

거실은 철판과 파편들로 여전히 어수선했다. 소파에 앉아 동주의 슬픈 눈빛을 오래도록 마주 보았다. 장식장 서랍에서 앨범을 꺼냈다. 희미한 달빛에 더듬더듬 사진 한 장을 찾아냈다. 놀이동산에서 찍은 가족사진이었다. 아버지의 품에 안긴 동주는 활짝 웃고 있었다. 사진을 꺼내 가방 속 수첩에 끼워 넣었다.

현관문을 나서려다 문득 뒤를 돌아보았다. 무언가 빠트린 것 같은 느낌이 들어서였다. 어쩐지 거실 바닥이 휑해 보였다. 아크릴 조각들이 널려 있는 곳으로 다가갔다. 잠시 우두커니 내려다봤다. 웅크려 앉아 '금성'을 맞춰보았다. 파편들의 아귀가 맞지 않아 삐뚤삐뚤했다.

발밑으로 수북한 낙엽들이 버석거린다. 놀이터를 지나 아파트 정문에 다다른다. 간판이 걸려 있던 자리가 휑하다. 아버지에게도 준에게도 나에게도, 그곳을 기억하는 모든 이에게 삶의 어귀가 된 공간. 이제 다시 볼 수 없게 된 금성양복점.

깜깜한 하늘을 올려다본다.

동쪽 하늘에 가장 밝게 빛나는 샛별. 그곳에서의 하루는 1년과도 비슷하다고 했다. 두터운 침묵에 휩싸여 정지한 듯 느리게 흐르는 시간. 어쩌면 아버지에게는 동주를 잃은 시간이 고작 엊그제처럼 느껴졌을지 모른다. 아마도 금성의 시간이 아니었다면 견디기 힘들었을 아버지의 시간.

무언가를 상실한 우리들에게 지구의 시간은 너무 빠르다.

러닝타임

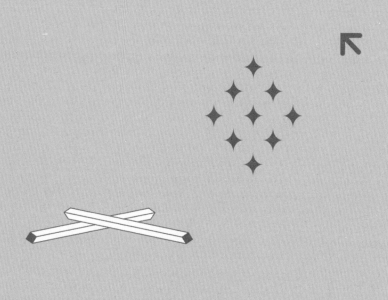

십오 인치 액정화면을 가득 메운 좀비 떼들. 두 팔을 휘저으며 달려드는 이들을 지배하는 건 오로지 식육의 욕망뿐이다. 피범벅된 이빨을 드러내고 괴성을 질러대며 먹잇감을 향해 질주한다. 효과음이 커지면서 화면은 사방팔방으로 흔들거린다. 추격자와 도망자 사이가 좁혀지던 어느 순간, 쫓기던 사람들이 가까스로 건물 안으로 숨어든다.

휴우.

나도 모르게 한숨이 터졌다. 어지러운 영상 때문에 속이 울렁거리는 걸 가까스로 참고 있던 중이었다.

사람들이 출입구를 봉쇄한다. 좀비들이 문밖에 진을 친다. 건물 내부는 먹을 것이며 입을 것, 그밖에도 생존에 필요한 물품들이 완벽하게 갖춰진 쇼핑몰이었다.

"주인공들은 항상 어딘가에 갇힌다. 흔해 빠진 공식이지."

동오가 발가락으로 '강풍' 스위치를 누르며 중얼거렸다. 회전기

능이 고장 난 선풍기는 벌써 몇 시간째 더운 바람만 뿜어대고 있다. 한참을 모로 누워 있었더니 포개진 허벅지에 땀이 차 축축했다. 똑같은 자세로 내 뒤에 바짝 붙은 그의 콧김 때문에 정수리까지 뜨끈해졌다. 좀 떨어지고 싶어도 어쩔 도리가 없다. 함께 영화를 보려면 방바닥에 노트북을 펼쳐 놓고 이렇게 나란히 눕는 방법밖에 없으니까. 작은 화면이 서로를 밀착시켜 놓았다. 지금 같은 열대야에 말이다.

개를 구출하러 밖으로 나간 여자를 좀비들이 뒤쫓으면서 상황은 점점 급박해진다.

"이쯤에서 예쁜 여자가 위기에 빠져 줘야지."

동오의 손길이 내 엉덩이와 허리를 오르내렸다.

"아이 씨, 더워. 저리 가!"

저따위 흔해 빠진 공식에 열광하는 꼴이라니.

퇴근 후 집에 돌아와 보니 동오가 먼저 와 진을 치고 있었다. 나는 본체만체 얼음물만 벌컥벌컥 들이켰다. 찬물로 샤워하는 동안 그가 라면을 끓이고 밥상을 차렸다. 꼬불꼬불한 면발을 젓가락에 휘감아 입에 넣으려는 순간 왈칵 욕지기가 치밀었다. 라면은 동오가 다 먹고 나는 미지근한 물에 밥을 말아 몇 숟갈로 끼니를 때웠다.

아무런 이유도 목적도 없이 휴학 중인 그는 종일 이렇게 빈둥대다가 밤이 되어서야 일터로 나간다. 기껏해야 피시방이나 편의점, 술집 따위를 전전하는 주제에 내가 복학이나 졸업, 더 나아가 취업에 관한 잔소리라도 할라치면 늘 이렇게 대꾸하며 말문을 막았다. 누나, 요즘 같은 시대에 미래를 꿈꾼다는 게 얼마나 멍청한 짓인지 알아? 그러면서 자신에게 남은 삶이란 클라이맥스도 반전도 없이 러닝타임이 끝나기만을 기다리는 지루한 B급 영화 같은 거라고, 제 딴에는 멋있는 어록이라도 되는 양 목소리를 낮게 깔았다.

개와 여자를 구출하러 남자들 서넛이 밖으로 나선다. 그중 한 명이 희생당한다. 좀비는 사람의 살점을 물어뜯지만 사람은 총을 쏴 좀비의 머리통을 날려버린다. 영상효과 때문일까. 왠지 그 피는 더럽고 냄새나고 끈적거릴 것만 같다. 나는 동영상 플레이어의 스크롤바를 오른쪽으로 이동시켰다.

"누나 제발, 그냥 좀 보면 안 돼?"

장면을 건너뛴 화면에 다시 평온해진 쇼핑몰의 일상이 펼쳐진다. 동오는 자칭 공포 영화 마니아다. 신작이 넘쳐나는 요즘 매일 저녁 내 방에 들러 꼭 한 편씩 감상하고 간다. 혼자 보기 심심하다는 게 이유였다. 하필 내가 제일 싫어하는 장르임에도 불구하고. 온갖 기법을 총동원해 관객을 불편하게 만드는 공포물보다 나는 차라리 하품이 나더라도 지루한 영화가 보기 편했다. 게다가 그는 며칠 전부터, 아직 개봉관도 잡지 못해 회사 창고에 보관 중인 영화를 카피해 달라고 치근거리는 중이다.

갑자기 화면이 어두워진다. 화려하고 안락했던 피난처에 전기가 끊긴 것이다. 긴장과 공포를 불러일으키는 음악이 낮게 깔리며 겁에 질린 사람들의 표정이 하나하나 클로즈업된다. 앞으로 전개될 사건은 틀림없이 가장 무섭고 잔인한 장면이 될 터. 또다시 마우스를 잡으려는 내 손을 그가 낚아챈다.

점심시간이 지난 뒤 사장실에 커피를 들이러 갔을 때였다.

"그러니까, 모레 돌아올 어음을 막을 방법이 도저히 없단 말입니까?"

사장이 침통한 표정으로 말했다. 쿠르릉. 쩍. 갑자기 천둥 번개가 쳤다. 나는 쟁반을 든 채 황망히 창 쪽으로 고개를 돌렸다. 파란 하늘에 뭉게구름이 뚝, 시치미를 떼고 있었다. 경리팀 김 부장이 나를 흘긋 쳐다봤다. 재빨리 커피 잔을 내려놓고 사장실을 빠져나왔다. 실은 그게…… 업계에서도 이미 우리 '판다 픽처스'에 대한 소문이 심심찮게 나돌고 있는 모양입니다. 김 부장의 낮은 목소리가 등 뒤에서 웅웅거렸다.

사장의 말대로라면 앞으로 이틀 뒤에 직원들은 입사 이래 최악의 상황과 맞닥뜨리게 될 터였다.

벌써 석 달째 월급이 들어오지 않고 있다. 카드대금, 대출이자, 집세, 통신비, 보험료…… 빠져나가야 할 금액들이 줄줄이 연체되고 있었다. 톱니바퀴처럼 맞물린 계좌의 입출금 시스템에 오류가 난 것이다. 직원들은 급한 대로 마이너스통장 대출과 현금서비스를 이용해 밀린 대금을 갚았다. 모두 하루하루 불어나는 이자만큼 표정이 무거워졌다. 결국 이대로 회사가 문을 닫게 될 거라는 소문이 나돌았다. 사장은 일찌감치 제 살길을 마련해 뒀을 거란 추측도 난무했다. 당혹스럽던 그들의 감정은 점점 불안과 두려움을 넘어 공포로 치달았다. 발 빠른 누군가는 벌써 구직활동을 시작했고 영악한 누군가는 노동부에 체불임금진정서를 넣겠다고 준비 중이다. 어느 쪽도 일이 시원스레 돌아가는 것 같진 않았다.

진정인 대표는 전산팀 홍 대리가 맡았다. 아무리 그래도 어떻게 사장을 고소하냐며 망설이던 직원들이 하나둘 동참 의사를 밝혔고 아직 서명하지 않은 사람은 경리팀 김 부장과 나, 둘 뿐이었다. 직원들은 김 부장과 나를 의심스러운 눈초리로 바라보았다. 외근이 부쩍 잦아진 사장은 회사에 들어와서도 자기 방에만 틀어박혔다. 눅눅한 표정으로 소파에 파묻힌 그는 깊은 물 속 수초 같았다.

날카로운 비명과 괴성이 이어진다.

동오는 한동안 영화에만 집중했다. 더는 내 몸을 더듬지 않았고 숨소리조차 내지 않았다.

이윽고 장면이 바뀌어, 남은 생존자들이 다음 대책을 논의하기 시작한다.

동오가 담배에 불을 붙였다. 잠잠하던 속이 다시 요동쳤다.

"너 안 가니?"

나는 메슥거리는 배를 쓸어내리며 쏘아붙였다.

"누나 배 아파? 마사지해줄까?"

눈치를 살피더니 손바닥으로 내 배를 살살 쓸어 어루만졌다. 멍청한 놈.

"열쇠 내놔."

"아이 또 왜 그래. 오늘따라 까탈스럽게…… 이제 마지막 장면이야."

가까스로 탈출에 성공한 사람들이 도착한 섬. 그들을 맞은 건 헤아릴 수 없이 많은 좀비 떼였다. 붉은색의 엔딩 크레딧이 검은 화면에 반짝반짝 점멸한다. 쇼핑몰 생존자들은 결국 좀비가 되었다.

"갈게. 내일 봐."

동오가 일어섰다.

"오지 마. 약속 있어."

나는 노트북의 전원을 끄며 심드렁하게 대꾸했다. 이내 쾅, 소리와 함께 현관문이 닫혔다. 약속 따위 없었다. 근근이 생활하기도 벅찬 마당에 약속이라니. 지출의 빌미를 만드는 건 생존기한을 단축시키는 바보 같은 짓이다. 불을 끄고 자리에 누웠다. 이젠 나도 다른 직장을 알아봐야 하지 않을까. 언제까지 사장을 믿고 기다려야 할까. 나라고 딱히 버틸 재간은 없었다. 내년 겨울 옥탑방을 벗어날 요량으로 들었던 적금을 해약해 야금야금 쓰고 있으니까. 그나마도 얼마 뒤면 바닥날 판이다. 남은 대출금을 갚으려면 앞으로도 오 년 동안 꼬박 월급쟁이 노릇을 해야 할 텐데……. 자식 둘의 대학등록금과 서울 생활비를 지원하기에 부모님의 형편은 벅찼다. 남동생과 내가 한 학기씩 번갈아 학자금대출을 받았고 우리 남매는 각자 이천만 원씩의 빚을 떠안은 채 사회생활을 시작했다. 스물일곱. 할 수만 있다면 결코 창창하지 않은 이 시기를 나는 훌쩍 건너뛰고 싶다.

진정서 명단 오늘까지 마감합니다.

홍 대리가 단체 메시지를 띄웠다. 울렁이고 더부룩한 속을 녹차로 다스리며 구인 정보를 검색하던 중이었다. 동참할 거면 서두르고 아니면 말고. 어쨌든 더는 기다릴 수 없다는 통보였다. 꼭 이렇게 혼자 잘난 척 나서는 인물이 가장 먼저 희생당하는 법인데……. 직원들은 나와 친밀한 관계를 유지하다가도 이렇게 결정적인 순간에 날을 세웠다. 정보가 필요할 때 가까이 다가오고 비밀이 생기면 멀어지는 식이었다. 그들이 나를 사장 쪽 사람이라고 믿는 데에는 내가 맡은 비서라는 직책 말고도 그가 우리 집안 친척이라는 이유도 한몫했을 것이다. 너무 먼 촌수인 데다 살아온 환경도 달라, 서로 데면데면하고 평소엔 왕래조차 없는 사이인데도 말이다. 사장은 요즘도 내가 살던 옛집 부근으로 낚시를 다녀오곤 한다.

나는 메신저의 창을 닫고 인터넷으로 입사지원서 양식을 다운받았다.

오늘따라 아침에 눈 뜨기가 싫었다. 중노동이라도 하고 난 뒤처럼 온몸이 욱신거렸다. 머리와 허리에 무거운 추를 매단 듯 옴짝달싹할 수 없었다. 이참에 나도 결근이나 해버릴까. 사장의 침통한 표정이 떠올랐다. 그의 말대로라면 회사의 생존 기한이 채 이틀도 남지 않았다. 그러니까 어음 만기일인 내일까지 약속한 금액을 준비하지 못하면 회사는 부도처리 되고 직원들은 모두 실업자가 될 운명인 것이다. 나는 눈을 부릅뜨고 이불을 박찼다.

"어떡할 거야?"

경리팀 해린이 다가와 낮게 속삭였다. 콩알만 한 살구색 밴드를 덕지덕지 붙인 얼굴을 보니 피식 웃음이 터졌다. 며칠 전 그녀는 레이저로 주근깨와 점을 태우는 시술을 받았다. 비용은 피부 관리까지 포함해 백만 원쯤 된다고 했다. 해린은 체불임금진정서의 동참 여부를 묻고 있는 거였다. 좀비를 죽일 수 있는 유일한 방법은 머리통을 날려버리는 것뿐⋯⋯.

"잠깐 얘기 좀 해."

그녀가 사장실을 흘끔 살피더니 내 팔을 잡아끌었다.

낮게 속삭이는 해린의 목소리가 웅웅거렸다. 옥상으로 향하는 계단실 위쪽에 서서 우리는 서로 얼굴을 맞댔다. 잘 들어. 이건 극비야. 만약 사장이 내일 오후 세 시까지 나타나지 않으면…… 오후의 긴 햇살이 그녀의 뺨을 나른히 비추고 있었다. 시술 후에는 햇볕을 피해야 한다고, 출근할 때나 외출할 때나 늘 양산을 챙기던 그녀였다. 자외선에 노출되면 도로아미타불이 된다고 했던 것 같은데. 나는 멍한 눈으로 그녀의 뺨을 바라보았다.

어쩐 일인지 사무실이 텅 비었다. 모두 어디로 사라진 걸까. 창밖엔 거먹구름이 낮게 내려앉아 있었다. 열린 창으로 습한 바람이 훅, 끼쳐 들었다. 주인 없는 책상 위 너저분한 서류들이 차르륵, 소리를 내며 허공으로 흩날렸다. 땀으로 끈끈해진 팔에 오스스 소름이 돋았다. 좀비 탄생은 실험실 바이러스 개발 실패가 원인이었다고도 한다. 그들은 살아있어도 죽은 시체나 마찬가지였다. 회사의 경영 실패로 우리는 직장이 있어도 실업자나 마찬가지인 존재가 되어버렸다. 직원들은 점점 더 늦게 출근하고 일찍 퇴근했다. 최근 들여온 몇몇 필름들이 창고에 처박혔다. 그것들의 배급 판로를 아무도 고심하지 않았다. 틈만 나면 자리를 비웠고 그렇지 않으면 꾸벅꾸벅 졸거나 인터넷 구인 게시판과 게임 화면에서 눈을 떼지 않았다. 누구도 주의를 주는 사람은 없었다. 동쪽 끝 자신의 자리에서 김 부장이 홀로 창밖을 내다보고 있었다.

투둑. 투두둑. 빗방울이 안으로 들이쳤다.

"어머, 벌써 시작했나 봐."

해린이 총총거리며 나를 밀치고 지나갔다. 회의실 문이 잠깐 열린 틈을 타, 나는 슬쩍 내부를 훑었다. 윗자리의 홍 대리가 서류를 뒤적이며 양옆으로 마주앉은 직원들에게 무언가를 설명하고 있었다. 저들은 밀린 월급과 퇴직금을 받아낼 수 있을까. 믿는 구석이라곤 '임금채권 우선변제'라는 법조항뿐이었다. 소송을 거쳐 회사 명의의 재산에 가압류를 붙이는 과정은 몹시 복잡했다. 재산이라고 해봐야 사무실 임대보증금 정도일 텐데. 법적 절차에 따르는 시간과 비용은 어쩌면 직원들의 희망과 분노에 보답할 수 없을지도 모른다.

"사장 어디 있어? 씨발, 사장 빨리 나오라고 해!"

한 무리의 사내들이 괴성을 지르며 들이닥쳤다. 작년 가을, 장르도 주제도 배우도 심지어 흥미까지 어정쩡한 영화의 판권을 받아놓곤 개봉 일주일도 안 돼 막을 내리는 바람에 아직까지 정리 못한 빚이 남아있다고, 해린에게서 들은 적이 있다. 광고비 때문에 사채까지 끌어왔는데 은행권 대출은 일찌감치 한도가 꽉 차서 어쩔 수가 없었다고.

"이 자식, 벌써 어디로 튄 거야?"

어떻게 막아볼 엄두도 안 났지만 그럴 틈도 없이 그들은 사장실 문을 사납게 열어젖혔다. 사채업자들이 채무자를 어떤 식으로 처리하는지, 숱하게 보아왔던 영화 속 장면들이 눈앞을 스쳤다. 가슴이 쿵쿵 두방망이질 쳤고 딸꾹질이 시작됐다. 이런 법석에도 회의실 문은 굳게 닫혀 있었다.

"자자, 이러지들 마시고 이쪽으로 들어오시죠."

김 부장이 다가와 그들을 사장실로 이끌었다.

"사장님은 자금을 구하기 위해 지방에 내려가셨습니다."

문이 닫혔다. 나는 커피를 들일까 말까 망설이다가 지갑과 우산을 챙겨 사무실을 빠져나왔다. 아침에 잠깐 얼굴을 비췄던 사장은 온다간다 말도 없이 종적을 감췄다. 그는 정말 돈을 구하러 나간 걸까. 굵은 빗줄기가 종아리를 내리쳤다.

이 개월이네요. 육 주 미만이면 흡입술이 가능하지만 이후에는 아기집을 긁어내는 수술을 해야 합니다.

의사는 무표정하게 말했다. 시술 방법에 따라 비용이 올라갈 수도 있다고 했다. 생애 첫 임신이었다. 누구에게서도 듣지 못할 축하 인사 따윈 그렇다 쳐도 나는 그 원인이 동오 때문이라는 게 불쾌했다. 위험한 날이야. 콘돔 껴야 해. 가쁜 숨을 몰아쉬며 말했지만 그는 막무가내였다. 오히려 뒤로 빼려는 내 엉덩이를 두 손으로 쥐어 잡고 거세게 몸을 흔들어댔다. 그날의 대가로 나는 내 몸에서 무언가를 빨아내거나 긁어내야 하게 생겼다. 부루퉁한 얼굴로 병원을 나섰다. 찢어진 구름 사이로 햇살이 쨍하게 내리쬤다.

따가운 햇볕이 마냥 즐겁던 때가 있었다.

마을 저수지는 아이들의 여름 놀이터였다. 새까맣게 그을린 얼굴들이 지치지도 않고 종일 물녘을 맴돌았다. 어른 키 높이만 한 수심은 성장기 아이들에게 위험한 깊이였다. 그곳을 헤엄쳐 건너다니는 아이도 있었지만 또래보다 수영이 서툴렀던 나는 허리 이상 물이 차는 곳엔 발을 들이지 않았다. 같은 반 아이 중에 유난히 나를 괴롭히던 녀석이 있었다. 그날 나는 여자애들 몇 명과 다슬기를 채집하고 있었다. 누가 많이 건져 올리나, 내기가 붙었던 것도 같다. 녀석은 수면 밑으로 다가와 내 팬티 속에 무언가를 쓰윽 집어넣고 달아났다. 순식간이었다. 차갑고 물큰한 무엇이 엉덩이에 달라붙었다. 나는 미친 듯이 소리치며 발을 굴렀다. 물속에서의 발놀림은 둔했다. 팬티 아랫부분을 잡아당기며 몸부림치는 사이 그것이 허벅지를 타고 흘러내렸다. 아주 천천히, 찐득하게, 녹아내리듯이. 손으로 건져 올려 보니 검붉은 진흙 뭉치였다. 녀석은 깔깔거리며 저수지 건너편으로 헤엄쳐 달아나고 있었다.

죽여버릴 거야. 너 거기 서!

악을 써대며 녀석을 쫓았다. 걸어서 물길을 가르기가 쉽지 않았다. 녀석은 빠르게 멀어지고 있었다. 어느 순간 바닥이 푹, 밑으로 꺼졌다. 나는 본능적으로 눈을 감았다. 살려달라고, 꺼내달라고, 외칠 때마다 코와 입으로 흙탕물이 들이쳤다. 소리는 수면 위로 나아가지 못했다. 컥, 컥, 물을 들이켜다가 어느 순간 번쩍 눈을 떴다. 앞이 온통 누렜다. 거친 몸부림 탓에 바닥의 모래가 일었던 거였다. 미끄러졌던 장소를 더듬어 발을 뻗어보았지만 사방이 온통 허방이었다. 그러는 동안 숨을 참아보았다. 자꾸 물을 마시기가 괴로워서였다. 하지만 곧 다시 컥컥거렸고 팔다리의 움직임은 둔해지고 있었다. 이렇게 죽는 거구나. 내 몸은 점점 잔잔해졌다. 부유하던 물질들이 가라앉으며 눈앞이 말개졌다. 수면 아래 햇빛이 일렁이고 있었다. 식어가는 내 몸을 따뜻하게 감싸주기라도 하듯이. 이상하게 마음이 평온해졌다. 살고 싶다는 생각도 억울하다는 생각도 들지 않았다. 이제 곧 끝이다. 나는 남은 시간이 얼마 정도일까 가늠해보았다. 이십 초, 아니 십 초…… 의식이 몽롱해지는 와중에 아득하게나마 떠오른 생각이었다. 앞으로 내게 남은 시간은 기껏해야 십여 초 정도일 거라는, 그만큼의 시간이 지나고 나면 나는 아주 편안해질 거라는 생각이. 일, 이, 삼…… 스르르, 눈이 감겼다. 사, 오, 육…… 몸과 함께 의식마저 저 아래 깜깜한 곳으로 가라앉고 있었다. 칠, 팔, 구…….

어느새 나는 저수지 건너편에 닿아있었다. 무겁게 굳어가던 몸이 물고기처럼 빠르고 유연해졌다. 숨을 쉬는 것도 물살을 가르는 일도 자유로웠다. 수면 위로 가볍게 솟구쳐 겁에 질린 녀석의 멱살을 틀어쥐려는 순간,

"연수야! 연수야!"

엄마의 다급한 목소리가 들렸다.

물속에서 버둥거리던 나를 근처에 있던 낚시꾼 아저씨가 건져 올렸다고 했다. 조금만 늦었어도 아주 위험했을 거라고. 기막힌 반전이었다. 삶과 죽음이 맞닿은 그곳. 극한의 공포 속에서 마지막으로 남은 시간을 쟀고, 그러는 동안 나는 그 순간을 훌쩍 건너뛴 것이다.

그날 물속에서 나를 건져 올린 낚시꾼 아저씨는 알고 보니 우리 집안의 먼 친척이었고, 전사 직전의 취업 전쟁에서 또 한 번 나를 구출해 주었다. 졸업 후 실업자 신세가 된 내 소식을 어찌어찌 전해 듣고 회사 성격상 별 필요도 없는 비서 자리를 만들어 불러들였던 것이다. 직원들 입장에선 특별해 보일 수도 있는 인연이었다.

그러니까 해린 역시 나를 이용하려는 게 분명했다. 하지만 어떻게……. 그럼에도 나는 선뜻 거절하지 못했다. 그녀의 제안은 고장난 입출금 시스템을 단박에 정상화시킬 수 있는 묘안이었다.

회사 출입문 앞에 서서 나는 고개를 저었다. 그깟 연체금쯤 다른 직장만 구해지면 충분히 해결할 수 있는 문제였다.

불그스름한 갈비 육즙이 뚝뚝 숯불로 떨어져 내린다. 종업원이 먹기 좋은 크기로 고기를 잘라낸다. 판다 픽처스의 배급영화가 대박을 쳤을 때나 두어 번 회식 자리를 가졌던 식당이다. 입이 딱 벌어질 만큼 비싸고 맛있었기 때문에 직원들은 술도 이야기도 마다한 채 게걸스럽게 고기만 탐했다. 그러나 지금 모두의 관심과 시선은 김 부장에게만 쏠려있을 뿐. 젓가락을 드는 사람은 아무도 없다. 정갈하게 차려진 밑반찬들에 윤기가 흐르고 달콤한 갈비 냄새가 콧속을 파고든다. 야들야들한 육질이 굳기 전에 빨리 물어뜯어야 할 텐데……. 강한 허기가 들이닥친다. 종업원이 옆 테이블의 고기를 뒤집는다. 차르륵 불꽃이 인다. 잘라놓은 고기가 석쇠 위에서 오그라든다. 이제 곧 뜨겁게 말라가겠지. 카드회사에서 걸려온 독촉 전화를 받았을 때나 예정일이 보름 넘게 지나도 생리가 시작되지 않았던 때의 내 마음처럼.

"자, 건배합시다."

이윽고 김 부장이 입을 뗐다.

병원에서 나와 터덜거리다 돌아갔을 때 회사는 이미 평온해져 있었다. 채권자들도 보이지 않았고 김 부장은 무심한 표정으로 책상 위 서류를 뒤적이고 있었다. 직원들의 움직임은 여전히 느른했다. 몇몇은 휴게실에 모여 담배를 피웠고 어떤 이는 종이 상자에 자신의 짐을 챙겨 담고 있었다. 벌써 말끔히 치워진 책상도 보였다. 모니터에 해린의 메시지가 떴다. 오늘 저녁에 회식 있대.

이 자리가 최후의 만찬이라는 걸 짐작 못 하는 바보는 없을 터였다.

모두 시무룩한 표정으로 잔을 들었다.

"여러분이 무슨 걱정을 하는지 잘 알고 있습니다. 지금 우리 판다 픽처스는 창립 이래 가장 어려운 시기를 겪고 있는데요. 다들 우려하는 바와 달리."

김 부장이 들고 있던 잔을 단숨에 비웠다.

"회사는 곧 정상화 될 겁니다."

모두의 시선이 김 부장에게 쏠렸다. 너무나도 확신에 찬 그의 선언은, 오히려 그래서 더 믿음이 가지 않았다. 직원들이 술렁거리기 시작했다. 불안과 기대를 한껏 품은 표정들을 하고선. 나는 슬그머니 젓가락으로 불판의 고기를 한 점 집었다.

"이따위 먹을 것에 뿌릴 돈 있으면 월급 정산에나 보태시죠!"

싸늘하면서도 우렁찬 목소리의 주인공은 홍 대리였다. 분위기가 금세 잦아들었다. 나도 우물거리던 입놀림을 슬그머니 멈췄다. 김 부장이 못 들은 척 잔을 채우고 말을 이었다.

"며칠만 기다리면 좋은 결과가 나올 겁니다. 그러니 여러분은 그간의 불안과 걱정 따위 다 털어버리고 오늘은 마음껏 즐기세요."

누군가 숟가락을 들어 김칫국물을 뜨는 것을 시작으로 슬금슬금 모두 음식을 먹기 시작했다. 나도 바쁘게 젓가락을 움직였다. 맛깔스레 보이는 다른 음식들을 제쳐 두고 고기만 탐했다. 지금 이 순간 나를 지배하는 건 오로지 식육의 욕망뿐인 듯.

탁.

무언가로 테이블을 내려치는 소리가 났다. 홍 대리였다. 먹이만 탐하는 직원들의 모습을 경멸 어린 시선으로 훑더니 자리를 박차고 나가버렸다. 그가 사라지기가 무섭게, 직원들은 기다렸다는 듯이 김 부장에게 질문을 퍼부었다. 그럼 사장님은 지금 어디에 계십니까? 돌아오시면 저희 월급부터 챙겨주시는 거죠? 엉뚱하게도 내 머릿속엔 손바닥만 한 낚시 의자에 쪼그려 앉아 막막한 수면을 바라보고 있는 사장의 모습이 떠올랐다.

옆에 앉은 해린이 내게 건배를 청했다. 나는 석쇠 위 붉은 살점이 익기만을 애타게 기다리고 있었다. 가볍게 잔을 맞부딪쳤다. 슬며시 아랫배를 내려다봤다. 한 모금 술을 들이켰다. 알코올 향이 유난히 짙었다. 육즙이 스민 고기를 집었다. 먹는 속도에 비해 익는 속도가 너무 느렸다. 종업원에게 숯을 더 가져다 달라고 주문했다. 해린의 접시에 담겨있던 갈빗살을 냉큼 가져다가 입으로 욱여넣었다. 직원들은 아귀처럼 입을 벌려 상추쌈을 밀어 넣고, 파편들을 튀겨가며 떠들어대느라 정신없어 보였다. 당신, L무비에 스카우트 됐다며? 축하해. 젠장, 말도 마. 와이프한테 숨겨왔던 카드대금이 들통 나서 이혼 직전까지 갔었어. 근데 이번에 N필름에서 기획 중인 작품 말이야…….

언제부턴가 김 부장이 보이지 않았다.

해린이 법인카드로 계산을 마쳤다. 2차 가자! 누군가 그렇게 외쳤지만 서로 눈치만 살필 뿐 막상 나서는 사람은 없었다.

"데려다줄게. 대리 불렀어."

해린이 비틀거리는 나를 부축하며 말했다. 허기진 배를 채우고 나니 술이 당겼다. 누군가 내 배에 진흙 뭉치를 붙여놓은 것처럼 기분이 불쾌했다. 찐득해서 잘 떨어지지 않는, 털어내고 보면 아무것도 아니면서 붙어있을 땐 머리칼이 쭈뼛 곤두서도록 무시무시한. 두어 잔 마셨을 뿐인데 자꾸만 가쁜 숨이 차올랐다. 어기적거리던 무리가 거의 사라졌을 때쯤 대리운전기사가 왔다. 해린은 나를 낯선 차량 앞으로 이끌었다. 새하얀 빛깔에 윤기가 반드르르한 중형 세단이었다. 그녀가 기사에게 자동차 열쇠를 건넸다. 얼마 전까지 그녀는 새빨간 경차를 몰고 다녔다.

해린과 나는 뒷좌석에 나란히 앉았다. 안락한 시트에 몸을 묻으니 슬슬 졸음이 몰려왔다. 발밑에서 종이봉투가 거치적거렸다. 그녀가 히죽거리며 내용물을 꺼내 보였다. 프랑스제 명품 핸드백이었다.

"어때, 예쁘지? 환율이 너무 올라서 이백 갖고는 턱도 없더라."

우욱. 갑자기 욕지기가 솟았다. 새 차 특유의 화학약품 냄새가 처음부터 역겨운 걸 참고 있었다.

"왜 그래, 토할 것 같아?"

그녀는 황급히 차창을 내리고 콘솔박스에서 생수를 꺼냈다. 호들갑을 떠는 모양새가 우스웠다. 물을 마시라고 주는 건 나보다 차가 걱정되어서겠지. 창밖으로 얼굴을 내밀고 숨을 크게 들이마셨다.

"차 좋네."

나는 더부룩한 배를 쓸어내리며 말했다.

"말도 마. 안 그래도 할부금 때문에 걱정이다. 적금 깨서 넣고 있어."

주식으로 인한 손해마저 이만저만 아니라는 푸념까지 늘어놓더니 시트에 몸을 기대며 늘어지게 하품을 했다. 얼마 전 신용카드 연체대금 독촉전화를 받고 그녀에게 부탁했었다. 월급 받으면 제일 먼저 갚을게……. 며칠을 고심하다 꺼낸 말이었다. 어떡하니. 나도 코가 석 자야. 거절당한 금액은 삼십만 원이었다. 잠이 들었는지 어느새 쌔근거리는 그녀를 바라보았다. 이렇게 제 실속에 눈이 멀어 약아빠진 캐릭터 역시 초반 희생양이 되기 십상인데. 만약 사장이 내일 오후 세 시까지 나타나지 않으면…… 나는 그녀의 제안을 받아들일 수 있을까. 눅진한 바람이 코끝을 스쳤다.

"나 버리고 혼자 맛있는 거 먹었나 보네. 고기 냄새가 쩔어."

햄버거를 우물거리며 동오가 말했다. 술김인지 홧김인지 뜨거운 열기가 목구멍으로 치솟았다. 노트북 화면엔 역시나 피가 낭자하다. 퀭한 눈의 남자가 손에 도끼를 쥐고 서 있다.

"오지 말라고 했지."

"아, 진짜. 누나 요즘 왜 그래!"

서랍에서 수건과 속옷을 꺼내 들고 욕실로 향했다. 동오가 내 팔을 낚아챘다.

"도대체 뭐가 문제야?"

"내가 안에다 하지 말랬지!"

그는 당황한 듯 몸을 움츠렸다.

"그것 때문이었어? 미안, 미안…… 앞으로 다시는 안 그럴게."

고정된 선풍기는 여전히 더운 바람만 뿜어댔다. 돌아가지 않는 머리가 동오와 똑 닮았다. 학부 때 잠깐 활동했던 동아리 모임에서 그림자처럼 따라붙던 후배였다. 내가 뭘 하든 어딜 가든, 늘 곁에서 비서 역할을 자청했다. 지금은 귀찮고 한심할 뿐인데도 그때 편하게 지낼 수 있었던 시간이 그에게 어느 정도 빚인 것만 같아 참고 지냈다. 마음이 없었다곤 할 수 없지만 이제 충분히 그만둘 때도 됐다. 나는 선풍기의 '정지' 버튼을 눌렀다. 노트북의 동영상플레이어도 정지시켰다. 화면 속 전기톱을 든 살인마의 뒷모습. 그의 무릎에 매달린 사내는 다음 장면의 희생자가 될 것이다.

"이제 그만 끝내자."

"안 그런다고 했잖아. 내가 잘못했어. 화 풀어…… 내일 맛있는 저녁 사줄게."

"잔소리 말고 당장 꺼져!"

내가 살기 위해 무언가를 긁어내야 한다면, 그 첫 번째 대상은 바로 동오일 것이다. 이마와 목을 타고 쉴 새 없이 땀이 흘렀다. 끈끈한 느낌을 빨리 씻어내고 싶을 뿐 다른 생각은 들지 않았다. 잠자코 나를 노려보고 서 있던 동오가 주머니에서 열쇠를 꺼내 방바닥에 패대기쳤다. 쾅. 현관문 소리와 함께 녀석이 퇴장했다. 이렇게 멍청한 캐릭터는 진작 사라졌어야 했다.

이메일로 입사지원서를 전송했다. 오늘도 사장은 출근하지 않았다. 오전 내내 속이 더부룩하고 메스꺼웠다. 불편한 이 느낌도 저녁이면 잦아들겠지. 오후 다섯 시로 수술 시간을 정했다. 어차피 그렇게 할 거라면 더 미룰 이유가 없었다. 마취를 위해선 점심을 걸러야 할 것이다. 정오가 다 되어도 직원들의 반 이상이 출근하지 않았다. 어젯밤 어떻게든 2차는 갔던 모양이다. 일찍 출근한 직원은 사우나를 다녀오거나 회의실에 숨어 잠을 잤다.

점심시간이 끝나갈 무렵 김 부장이 출근했다. 무척 초췌한 모습이었는데, 벌써 한 시간 넘게 사장실에 틀어박혀 있다. 서랍들을 여닫는 소리, 종이뭉치를 급하게 헤집는 소리가 끊임없이 이어졌다.

세 시까지 주차장으로 나와.

휴대폰에 해린의 문자메시지가 떴다.

만약 일이 잘못되어도, 사장은 너를 봐서라도 최악의 상황만은 피하려고 할 거야. 그러니까 적어도 우리를 법적으로 고소하지는 않을 거란 얘기지. 나를 끌어들이려는 이유에 대해 그녀는 이렇게 설명했다.

사장실에서 나온 김 부장이 파리한 낯으로 나를 돌아봤다. 고개를 숙인 채 터벅거리며 제자리로 돌아갔다. 앞으로 두 시간. 은행 마감 시간까지 어음에 표기된 금액을 입금하지 못하면 회사는 부도처리 될 것이다. 나에게도 시간이 얼마 남지 않았다. 사장에게 전화를 걸었다. 전원이 꺼져 있다는 응답만 되풀이됐다.

세 시까지 사장에게서 아무 연락이 없으면 우린 버림받은 거야.

계단실 창가에 서서, 얼굴에 화사한 볕을 받으며 해린이 속삭였다. 은행 마감이 네 시니까 그때까지 회사의 신용은 정상인 셈이지. 법인카드 한도는 삼천만 원이야. 그러니까 우리가 할 일은……
삼천만 원 한도 내에서 물건을 구매하는 일이라고 했다. 환금성(換
金性)이 좋은 귀금속이나 명품 가방 같은 것들로 말이야. 혹시나 사
장이 나타날지 몰라서 시간을 바투 잡았어.

빈 책상들을 지나 회사 밖으로 나왔다. 그렇게 엄청난 일을 해린
혼자 주동하고 있다는 게 꺼림칙했다. 출입문을 밀고 나가려다 문
득 뒤를 돌아보았다. 내가 다시 이곳으로 돌아오더라도 아마 지금
과는 다른 사람이 되어있을 거란 생각에 조금 우울한 기분마저 들
었다. 김 부장이 묘한 표정으로 나를 바라보았다.

편의점 현금지급기에 카드를 집어넣었다. 터치스크린의 '현금서
비스' 항목을 누르고 금액을 선택했다. 이렇게까지 될 줄 몰랐다.
막연하게 회사가 정상화되길 바랐고 설령 모든 게 잘못되더라도
나만은 구출될 거라 믿었는데. 화면에 '지급 불능' 표시가 떴다. 다
른 카드들도 마찬가지였다. 콜센터로 전화를 걸었다. 고객님께서
는 현재 연체 중인 이유로 신용카드 이용이 정지된 상태입니다. 쿠
르릉 쩍. 마른하늘이 찢어지는 소리가 들렸다. 정신 차려. 사장은
널 구해준 게 아니야. 단지 건져 올린 것뿐이라고. 그건 누구라도
가능한 일이었어. 어린아이가 눈앞에서 버둥거리는데 그냥 지나
칠 어른이 어디 있겠어? 그깟 허울 좋은 비서 자리? 잡다한 일 처
리해줄 사람이 필요하던 차에, 마침 네 소식을 들었던 거지. 그는
너를 위해 희생했던 적이 한 번도 없어. 살기 위해 네가 두 번째로
긁어내야 할 것은…….

뭐 하니? 늦겠다. 얼른 내려와.

해린에게서 또 문자가 왔다. 두 시 오십 분. 나는 카드를 지갑에 쑤셔 넣고 주차장을 향해 뛰었다. 알 수 없는 이상한 힘이 나를 이끌고 있었다. 땀에 젖은 머리칼이 뺨에 질척하게 달라붙었다. 주차장 볼록거울에 언뜻 비친 내 모습이 먹잇감을 뒤쫓는 좀비 같았다.

조수석에 앉아 안전벨트를 잡아당기는 사이 차가 출발했다. 목적지까지는 십여 분 거리였다. 최근 리뉴얼로 명품관을 따로 꾸며놓아 일 처리가 어렵진 않을 거라고, 해린이 긴장한 기색으로 말했다.

"정말 괜찮을까?"

그녀가 가속페달을 지그시 밟았다.

"상관없어. 어차피 사장 개인 카드가 아니잖아. 그는 잠적했어. 한동안 돌아오지 않을 거라구. 우린 이제 끝이야."

"아무리 법인카드라도 대표자는 사장이잖아. 상관없지 않을 텐데."

"어차피 월급이고 퇴직금이고 다 날아갈 판 아니니? 먼저 토낀 게 누군데."

해린이 싸늘하게 대꾸했다.

"그런데 김 부장 몰래 어떻게?"

그녀가 쓴웃음을 지으며 말했다.

"김 부장이 시킨 거야."

처음부터 그가 계획한 일이라고 했다. 사장이 돌아와 부도를 막으면 다행이지만 그렇지 않을 경우를 대비해 생각해둔 일이라고. 사장과 가장 긴밀한 관계였던 그가, 왜? 내 생각을 눈치챈 듯 그녀가 덧붙였다.

"배신감 때문이야. 김 부장만큼은 버림받지 않을 거라 스스로 믿고 있었거든. 자기 덕분에 사장이 빼돌린 비자금이 얼만데. 한마디로 헛꿈 꾼 거지. 복수치곤 좀 치사한 방법이지만."

우리는 어느덧 주차장 진입로를 지나 지하로 향하는 모퉁이를 돌고 있었다. 붉은 등이 삐익 삑 경보음을 울리며 점멸했다.

"홍 대리 걔도 헛다리 짚은 거야. 사무실 임대보증금도 벌써 사장이 빼갔다더라…… 어쨌든 우린 떨어지는 감이나 잘 받아먹으면 돼."

안내원이 주차권을 뽑아 건넸다. 해린은 차단 막대가 다 올라가기도 전에 차를 출발시켰다. 복잡한 이야기들을 머릿속으로 받아들이고 정리하는 동안 주차를 마친 그녀가 차에서 내렸다. 나는 여전히 멀뚱히 앉아있었다. 어떻게 해야 할까. 결심이 서지 않았다. 지금이라도 거절하고 돌아갈까……. 홍 대리와 동료들 그리고 사장의 얼굴이 차례로 떠올랐다. 해린이 조수석 문을 발칵 열었다.

"너도 해결해야 할 문제가 많지 않니?"

그녀가 몸을 숙여 나를 지그시 바라보았다. 미명 속 눈빛이 날카로웠다. 나도 모르게 진저리를 쳤다. 휴대폰 시계를 확인했다. 세시 이십 분이었다.

지하 일층 귀금속 매장부터 훑기로 했다. 한 장소에서 너무 비싼 물건을 고르거나 같은 제품을 많이 구매하면 의심을 받을 수도 있다고, 그녀가 총총히 걸으며 말했다.

"모르면 가만히 입 다물고 나만 따라다녀. 괜히 저렴한 티 내지 말고."

해린이 걸음새를 늦추며 진열창을 살폈다. 나는 슬금슬금 그녀의 뒤만 따랐다. 가슴이 쿵쿵거리고 얼굴이 화끈거렸다. 웅장한 클래식이 흐르는 로비, 쇼핑객들의 표정과 몸짓이 한결같이 느리고 평화로웠다. 이윽고 매장 안으로 그녀가 들어섰다.

"순금 거북 좀 보여주세요. 중량별로."

그녀가 둥근 의자에 다리를 꼬고 앉아 말했다. 점원이 진열대 위에 물건들을 올려놓았다. 해린이 선택한 것은 거북과 열쇠였다. 모두 묵직했다.

"다른 건 더 없나요?"

진열장을 둘러보며 나도 모르게 튀어나온 말이었다. 지갑에서 카드를 꺼내던 해린이 흠칫 뒤돌아봤다. 점원은 생긋 웃으며 돼지와 토끼를 꺼냈다.

"선물용으로 인기 있는 제품들입니다."

점원이 단말기 홈으로 신용카드를 통과시켰다. 잠시 후 삑 소리가 났다. 해린이 전자패드에 서명했다.

"서두르자. 시간 없어."

나는 해린의 손목을 덥석 잡아끌었다. 벌써 십오 분이나 지났다. 맞은편 시계 매장으로 들어갔다.

"거래처 사장님에게 선물할 건데, 어떤 게 좋을까요?"

해린의 말투가 빨라졌다.

"이게 이번에 새로 들여온 신상품인데요."

"그걸로 주세요."

"다른 것도 좀 보여드릴까요?"

"아뇨. 됐어요."

그녀가 카드를 건넸다. 어느새 또 오 분이 지났다. 더는 뭔가를 둘러볼 시간이 없었다. 한도가 아직 천만 원 가까이 남았다. 바로 옆 매장으로 뛰어들어가, 가장 먼저 눈에 띈 다이아몬드 목걸이를 집었다. 해린이 카드를 건네고 서명하는 동안 나는 머릿속으로 남은 금액을 계산해보았다. 이백만 원이 채 안 남았다. 이 정도면 됐다고 생각했다. 매장을 나오는데 해린이 쇼핑백을 내게 건네고 냅다 뛰었다. 엘리베이터 홀 입구 상품권 판매처였다. 나도 같이 뛰다가 몇 걸음 뒤에 멈춰 섰다. 휴대폰 시계와 그녀를 번갈아 보며 서성거렸다. 마감 시간 이후에 카드를 긁으면 정지 정보가 뜰 텐데……. 다시 가슴이 쿵쾅거렸다. 식은땀이 가슴골을 타고 흘러내렸다. 세 시 오십칠 분. 마침내 그녀가 일어섰다.

모든 게 끝났다.

주차장까지 걷는 동안 우리는 아무 말도 하지 않았다. 양손에 쇼핑백을 나눠 든 해린이 몇 발짝 앞서 걸었다. 흠뻑 젖은 속옷 탓인지 몸이 무겁고 자꾸만 진저리가 쳐졌다. 깊이를 가늠할 수 없는 수면 밑으로 끝없이 가라앉는 느낌이었다.

쇼핑 물품들을 모두 트렁크에 실었다. 우리는 사흘 뒤에 다시 만나 물건들을 처리하기로 했다. 제품보증서까지 완비됐으니 칠십 퍼센트는 너끈히 받을 수 있을 거라 했다. 김 부장과 해린 그리고 나. 정확히 삼등분해 나눌 거라고, 그녀가 해사하게 웃으며 말했다. 삼십만 원 때문에 신용불량자가 된 내게 칠백만 원은 복권 당첨금이나 마찬가지였다.

"이제 어디로 갈 거니?"

삼거리 갈림길에서 그녀가 물었다.

"가까운 전철역 앞에 세워줘."

차마 병원 앞까지 데려다 달란 말은 할 수 없었다. 그녀의 차는
나를 내려놓기가 무섭게 빠른 속도로 멀어져 갔다. 나는 어쩐지 불
안한 마음이 되어, 그녀가 사라진 방향을 오래도록 바라보았다. 멀
리서 먹장구름이 몰려오고 있었다. 그러고 보니 약속 시각과 장소
를 미처 정하지 못했다. 휴대폰으로 그녀에게 전화를 걸었다. 전원
이 꺼져 있다는 응답만 되풀이됐다.

열을 세세요. 금방 잠이 들 겁니다.

하나, 둘, 셋…… 의사는 다섯을 세기 전에, 그러니까 오 초 이내
에 마취에 빠져들거라 했다. 넷, 다섯. 천천히 헤아렸는데 어쩐 일
일까. 몽롱해지는 와중에 찰그랑대는 소리가 들린다. 여섯, 일곱.
간호사가 내 팔을 꼬집어 비튼다. 감각이 사라지지 않는다. 짓눌
린 듯 몸이 무겁다. 여덟, 아홉. 차갑고 딱딱한 무언가가 가랑이 사
이를 비집고 들어온다. 위이잉. 모터 소리가 점점 커진다. 천장 조
명등이 어지럽게 흔들거린다. 다시 처음부터 하나, 둘, 셋. 위이잉.
이번에는 뾰족하고 뜨거운 무언가가 뱃속을 마구 휘젓는다. 나는
이를 악다문다. 위이잉. 신음 소리가 목구멍 아래에서 턱, 턱, 막힌
다. 여섯, 일곱, 여덟. 위이잉. 아무리 무섭고 잔인한 영화라도 주
인공은 끝까지 살아남는 법. 위이잉. 아홉, 아홉, 아, 아, 아홉……
러닝타임은 아직 끝나지 않았다.

맹그로브

싹이 텄다. 녀석을 들여놓은 지 한 달 만이다. 처음엔 오이처럼 기다란 몸통 아래 우툴두툴 뿌리만 삐져나와 있었다. 2주 전쯤 해수(海水) 어항에 옮겨 담았더니 뿌리들이 조금씩 자라 길어졌다. 하지만 윗부분은 감감했다. 틈만 나면 어항을 살피는 엄마를 보며 나도 애가 탔다. 긴 줄기의 꼭대기에 손톱만 한 크기로 돋아난 밝은 녹색의 싹.

세상 참 좋아졌네. 택배 상자의 포장을 뜯으며 엄마는 감탄했다. 국내 수입이 금지된 품목이었다. 인터넷을 뒤져 알아낸 수족관을 찾아갔다. 턱 밑에 수염이 덥수룩한 주인 남자가 지금은 물건이 품절됐다고 말했다. 준비되는 대로 배송 부탁합니다. 꼭 선물 포장해주세요. 나는 남자에게 물건값과 포장비, 배송료를 치르고 주소와 전화번호를 적어 건넸다. 한참을 망설이다 선택한 엄마의 마흔 다섯 번째 생일 선물이었다. 수족관 주인이 함께 넣어 보낸 메모에 의하면, 처음엔 화분에서 기르다가 한두 개쯤 잎이 났을 때 어항으로 옮기라고 했다. 태어나면서부터 물에 사는 종자인걸. 엄마의 성화에 못 이겨 해수에 뿌리가 잠기도록 실로 고정시켰다. 물고기가 살지 않는 어항에 녀석은 달랑 제 몸 하나 매달려 있다. 식물을 가꾸는 일에 정성을 기울일 만큼 한가한 일상이 우리 모녀에게 주어진 적은 없었다.

"엄마."

눈앞에 웅크린 어깨를 조심스레 흔든다.

새벽까지 이어지는 손님들 때문에 엄마도 나도 잠을 설쳤다. 방 있어요? 때로는 엄마가, 그다음엔 내가 일어나 내실 창을 열었다. 숙박계를 내밀고 그들이 건성으로 인적사항을 써내려가는 동안 일회용품과 열쇠를 창밖으로 내주었다. 손님들은 창 너머 우리를 흘끔거렸다. 뭐 더 필요하세요? 또렷한 내 발음에도 그들의 께름한 표정은 바뀌지 않았다. 어떤 이들은 미간을 찡그리며 고개를 돌리거나 노골적인 시선으로 내려다보며 민감한 반응을 보이기도 했다. 우리 모녀의 피부색은 그들보다 약간 더 짙을 뿐이다. 같은 인종임에도 뜨거운 남쪽 땅에 뿌리를 내린 탓에 엄마의 혈통은 갈색 피부를 갖게 됐다. 동그란 눈과 평퍼짐한 코, 두꺼운 입술은 어떤 피부색에든 존재하니까. 새벽 다섯 시쯤 206호실에서 인터폰이 왔다. 면도날이 잘 안 드는데, 다른 거로 바꿔줄 수 있나? 나는 일회용 면도기를 들고 올라가 벨을 눌렀다. 팬티 차림의 남자가 게슴츠레한 눈으로 나를 아래위로 훑었다. 여기요. 면도기를 내던지듯 건네고 뛰어내려왔다. 자리에 다시 누웠지만 잠은 오지 않았다. 동이 트고 방 안이 환해졌을 때 문득 시선을 돌려 발견한 싹이었다.

"싹이 나왔어."

엄마가 눈을 번쩍 뜨며 몸을 일으킨다. 가무잡잡한 볼에 베개 자
국이 조글조글하다. 무릎걸음으로 다가가 어항 안을 들여다본다.

열대의 해안가에 서식하는 나무를 어항에서 기를 수 있다니. 기
후와 토양이 다른데, 언제까지 살아남을 수 있겠어? 맹그로브를
기르고 싶다는 엄마의 뜻에 나는 비관적이었다. 귀에 못이 박이도
록 들어온 나무 이야기. 국내 판매 소식에 엄마는 흥분했다. 당장
그것을 구해오라고 나를 채근했다. 키워보면 알잖아. 엄마 말을 못
믿는 거니? 그녀의 신념은 확고했다. 나는 두려웠다. 그것을 내 눈
으로 확인하게 되는 일이. 어쩌면 엄마에게 상처를 줄 수도 있을
것 같아 걱정도 됐다. 수질정화 능력이 탁월한 그것은 단지 해수어
들에게 좋은 환경을 제공하기 위한 목적이라 마냥 자라게 할 수도
없다. 어느 정도 뿌리와 잎이 자라면 가지치기 등으로 성장을 억제
해야 한다. 고작 어항에서 잔뿌리나 내리고 사는 모습을 보고 싶어
한 건 아닐 거였다.

엄마가 어항을 들어 방 한가운데로 가져다 놓는다. 나는 얼른 일
어나 형광등 스위치를 올린다. 빛을 받은 싹이 화사해진다. 반짝이
는 눈으로 엄마가 그것을 들여다보는 사이, 나는 슬쩍 뒤돌아 가방
에서 진단시약을 꺼낸다.

"그렇게 좋아?"

"두고 봐. 엄마 말이 사실이란 걸 알게 될 테니."

약사는 아침 첫 소변이 가장 확실한 결과를 나타낸다고 했다. 변
기에 앉아 가랑이 사이에 스틱을 댄다. 손에 오줌이 몇 방울 튄다.

욕실 선반에 스틱을 올려놓은 뒤 비누로 손을 씻는다. 스물세 해, 지금껏 살아오면서 삼 분이 이렇게 길게 느껴진 적은 없었다. 변기 덮개 위에 멀뚱히 앉아 시계의 분침이 바뀌길 기다린다. 오 분이 지났다. 선반 위 스틱을 천천히 꺼내 든다. 검사표시 창에 보라색 선 두 줄이 선명하다. 내 안에도, 싹이 텄다.

"지차, 지차. 뽀. 찌이⋯⋯."

아이가 하품을 하더니 내 손목을 툭툭 친다. 유모차에 태워 아파트 단지를 돌고 들어와 블록 놀이를 하던 중이었다. '뽀로로의 기차여행' 디브이디를 틀어달라는 몸짓이고 '찌이'는 공갈젖꼭지를 뜻한다. 아이는 반쯤 감긴 눈으로 화면에 집중한다. 낮잠을 자기 위한 절차가 꽤나 복잡하다.

"옴모, 옴모. 콩, 콩!"

금세 공갈젖꼭지를 빼고 종알거린다. 이모 발음이 안 되는 아이는 나를 '옴모'라고 부른다. 거실로 나가 콩순이 인형을 가져다준다. 아이가 인형을 품에 안고 다시 눕는다.

만 두 돌이 채 안 된 아이는 요즘 한창 말을 배우는 중이다. 알 수 없는 말들을 중얼거리고, 어른들이 하는 말을 따라 하기도 한다. 처음 듣는 사람에겐 뜻 없는 옹알이에 불과한 언어들. 함께 지내는 시간이 가장 많은 나는 그나마 소통이 잘 되는 편이다. 알아듣기 힘든 말이라도 아이의 상태나 몸짓, 눈짓을 보면 무엇을 뜻하는지 짐작이 간다. 아이가 새로 익힌 말들은 저녁때 퇴근해 돌아온 아이 엄마에게 전달해 준다. 아이에게 단어들을 가르치는 일이 재미있다. 꽃, 양말, 의자, 기차, 과일의 이름과 신체의 명칭 등을 또박또박 발음해 들려주어도 돌아오는 메아리는 엇박자이기 일쑤지만.

고용인인 아이의 엄마는 처음엔 채용을 주저했다. 역시나 나의 외모 때문이었다. 나는 항변했다. 저는 한국에서 태어나 한국말을 배우고 한국식 교육을 받은 한국인입니다. 육아 능력은 비슷하겠지만 오히려 당신들과 외모가 닮은 조선족 베이비시터보다 언어 실력은 더 자신 있습니다. 아이가 그쪽 사투리를 그대로 익혀, 교정하는 데 애를 먹었다는 엄마들의 푸념을 인터넷에서 본 적이 있었다. 아이의 엄마는 나를 물끄러미 바라보더니 주민등록증을 보여 달라고 했다. 평일 아침 여덟 시부터 저녁 일곱 시까지 아이를 돌보고 받는 한 달 수당은 칠십만 원이다.

아이 곁에 눕는다. 얼마 전까지만 해도 아이를 재우려면 등에 업고 삼십 분 이상 서성이며 자장가를 불러줘야 했다. 배에 수건을 덮어주고 살살 토닥인다. 시간이 지날수록 돌보기가 수월해진다. 아이의 숨소리가 잦아들더니 이내 쌔근거린다. 앞으로 한두 시간은 내게 주어진 휴식시간이다. 진헌에게 문자메시지를 보낸다.

도서관이야? 어머님께 말씀드려 봤어? 통화할 수 있으면 전화 부탁해.

초등학교에 입학할 때까지 말을 제대로 익히지 못했다. 내가 옹알이를 시작할 무렵 엄마의 한국생활도 고작 삼 년째였으니까. 아침부터 밤까지 공장에서 일하는 동안 엄마가 누군가와 대화를 나눌 일은 거의 없었을 것이다. 옆방에 살던 할머니가 돌봐주었다지만 기력이 쇠약한 노파는 내게 겨우 끼니나 챙겨주었을 뿐이다. 퇴근해 돌아와 나를 교육하기에 엄마는 너무 피곤했고, 한국어 실력이 형편없었다. 기본적인 대화는 가능했지만 읽고 쓸 줄을 몰랐다. 게다가 엄마는 화가 나거나 급한 상황이 되면 타이(Thai)어로 쏘아붙였다. 어렸을 땐 그 말이 외계어처럼 들렸다. 어쩌면 우리 엄마는 마녀가 아닐까, 이불을 뒤집어쓰고 울기도 했다. 그래도 모녀사이 소통에 별 지장은 없었다.

'가나다라'도 못 익히고 취학한 아이는 나뿐이었다. 선생님은 누구에게나 공평했다. 하지만 아이들은 달랐다. 아무도 나와 말을 섞지 않았고 점심도 혼자 먹어야 했다. 2학년 때 짝꿍이었던 아이는 울면서 짝을 바꿔달라고 선생님께 애원했다. 그나마 가까이 지내던 아이들은 항상 내게 뭔가를 요구했다. 잡화점에서 물건을 슬쩍하는 동안 주인아저씨의 시선을 분산시키거나 체육 시간에 다른 아이 가방에서 수입 문구를 훔쳐내는 일 따위. 지금처럼 나 같은 아이들이 많지 않던 시절이었다. 점점 학교에 가지 않는 날이 늘어났다. 어찌어찌 겨우 중학교 졸업장은 받았지만 처참한 성적과 집안 형편 때문에 고등학교 진학은 포기해야 했다. 그때 공부를 계속했더라면…… 당연히 대학은 꿈도 못 꾸었을 테지만 지금쯤 자그마한 회사의 경리 자리라도 얻을 수 있지 않았을까. 자국민 실업률도 어쩌지 못하는 마당에 나 같은 사람을 선뜻 고용하겠다는 기업이 있었을까. 어쨌든 내 아이가 태어나면 교육만큼은 남부럽지 않게 시킬 작정이다. 다문화가정의 복지 혜택이 나아지고 대안학교 설립도 늘린다 하니 나보다 훨씬 좋은 환경에서 자라게 할 수 있을 것이다. 진헌에게선 답신이 없다.

지하철역에서 나와 이십여 분을 걸었다. 어제는 내내 진헌과 연락이 닿지 않았다. 문자메시지를 보내도 무소식이어서 밤에 전화를 걸어봤지만 받지 않았다. 주말은 아이 엄마도 나도 휴무일이다. 여름 한낮의 뙤약볕 아래, 커다란 배낭을 멘 사람들이 뜨문뜨문 곁을 스쳐 지나간다. 가방 안엔 취업 준비 서적이나 노트북 따위가 들어 있겠지. 진헌은 실업률이 높아질수록 도서관의 빈자리가 줄어든다며 투덜거렸다. 자리를 맡기 위해 이전보다 훨씬 일찍 집을 나서야 한다고 했다. 정문을 지나 계단을 오른다. 땀으로 젖은 셔츠가 몸에 달라붙는다. 본관 앞에 서서 진헌에게 문자메시지를 보낸다.

나 도서관 로비에 와있어.

엄마가 '초원장'의 야간 관리를 맡으면서 내실은 우리 모녀의 숙소가 되었다. 처음엔 출퇴근 청소부였다. 밤늦게 퇴근해 돌아온 엄마 옷엔 소독약이 튀어 변색된 부분이 얼룩덜룩했고 늘 묘한 냄새가 배어 있었다. 이따금 주인아줌마에게 사정이 생기면 밤샘 근무를 하고 오기도 했다. 차츰 그런 날이 잦아지다가 삼 년쯤 되던 해 주인아줌마가 엄마에게 제안했다. 밤에 자꾸 깨는 것도 힘들고…… 자네가 야간에도 일을 좀 맡아줄 수 있겠나. 아이들이 그만두라고 성화야. 막상 수입 떨어지면 표정부터 바꿀 녀석들이.

엄마와 내가 조촐한 살림을 옮기고 한 계절이 지났을 즈음이었다. 평일 밤이라 손님이 많지 않은 날이었다. 열두 시쯤 엄마가 티브이를 끄고 눈을 감았다. 나도 만화책을 덮고 엄마 곁에 누웠다. 혹시 모를 방문객 때문에 형광등은 켜둔 채였다. 가물가물 잠이 들었나 싶었는데 출입문의 벨 소리가 들렸다. 엄마. 웬 남자 목소리가 났다. 눈을 떴다. 짧은 머리에 군복 차림의 남자가 내실 창을 열고 우리를 내려다보고 있었다. 선뜩한 느낌이 들었지만 나는 침착하게 말했다. 방 드려요? 남자의 눈이 휘둥그레졌다. 누구세요?

휴가 나온 군인은 주인아줌마의 아들이었다. 사정을 전해 들은 그는 밤이 늦었으니 일단 방을 하나 달라고 했다. 시큼한 땀내와 술 냄새가 한데 섞여 진동했다. 소식을 들은 주인아줌마는 특실을 내어 주라며 아침에 해장국을 끓여 먹이라는 주문까지 덧붙였다. 다음 날 아침 일찍 나는 엄마가 끓여준 북엇국과 밥을 소반에 받쳐 들고 특실 문을 발로 툭툭 찼다. 웬 거예요? 그가 말끄러미 나를 바라봤다. 그날, 밥상을 들고 서 있던 너의 뒤론 일곱 빛깔 무지개가 화사하게 빛나고 있었어. 한동안 진헌은 그날의 첫 만남을 회상하며 유치한 말을 늘어놓곤 했다.

회전문을 밀고 안으로 든다. 서늘한 에어컨 바람에 숨통이 트인다. 휴대폰이 진동한다.

"어디야?"

"일층 편의점 쪽으로 걸어가고 있어. 얼른 내려와. 시원한 캔커피 사줄게."

"뭐? 야, 말도 없이 갑자기 찾아오면 어떡해? 나 거기 없어."

"……."

"제주도야. 가족들이랑 여행 왔어. 휴가시즌이잖아."

주인아줌마는 처음엔 매일 오전 출근해 엄마와 함께 지내다 저녁에 퇴근하곤 했다. 둘째 딸이 복직하는 바람에 아이를 봐줘야 하게 생겼어. 자네만 믿네. 사나흘에 한 번씩 들르곤 하더니 요즘은 일주일에 한 번 나오는 것도 버겁다 말했다. 휴가 애긴 금시초문이었다.

"왜 연락 안 했어?"

진헌은 주인아줌마의 삼 남매 중 막내아들이다. 뒤늦게 얻은 외아들이 돌을 넘기기도 전에 남편을 잃은 그녀는 홀로 생계를 꾸리며 자식들을 길러냈다. 남다를 수밖에 없는 어머니의 욕심과 기대가 아들에겐 늘 부담이었지만 그는 모친의 뜻을 결코 어긴 적이 없다 했다. 결혼만큼은 달라. 부모의 선택으로 세상에 나왔지만 결혼이라는 분기점을 지나 내 가정이 꾸려지면 그때부턴 진짜 내 인생이 시작되는 거라구. 그러니까 결혼은 꼭, 내 맘대로 내 뜻대로 결정할 거야. 그러니 너무 걱정하지 마. 불안해하는 나를 다독이며 진헌은 스스로 다짐하듯 그렇게 말했다. 휴가 때 둘째 누나가 조카를 데려가면 그때 조용히 엄마한테 말씀드릴게.

"일단 기다리라고 했잖아. 무작정 널 데리고 오면 우리 엄마 충격이 얼마나 크겠냐? 여기서 상황 좀 보고, 분위기 좋을 때 말해볼게."

불쑥 욕지기가 인다. 생명이 움트는 첫 신호일까. 속이 뒤집히듯 구역질이 치솟는다.

세 겹으로 오므라졌던 잎이 드디어 활짝 폈다. 제일 큰 잎은 벌써 어른 손가락만 하다. 엄마는 낮이면 어항을 옥상 실외기 옆에 두었다가 밤이 되면 들고 내려왔다. 한낮의 폭염과 에어컨 실외기가 뿜어대는 열기 덕분에 맹그로브의 성장이 빨라졌다. 길쭉하게 뻗어 내린 뿌리들도 제법 튼실해 보인다.

점심시간인데도 식당은 한산했다. 도심 백화점의 식당가에 입점해 있다고 해서 샐러리맨들이 북적거릴 줄 알았는데.

"수진, 여기 너무 비싸지 않아?"

"뭐든 다 시켜. 오늘은 내가 거하게 쏠 거야."

엄마는 메뉴판을 덮고 고개를 저었다.

"제일 싼 것도 이인분에 오만 원이나 하네. 우리 그냥 나가자……."

"코스로 하자. 엄마 먹고 싶은 요리 많을 거 아냐. 나중에 괜히 후회하지 말고."

마음 같아선 스페셜 코스를 주문하고 싶었지만 엄마가 얼굴을 붉히며 화를 냈다.

"이거 시키면 나 여기서 나갈 테야."

사실 현지 가격보다 터무니없이 비싸긴 했다. 인터넷에 떠도는 여행 후기들을 보면 그곳에선 한국 돈으로 단돈 몇천 원에 고급 요리를 즐길 수 있다고 하던데.

어제저녁 첫 월급을 탔다. 아이 엄마는 여름 휴가를 냈다며 내게도 일주일 휴가를 주었다. 돈이 생기면 가장 먼저 엄마가 그리는 고향 음식을 한껏 대접하고 싶었다. 인터넷 검색으로 태국인이 주방장을 맡고 있다는 식당을 찾아냈다.

"팍치 많이 넣어주세요."

엄마가 주문했다.

"알겠습니다, 손님."

웨이터가 미소 띤 얼굴로 나를 돌아봤다.

"아뇨. 전 빼 주세요."

톡 쏘는 맛에 비위를 건드리는 느끼한 향 때문에 내겐 좋지 않은 기억으로 남아있는 양념감이다. 연애를 시작할 즈음 진헌이 나를 태국 음식점에 데려간 적이 있었다. 그는 요리 주문에 덧붙여 최대한 현지인의 입맛에 맞춰달라는 당부를 거듭했는데, 그 때문에 우리는 모든 음식을 절반도 먹지 못하고 남겨야 했다. 그것이 꽉치 때문이라는 건 계산할 때 식당 주인의 설명을 듣고 알게 된 사실이었다.

"이건 세계 3대 스프 중의 하나야."

엄마가 우쭐한 표정으로 똠양꿍의 국물을 후루룩거렸다. 저토록 밝은 얼굴빛을 본 적이 없다. 매운 양념의 새우볶음에 이어 게살볶음밥까지 단숨에 먹어치운 엄마는 한참 뒤 디저트로 나온 코코넛밀크를 마실 즈음에야 고개를 들었다. 자꾸 치미는 구역질 때문에 내가 화장실을 들락거리는 사이 식탁 위의 모든 접시를 깨끗이 비우고 난 다음이었다. 인터넷을 통하거나 발품을 조금 팔면 해외 식료품이나 향신료쯤 얼마든지 구할 수 있는 세상인데 지금껏 왜 그 생각을 못 했을까. 저렇게 행복해하는 얼굴을 보니 오히려 마음이 무거워진다.

"엄마, 고향에 가보고 싶지 않아?"

"이다음에. 너 시집가고 나면……."

어쩌면 엄마의 향수병을 달래줄 물건은 맹그로브가 아니라 음식이었을지 모르겠다.

엄마, 우리 아빠 어디 있어? 내 기억이 시작되는 부분 어디를 짚어보아도 아빠는 없었다. 집 안을 아무리 살펴도, 서랍 깊은 곳과 침대 밑 잡다한 상자들과 심지어 엄마의 지갑 속까지 뒤져보았지만 아빠의 사진이나 흔적은 어느 곳에서도 찾을 수 없었다. 아빠 없어. 늘 똑같은 엄마의 대답은 간결했다. 그럼 난 어디에서 왔어?

엄마 옆구리에서 나왔지.

내 이름은 한수진. 엄마는 김영애. 한 씨 성을 가진 아빠는 엄마와 혼인신고도 했던 것 같다. 엄마의 귀화 신청이 받아들여진 걸 보면 두 사람은 적어도 이 년 이상을 부부로 살았을 테고……. 이런 건 다만 추측일 뿐 엄마는 아무 말도 해주지 않는다.

수진은 엄마 옆구리에서 나왔어.

치이, 그런 게 어디 있어?

입술을 비죽이는 나를 무릎에 앉혀놓고 엄마는 먼 곳을 바라보듯 아득한 시선으로 낮게 읊조리곤 했다.

바다에 뿌리를 내리고 사는 나무가 있단다. 그 나무는 숨을 쉬기 위해 항상 뿌리의 윗부분을 문어 다리처럼 물 위에 드러내 놓고 있지. 달이 뜨지 않는 밤이면 귀신이 머리를 감는 것처럼 보여 어렸을 땐 몹시 두려워하기도 했단다. 타지 사람들은 어떻게 나무가 물 위에 떠 있느냐고 놀라기도 하지만 꼭 그렇지는 않아. 보이는 것처럼 모든 뿌리가 떠다니는 건 아니거든. 그중 굵고 단단한 것들이 해안가 흙 속에 깊숙이 뿌리를 내린 덕분에 버틸 수 있는 거야. 처음엔 모두 가볍고 연약하지만 일단 땅속으로 들어가기만 하면 그 때부턴 빠른 속도로 두터워지고 딱딱해지거든. 얼마나 튼튼하면 쓰나미를 막아줄 정도겠니. 삐져나온 뿌리들끼리 힘을 모으고 서로 뒤엉켜 물살의 침범을 방해하기 때문이야. 놀라지 마라, 애야. 그것은 새끼를 낳는 나무란다. 엄마 나무는 가지나 줄기 끄트머리에 싹을 틔워 새끼 나무를 키워내고, 밀물 때가 되면 바다로 슬쩍 밀어 떨어트리지. 아기 나무는 엄마 곁에 뿌리를 내리기도 하지만 어떤 아기는 하염없이 바다를 떠다니기도 해. 짠 바닷물과 뜨거운 태양, 거센 파도에 시달리는 항해를 거듭하며 자라나는 기특한 아이란다. 그러다 닿은 해안가에 자리를 잡기로 마음먹으면 가지에서 층층이 우산살 같은 뿌리들이 아래로 돋아나고, 새로 잎을 연 가지들은 위로 팔을 뻗으면서 무성해지고…… 엄마의 나라에선 바다가 시작되고 바다가 끝나는 곳 어디에나 그 나무가 있었단다.

엄마가 나고 자란 곳은 맹그로브 숲이 무성한 어촌 마을이었다. 석회암 절벽, 에메랄드빛 바다, 장엄하고 아름다운 일몰, 호모사피엔스의 유적지, 지금은 백인들의 아지트가 된 그곳, 엄마의 고향…….

너만 시집보내고 나면 돌아갈 거야.

나는 엄마가 들려주는 나무 이야기를 들을 때마다 마음속으로 다짐했다.

그건 엄마의 나라, 엄마의 이야기야. 엄마는 맹그로브처럼 멀고 낯선 땅에 홀로 와 닿았지만 아직도 떠다니고 있잖아. 뿌리 내리고 싹을 틔워 숲을 이루진 못했잖아. 나는 맹그로브처럼 엄마처럼 살지 않을 거야. 절대로 항해 따윈 하지 않을 거야. 떠돌지 않고 이 땅에 깊이, 아주 깊숙이 뿌리 내려 숲을 이루는 튼튼한 나무가 될 거야.

"내가 돈 많이 벌어서 엄마 꼭 모시고 갈게."

길어진 줄기에 싹이 여럿 돋았다. 수면 아래 뿌리도 길고 많아져 이젠 제법 나무다운 태가 난다. 맹그로브를 꺼내 분무기로 물을 뿌린다. 잎과 줄기, 새로 돋아난 싹과 뿌리까지 흠뻑 적신다. 뿌리로 흡수한 염분은 잎을 통해 스스로 방출하지만 하얀 소금 결정이 맺히면 주기적으로 제거해줘야 한다고, 수족관 홈페이지에 설명돼 있었다. '소금은 맹그로브에게 필요조건이 아닙니다. 단지 염도를 견딜 수 있다는 것이지요.' 바로 짠물에 넣어도 살 수는 있지만 그 것은 확률 문제이며 어린나무의 경우 서서히 짠물에 적응시켜야 한다고 했다. 이삼일에 한 번씩 어항의 물을 갈고 해수염을 타서 바닷물처럼 만드는 일은 엄마 몫이었다. 그럴 필요 없다니깐. 이파리에 하얀 결정이 맺힐세라 물을 뿌려대는 나를 보고 엄마가 핀잔을 놓았다.

고속버스터미널 앞에서 진헌을 만났다. 우리는 손을 잡고 식당으로 향했다. 뙤약볕을 이고 걸어온 그의 얼굴에선 굵은 땀이 뚝뚝 떨어졌다. 가방은? 도서관에 두고 왔어. 멀건 국물에 노란 기름이 둥둥 떠다니는 삼계탕을 먹었다. 닭은 병아리 시절을 갓 넘긴 듯 너무 작았다. 아기 손가락만 한 인삼도 반 토막이었다. 나는 내 닭의 다리 한쪽과 인삼을 진헌의 뚝배기로 넘겨주었다. 에어컨 바람에 땀이 식으면서 그의 이마에도 하얀 결정이 맺힌 듯이 보였다. 싹이 났어. 뚝배기 바닥에 눌어붙은 찹쌀죽을 긁어대는 진헌에게 말했다. 전에 말했던 그 나무? 이름이 뭐였더라? 나는 가방에서 물티슈 한 장을 꺼내 그에게 건넸다. 맹그로브. 그가 물티슈로 이마와 목을 훔쳤다. 있잖아, 그리고……. 말이 쉽게 나오지 않았다. 좀 더 분위기가 좋은 곳에서 이야기하고 싶었다. 진헌은 얼마 남지 않은 입사시험 일정 때문에 시간을 더 내긴 곤란하다고 말했다. 그에게 짬이 날 때까지 기다릴까, 망설였지만 자꾸 시간만 흘려보낼 수는 없을 것 같았다. 그리고 우리에게도 말이야.

무슨 소리야? 알아듣기 쉽게 설명해봐. 휴가 중에 어머니에게 알리겠다던 약속을 진헌은 지키지 못했다. 일단 취직부터 한 뒤에 말씀드리는 게 나을 것 같아서……. 그는 말끝을 흐렸다. 내 안에 싹을 틔워 맹그로브 잎 같은 자그만 손을 꼭 쥐고 있을 우리 아기. 이야기하는 동안 물을 많이 마셨다. 한 마디씩 말을 이을 때마다 입안이 쩍쩍 갈라졌다. 숏 팬츠와 슬리브리스 차림의 여자들이 우르르 식당 안으로 몰려들었다. 재잘거리는 그녀들의 뺨과 몸이 구릿빛으로 빛났다. 진헌은 곁눈질을 하며 물었다. 언제 그런 거야? 콘돔 안 썼던 때가 언제였지? 너 생리 막 끝났을 때? 그는 피임이 실패한 원인만 파고들었다. 연신 마셔댄 물 때문인지 아랫배가 점점 무거워졌다. 그에게선 아무 대답도 듣지 못했다. 요의를 참을 수 없을 지경에 이르러 나는 자리에서 일어났다. 화장실 좀 다녀올게. 진헌이 따라 일어섰다. 나 이제 들어가 봐야 해. 그 얘긴 나중에 하자. 잘 들어가.

옥상에 어항을 올려놓고 내려왔다. 엄마는 객실 청소로 한창 바빴다.

출입문 차임벨이 울렸다.

"아가씨, 여기 관리인 어디 있어요?"

머리가 희끗한 남자 둘과 엄마 또래쯤 돼 보이는 여자가 들어섰다. 그중에 안경 쓴 남자가 내게 물었다. 딱 봐도 객실 손님들 같진 않았다.

"잠깐만 기다리세요."

내가 엄마에게 전화를 거는 동안 그들은 내실 문을 열어 안을 살피고 1층 객실 복도와 주차장을 둘러보며 수군거렸다. 수리하려면 돈깨나 들겠네. 엘리베이터가 없어 단골 잡기가 힘들겠는걸. 상호부터 바꿔야지, 초원장이 뭐야? 촌스럽게.

앞치마를 풀어 손에 쥐고, 엄마가 숨을 헐떡거리며 내려왔다.

"미래부동산에서 나왔습니다. 주인아주머니한테 얘기 들었죠? 객실 좀 볼 수 있을까요?"

오후에만 세 팀이 이곳을 둘러보고 갔다.

싱크대 서랍에서 비빔라면을 꺼낸다. 물을 끓여 면을 익히고 찬물에 헹군 뒤 소스를 넣어 비빈다. 신김치도 함께 넣고 비빈다. 밍밍하다. 고추장을 넣고, 청양고추도 잘라 넣는다. 갑자기 밀려든 게 허기인지 식욕인지 모르겠다. 차갑고 퉁퉁한 면발을 단숨에 욱여넣는다.

주인아주머니가 이걸 팔려고 내놨다는구나. 처음 왔던 일행이 돌아가고 난 뒤 엄마가 말했다. 며칠 전부터 부쩍 잦아진 엄마의 한숨이 비로소 이해됐다. 엄마가 일자리 알아볼게. 아직 젊은데 어디 써주는 데 없겠니?

며칠 전 진헌의 집엘 갔었다. 네가 여긴 웬일이니? 등에 아기를 업고 있는 주인아줌마의 눈이 휘둥그레졌다. 진헌 오빠 있어요? 나는 주춤주춤 과일 봉지를 내밀며 안으로 들었다. 도서관 갔는데. 우리 아들을 네가 왜 찾니? 곤히 잠든 아기가 깰세라 그녀의 목소리는 무척이나 나직했다. 나는 눈길 둘 곳을 찾지 못해 집 안 곳곳을 두리번거렸다. 그가 용기를 낼 수 없다면 내가 나설 수밖에. 마음먹고 들어선 그곳에서 나는 막막해졌다. 어떻게 시작해야 할까. 준비해 간 말들은 깡그리 잊어버렸고 아무 생각도 나지 않았다. 한동안 망연히 실내를 둘러보다, 깜짝 놀라 그녀에게 물었다. 아줌마, 이건 뭐예요? 장식 테이블 위에 웬 돌덩이들이 즐비했다. 둥그스름한 것, 울퉁불퉁한 것, 넓적한 것, 뾰족한 것, 구멍 뚫린 것. 저마다 모양들이 제각각이었다. 어떤 돌은 한 부분이 움푹 파였는데, 뿌리를 드러낸 작은 식물이 거기 붙어 있었다.

풍란이야. 처음 보니? 아줌마는 짧은 설명을 덧붙였다. 풍란은 제주도나 남쪽 더운 지방에 살아. 주로 나무나 바위에 붙어 바람과 습기만 먹고 자라지. 그런데 넌 여기 무슨 일로 온 거니?

진헌의 엄마는 주방에서 유리컵 세 개를 쟁반에 받쳐 들고 나왔다. 두 개의 컵에 오렌지 주스와 물이 각각 반쯤 채워져 있었고 나머지는 빈 컵이었다. 잘 보거라. 그녀는 빈 컵에 주스와 물을 조금씩 따라 흔들었다. 넌 이게 무엇으로 보이니? 물일까? 아니면 주스? 물도 주스도 아닌 이걸 대체 무어라 설명할 수 있을까? 대답할 말을 떠올리지 못해 우물거리는 사이 그녀가 말을 이었다. 요즘엔 너 같은 아이들을 따로 구별해서 부르는 말도 있다지? 네가 걸어온 길을 자식에게 물려줄 수 있을 만큼 너, 용기 있는 사람이니?

아기가 머리를 좌우로 뒤치며 칭얼거렸다.

삼류 같지만, 이거면 수술하고 몸조리하는 데 충분할 거다.

방에 아기를 눕힌 뒤 가지고 나온 편지봉투를 테이블 위에 올려두고, 그녀는 다시 들어가 버렸다.

봉투 대신 풍란을 들고 나왔다. 정적이 흐르는 거실은 고요하고 평화로웠다. 나는 작은 소용돌이조차 일으키지 못했다. 재고의 여지는 없어 보였다. 눈앞의 사물들이 뱅글뱅글 원을 그리며 돌았다. 시야 한가운데 또렷한 형상으로 조롱하듯 나를 바라보던 작은 뿌리. 한 줌도 되지 않는 풍란을 움켜쥐고 힘껏 뜯어냈다. 그러곤 밖으로 나와 일층 화단에 그것을 내던져 버렸다.

밥상 위에 치킨 봉지를 풀어 놓았다. 접시와 포크를 세팅하고 그릇에 무절임을 담고 컵에 맥주를 따르는 동안 엄마는 간판 불을 끄고 문단속을 했다. 어차피 주인아줌마도 안 올 텐데 뭐. 손님들도 불 꺼진 간판 보면 방 없는 줄 알겠지. 나는 임시휴업을 제안했다.

엄마가 닭다리에 묻은 붉은 양념을 숟갈로 긁어냈다.

"타이에서는 닭요리 맛있어. 종류도 많고. 여긴 소스 맛이 별로네."

입에 맞지 않는 음식을 먹을 때마다 그녀는 양념 탓을 했다. 같은 요리라도 맛을 내는 비법은 각종 부재료에 있다며, 엄마의 나라에선 과일이나 나뭇잎, 심지어 벌레의 내장까지 양념으로 사용한다고 자랑하듯 말했다. 자연의 온갖 산물이 다채로운 맛과 향의 비법인 셈이지. 나는 입을 비죽거렸다. 치이, 그건 여기도 마찬가지야. 합성 감미료 따위 쓰지 않고도 얼마나 훌륭한 맛을 낼 수 있다구. 그럴 때면 엄만 잠시 표정을 걷고 나를 말끄러미 쳐다보았다.

"엄마, 우리 가진 돈 얼마나 돼?"

빤한 물음이었다. 기껏해야 전에 살던 방을 나오면서 받은 월세 보증금 정도뿐이겠지.

"왜?"

"이사 갈 정도는 돼?"

"걱정하지 마, 수진. 다 잘 될 거야."

모국의 정서를 그대로 담은 엄마의 대답이었다.

우리는 닭고기를 먹으면서 빈 잔에 계속 술을 채웠고, 단숨에 마시기를 반복했다. 엄마는 술에 취하면 자꾸 웃는 버릇이 있다. 히죽히죽 바보 같은 모습에 나도 따라 낄낄거렸다. 냉장고의 맥주를 다 비운 다음엔 소주병을 땄다. 엄마야, 아직 젊고 예쁜데 시집이나 가라. 좋은 놈 하나 소개해 줄래? 아니. 나부터 갈 거야! 말려드는 헛소리로 우리는 흰소리를 쳤고 깔깔대며 자꾸 웃었다.

빗소리에 잠이 깼다. 어쩌면 천둥소리였는지도 모르겠다. 시계를 보니 새벽 세 시가 조금 지나 있었다. 취중에 어떻게 잠이 들었는지 감감했다. 머리통이 쪼개질 것처럼 아팠고 목구멍이 뜨거워 참을 수가 없었다. 냉장고에서 찬물을 꺼내 병째로 들이켰다. 어지럽게 널린 닭 뼈와 술병들 틈바구니에 엄마가 웅크린 채 자고 있었다. 무릎걸음으로 다가가 엄마의 양말을 벗겨냈다. 뒤꿈치의 하얀 각질이 맹그로브 뿌리가 얽힌 모양 같았다.

맹그로브……!

돌아보니 어항이 있어야 할 자리가 횡했다. 나는 벌떡 일어나 내실 문을 밀치고 나왔다. 엄마도 나도, 먹고 취하고 웃어대느라 까맣게 잊고 있었다. 단숨에 계단을 뛰어올랐다. 알 수 없는 소란으로 바깥 분위기가 심상치 않았다. 성난 무리가 새벽 거리를 질주하는 것도 같고 누군가 다급하게 옥상 문을 두드려대는 것 같기도 했다. 덜컹덜컹. 혀끝까지 숨이 차올랐다.

억수 같은 장대비였다.

빽빽한 빗발에 앞이 보이지 않는다. 선뜻 걸음을 뗄 수가 없다. 우르릉. 천둥이 친다. 아랫배가 사르르 아파온다. 어깨를 움츠리고 실외기 쪽으로 다가간다. 비바람이 채찍질하듯 온몸을 후려친다. 어항에서 쿨렁쿨렁 빗물이 넘쳐흐른다. 모퉁이 하수구로 떠내려간 나무가 소용돌이에 실려 너울거린다.

맹그로브를 집어 든다. 사나운 물살에 쓸려 잎은 모두 떨어져 나가고 잔뿌리만 볼품없이 휘감겨 있다. 물컹해진 줄기에 손가락이 옴폭 들어간다. 쓰나미를 막아내고 새끼를 낳는다는 나무는 결국 아무 일도 하지 못했다. 강인한 생명력은, 혼자서는 어림없는 일이었다. 어쩌면 엄마의 인생 같아. 나는 맹그로브처럼 엄마처럼 떠돌지 않을 거야. 내 아이에게 새끼를 낳는 나무 이야기 따윈 절대 해주지 않을 테야. 쥐었던 손가락을 활짝 편다. 잔뿌리만 몇 남은 나무줄기가 소용돌이에 휩쓸린다. 빗발을 맞은 몸이 따끔거린다. 두 주먹을 쥐고 어항을 발로 힘껏 걷어찬다. 터져 나온 물살을 타고 날카로운 유리 파편들이 맹그로브를 뒤쫓는다.

풍란을 팽개쳐 버리고 돌아오는 길에 조산소를 찾아갔다. 비용이 꽤 들지만 비밀리에 시술이 가능한 곳이었다. 어둑한 조명 아래 늙은 남자 의사가 내 가랑이 사이로 찬 기구를 쑥 집어넣었다. 힘을 빼요. 나는 부들부들 몸을 떨었다. 십 주 정도 된 것 같네. 정말 수술하려고?

눈을 뜬다. 숙취 때문인지 싹 때문인지 속이 메스껍다. 둥글게 몸을 말고 잠든 엄마에게 이불을 덮어주고 나온다. 진헌의 휴대폰 번호는 어제부터 낯선 사람의 새 연락처가 되었다. 변기에 앉아 양치질한다. 치약 냄새에 와락 구역질이 솟는다. 손바닥만 한 창으로 말간 햇살이 스며든다. 맹그로브는 어떻게 됐을까. 뭉크러진 상태로 죽어있겠지. 줄기가 꺾여 흉측한 몰골로. 어쩌면 벌써 썩어가고 있을지도 모르겠다. 엄마가 알면 얼마나 상심할까. 다른 녀석을 또 구해다 줘야 하나. 아무리 그래도 어항까지 깨트릴 일은 아니었다.

샤워를 마치고 옥상 계단을 오른다. 엄마에게 맹그로브의 처참한 꼴을 보게 할 순 없었다. 날씨는 변덕스러운 장난을 마친 아이처럼 시치미를 떼며 뜨거운 볕을 내리쏟고 있었다. 감쪽같이 말라 버린 시멘트 바닥. 그늘에 고인 물만 아니면 비의 흔적조차 찾을 수 없다. 실외기를 지나 모퉁이 쪽으로 다가간다. 격자무늬 하수구 앞에 서서 우두커니, 나는 내려다본다.

꿈이었을까.

작고 네모난 구멍에 꼿꼿이 꽂혀 서 있는 맹그로브. 땡볕에 단단해진 줄기를 가만히 손으로 쓸어본다. 녀석은 어느새 줄기 위로 콩알만 한 싹을 밀어내고 있었다.

튕기듯 일어나 아래층으로 뛰어 내려간다. 다용도실 선반에서 깊이가 가장 깊은 반찬 통을 꺼낸다. 플라스틱 용기에 생수를 채우고 해수염을 알맞게 섞는다. 실로 친친 감아 맹그로브를 단단히 고정시킨다.

짠 바닷물과 뜨거운 태양, 거센 파도에 시달리는 항해를 거듭하며 자라나는 기특한 아기. 항로 끝에 닿은 해안가에 뿌리를 내려 싹을 틔우는 맹그로브……. 바다가 시작되고 바다가 끝나는 곳 어디에나 엉켜있는 나무들의 뿌리. 줄기에서 어여쁜 아기 나무가 바다로 떨어져 내린다. 부드러운 파도가 아기 나무를 넘실넘실 어른다. 망망대해를 떠돌던 어린 맹그로브가 홀로 닿은 바닷가에 뿌리를 내려 새싹을 틔운다. 성장한 맹그로브는 어느새 숲을 이루고 제 몸에 잉태한 아기 나무를 정성껏 키워낸다.

문득, 팍치를 듬뿍 넣은 엄마의 요리가 먹고 싶어진다.

그녀가
잠들 때까지

톡톡.

리나가 스탠드의 터치스위치를 두드린다. 희미하던 실내가 제 모습을 드러낸다. 짙은 암막 커튼이 온종일 창을 가려 낮과 밤의 경계가 사라진 공간. 퀸사이즈 침대와 옷장, 화장대와 장식장, 소파와 식탁, 그리고 욕실과 주방이 지그재그로 배치된 그녀의 오피스텔은 민규가 하루 중 가장 많은 시간을 보내는 곳이다.

다시금 불을 밝힌 그녀의 의도는 무얼까.

"아저씨, 우리 이거 밀어버리자."

민규의 맨살을 어루만지던 리나가 터럭 한 올을 뽑아든다. 그는 화들짝 놀라 몸을 일으킨다. 팔다리는 물론 가슴부터 아랫배 부근까지, 그의 몸에 난 털은 보통 남자들보다 조금 무성한 편이다. 그녀는 그것이 부드럽다며 쓰다듬길 즐겼다. 적어도 지금까지는.

"거추장스럽고 징그러워."

화장대 서랍에서 제모기를 꺼내 다짜고짜 들이민다.

"정말 하려고요?"

"잠이 솔솔 올 것 같은데……."

"이런 게 도움이 된다고 생각해요?"

고개를 끄덕이는 그녀의 눈망울이 반짝, 빛난다.

그의 표정이 일그러진다.

조금 전까지 민규는 그녀를 업고 집 안을 서성거렸다. 스물일곱 여자의 몸치곤 지나치게 가벼운 느낌이었다. 이것도 안 되겠어, 그냥 내려줘. 그녀는 침대 위에 폴싹 주저앉으며 고개를 저었다. 다시 침대에 누워, 그에게 잠옷을 벗고 누우라고 요구했다. 따뜻한 몸을 만지면 잠이 잘 올 것 같다며 보챘다. 한두 번 속았던 게 아니지만 별수 없었다. 그는 일곱 개의 단추를 풀어 셔츠를 벗고 단숨에 바지를 끌어내렸다. 그녀가 무심한 표정으로 지켜보았다. 팬티 바람으로 그는 그녀 곁에 누웠고, 팔베개를 해달라는 주문에 몸을 돌려 팔을 뻗었다. 그녀가 사뿐 고개를 들었다 다시 내려놓았다. 스르르 눈이 감겼다. 에이 씨, 콧바람 좀 어떻게 해 보라니까! 다시 눈을 뜬 그녀가 앙칼지게 쏘아붙였다. 그러곤 조금 전까지, 바로 누운 그의 맨몸을 더듬고 있었다.

"가장 센 강도로 해야 덜 아프고 빨리 끝나."

그는 낮게 한숨을 쉬며 천장을 올려다봤다. 지금쯤이면 태양이 가장 높은 고도에 올라 있겠지. 그녀의 변덕이 극을 향해 치닫는 시간. 처음 얼마 동안은 그도 적극적으로 그녀를 도왔다. 숙면에 좋다는 정보들을 모아 이것저것 시도해 보고 그녀의 온갖 요구에도 성심껏 응했다. 그러나 무엇도 소용없다는 걸 깨닫는 데까진 그리 오랜 시간이 걸리지 않았다.

그가 제모기의 스위치를 누른다. 위이잉. 휴대폰만 한 크기의 그
것이 손바닥을 간질이며 진동한다. 히죽히죽 그녀가 웃는다. 그는
잠시 머뭇거리다가 기기의 헤드 부분을 가슴에 갖다 댄다. 지지직
거리는 소리와 함께 몇 가닥 털이 뽑혀 나간다. 저도 모르게 몸이
움찔거린다. 타인의 시선이 부담스러워 수영장이나 대중목욕탕
같은 델 꺼리긴 했지만 털을 뽑아야겠단 생각은 한 번도 하지 않았
다. 그는 눈을 부릅뜨고 맞은편 벽에 걸린 사진에 시선을 붙박는
다. 제모기를 움켜쥔 손을 상하좌우, 아무렇게나 움직이면서. 사진
속 구름과 바다와 하늘이 모두 파랑 일색이다. 침구 빛깔은 연보
라, 벽지는 파스텔그린. 그녀는 집 안의 모든 물건을 온통 수면에
도움이 되는 색으로만 꾸며놓았다.

리나는 언제나 잠자리 환경 조성에 남다른 정성을 기울였다. 모
종의 의식을 치르듯 그 일을 매일 반복해왔다. 먼저 공기청정기의
전원을 켜고 에어컨 온도를 이십오 도에 맞춘다. 스탠드 불빛을 가
장 낮은 조도로 내리고 라벤더 향이 풍기는 젖은 수건을 침대 옆에
걸어둔다. 얼마 전엔 집 안의 벽과 창을 모조리 방음 자재로 교체
했다. 수면을 위한 최적의 시스템을 갖춰놓고도 잠들 수 없었던 리
나는 최후의 방편으로 그를 고용했다.

제모기가 휩쓸고 지나간 자리는 흉측했다. 듬성듬성 남은 털들
이 안쓰럽게도, 고집스럽게도 보였다. 그녀는 이 과정이 쉽지 않은
이유가 털이 길고 많기 때문이라고 했다. 기기를 가져다 자신의 다
리를 훑었다. 금세 매끈해졌다. 마무리 작업은 그녀가 자청했다.

차라리 면도기였다면 좀 더 수월했을 텐데. 딱 잘라 없다고 말하는 그녀의 표정이 그의 눈엔 도무지 미쁘게 보이지 않았다. 화끈거리던 통증은 얼얼함으로 바뀌었다가 이윽고 무감각해졌다. 불긋불긋 달아오른 몸이 땀으로 번들거렸다.

"너무 좋다. 이제 잘 수 있을 것 같아."

그녀는 끈적이는 그의 가슴을 부드럽게 쓰다듬었다. 제모 효과는 며칠이나 갈까. 털이야 또 자랄 테니 신경 쓸 일이 아니지만. 이젠 제발 그녀가 잠들 수 있기를…… 그는 질끈 눈을 감았다.

그녀의 손놀림이 수상쩍다. 점점 아래로 내려오던 손길이 배꼽 부근을 스치듯 오르락내리락한다. 팬티의 밴드를 경계로, 그녀의 손가락과 그의 성기가 팽팽하게 대치 중이다. 이런 상황에 너무 솔직하게 반응하는 제 몸이 당혹스럽다. 그는 눈을 감은 채, 머릿속으로 메탈리카의 노래를 재생시킨다. ……신경 쓰지 않는 듯 행동하지만 사실 넌 폭발하기 일보 직전이지. 뒤집어엎고 싶지만, 그럴 용기는 없지……. 파워풀한 드럼테크닉이 그의 가슴을 후려친다. 남들은 시끄럽고 정신없다고 하지만 때때로 이런 음악은 그에게 약이 되었다. 모든 것을 때려 부술 듯 공격적이고 강렬한 드럼 소리를 듣고 있노라면 어느새 답답한 속이 후련해지곤 했다. 어쨌거나 지금은 이 순간이 어서 빨리 지나가기를 기다리는 수밖에, 방법이 없다. 속옷 안으로 밀고 들어올 듯 근처를 꼼지락거리던 그녀의 손에서 어느 순간 스르르 힘이 빠진다.

쌔근거리는 숨결을 확인하고 그가 천천히 몸을 일으킨다. 거실 소파에 걸쳐둔 바지 주머니에서 시계를 꺼내 본다. 정오가 조금 지났다. 그녀가 잠들기까지 다섯 시간 걸렸다. 수행료는 십만 원. 눈을 뜰 수 없을 정도로 세상의 빛이 따갑다. 그는 거칠게 회전문을 밀치고 그녀의 오피스텔을 빠져나온다.

오후가 되면서 민규의 휴대폰에 문자메시지가 빗발쳤다. 죽 배달, 병원 동행, 담배 심부름 같은 자잘한 의뢰들이었다. 그는 이리저리 몸만 뒤척였다. 잠들 만하면 드르륵 드르륵, 진동음이 울려댔다. 콜을 받아 일을 시작할까 망설이다가도 매번 그냥 넘겨버렸다. 이불을 깔지 않은 바닥의 냉기가 온몸으로 스몄지만 꿈쩍하기도 싫었다. 알 수 없는 어떤 힘이 그를 자꾸만 아래로 끌어내리는 것 같았다. 잠을 잘 수도 깨어날 수도 없었다.

결혼식 축의금 전달 건.

그는 메시지를 확인한 뒤 곧바로 회사에 전화를 걸어 수행 의사를 밝혔다. 이런 식으로 누워만 있다간 하루를 그냥 날릴 판이었다. 의뢰인이 송금한 돈을 찾아 저녁 여섯 시 예식에 접수해야 했다. 그는 벌떡 몸을 일으켰다.

멀지 않은 거리임에도 퇴근 시간이 겹친 탓에 시간이 지체됐다. 바로 가려는 차들과 방향을 바꾸려는 차들로 팔 차선 도로는 엉망이었다. 샛길로 돌아 간신히 도착했을 땐 식이 끝난 뒤 사진 촬영이 한창이었다. 그는 이마의 땀을 손으로 훔치며 축의금 봉투를 전달했다. 그러곤 재빨리 식장 사진을 휴대폰으로 찍어 의뢰인에게 전송한 다음 사무실에 수행 완료 사실을 알렸다. 곧바로 다음 오더를 받았다.

흘러내린 갈색 머리칼에 그늘진 리나의 뺨. 땀이 맺혀선지 메이크업 효과인지, 드러난 어깨가 반짝이듯 번들거린다. 목에 솟은 힘줄이 터질 듯 팽팽해지고 허스키한 음색은 절정을 향해 치닫는다. '사랑해'라고 호소하듯 길게 이어지는 곡의 말미에선 눈물을 보인 것도 같다. 길게 휜 속눈썹과 붉은 입술이 파르르 떨린다.

민규는 진저리를 치며 고개를 돌려 버렸다. 뒤쪽 몇 테이블을 제외하고는 손님들 대부분이 무대 쪽을 바라보고 있다. 박수 소리와 함께 다음 곡 반주가 이어진다. 잠을 잘 땐 긴소매 파자마에 양말까지 챙겨 신는 그녀가 지금 걸치고 있는 건 온몸을 죄듯 타이트한 검정 미니원피스. 바싹 마른 그녀의 몸집에 최악의 옷차림이다.

리나는 '새벽 귀갓길 동행'의 의뢰인이었다. 직장 회식자리가 끝난 뒤 혹은 야근이 늦어져 택시를 타야 하는 시간대에 주로 여성 고객들이 전화를 걸어왔다. 사이코패스들이 들끓는 세상에 맞춰 생겨난 신종 서비스였다. 동행 의뢰를 받은 첫날, 그는 새벽 네 시에 그녀가 일하는 클럽 앞으로 마중을 나갔다. 도착지인 오피스텔까지는 삼십 분쯤 되는 거리였다. 택시에서 내린 그녀가 대행료를 건네며 그에게 말했다. 모범택시 요금보다 싸게 먹히네요. 장기계약 할인은 안 되나요? 클럽은 그가 맡은 담당 구역 안에 있었고 얼마 후 그녀는 회사의 주요 단골로 등록되었다.

여섯 달쯤 지났을 때 리나가 제안했다. 내가 잠이 들 때까지만 곁에 있어 줄 수 있어요? 순간적으로, 그리고 본능적으로 떠오르는 생각들로 멍해진 그에게 그녀가 덧붙였다. 보수는 두 배로 쳐줄게요. ……조금 위험한 의뢰 같은데요. 그는 신중하게 대답했지만 결국 그녀의 요구대로 신원보증서와 가족관계증명서를 떼어다 주고 계약서까지 작성하고 말았다. 처음엔 여자 도우미를 알아봤지만 하겠다는 사람이 없었다고 했다. 친구들은 너무 수다스럽고 참견이 많아서, 그리고 개인적인 관계를 맺고 있는 사람은 부담스러워 싫다고 했다. 그래 봤자 얼마나 가겠어요. 이것 때문에 마음에도 없는 사람과 동거하긴 싫고, 나는 그저 잠을 자고 싶을 뿐이니까요. 처음에 그는, 그저 가만히 그녀 곁에 누워만 있으면 되는 일인 줄 알았다.

노래가 끝나고 그녀가 무대 뒤로 퇴장한다. 취객들의 목소리는 다시 높아지고 술을 더 시키거나 자리를 정리하는 사람들로 실내가 소란스러워진다. 그는 잔에 남은 맥주를 단숨에 비우고 자리에서 일어선다. 리나의 일을 맡고부터 오전 시간 업무를 받지 않는다. 물론 그녀와의 계약은 회사에 알리지 않았다. 클럽 뒤쪽 비상 출입구에서 그녀를 기다린다.

"모든 게 그 빌어먹을 잠 때문이야. 오늘은 편안하게 시작해 봐요, 우리."

리나가 와인 잔을 들어 건배를 청한다. 어제의 제모 사건을 에둘러 변명하는 걸까. 조금 전 그녀는 그에게 십만 원짜리 수표를 건넸다. 어제의 수행료였다. 부모 잘 만난 덕이지 뭐. 평생 놀고먹어도 끄떡없어. 클럽에서의 수입만으로 생활이 가능한지, 매번 고액의 비용을 받으면서도 한편으론 걱정되어 물었다. 노래는 그냥 좋아서 하는 거고. 그녀가 덧붙였다. 그들은 두꺼운 커튼을 걷고 창가 테이블에 마주앉았다. 계약 이후 지금껏 함께 술을 마셨던 적은 없다. 쉽게 알코올중독으로 이어질 수 있기 때문에 불면증 환자에게 음주는 최악의 독이라 했다.

둘은 술잔을 가볍게 부딪쳤다.

"그냥 아무 얘기라도 해줘."

언젠가 그녀가 말했다. 내가 왜 아저씨를 선택했는지 알아? 목소리 때문이야. 듣고 있으면 딱 졸음이 쏟아질 것만 같은 그 지루하고 권태로운 목소리. 게다가 어눌한 말투까지. 안성맞춤이잖아.

잘게 찢긴 육포를 입안에 넣고 우물거릴 뿐, 그는 아무 말도 하지 않는다. 술기운 덕분에 오늘은 잠들기가 수월하겠지만 그만큼 줄어들 수입을 생각하면 그리 다행스러운 일도 아닌 것 같다.

푸르스름한 새벽빛이 걷히고 어느새 빌딩 숲 사이로 붉은 태양이 떠오르고 있다. 고도가 낮아서일까. 그의 눈엔 그것이 오늘따라 유난히 크고 뜨거워 보인다.

"도심 일출도 볼만하지, 아저씨?"

한동안 술잔만 기울이던 그녀가 말문을 연다. 어느새 붉은 와인한 병이 말끔히 비워졌다. 빈 병을 지그시 바라보며 그가 묻는다.

"술 더 없어요?"

어차피 버텨야 할 시간이라면 술이라도 양껏 마시고 싶었다. 오늘은 또 어떤 요구를 들어줘야 할까. 차라리 술을 대작하는 편이 더 나을지도 모르겠다. 한편으론 아직 한 번도 체험해보지 못한 그녀의 주정이 두렵기도 하다.

취한 그녀는 오히려 온순하고 조용했다. 별 대꾸 없는 그에게 더는 말을 붙이지 않았고 다른 걸 요구하지도 않았다. 높이 뜬 태양빛이 눈부시다며 다시 커튼을 쳐달라고만 했다.

두 번째 병이 바닥을 보일 때쯤 그녀가 훌쩍이기 시작했다.

"내가 왜 이렇게 됐는지…… 궁금하지 않아?"

술 취해 우는 여자라면 딱 질색이었다. 앞으로 펼쳐질 상황이 오히려 더 끔찍할 수도 있겠다는 불길한 예감마저 들었다. 그는 마지막 남은 육포를 잘근잘근 씹어 삼켰다.

"지금 난 벌을 받고 있는 거야. 근데, 그게 언제까지일지 알 수 없어 불안하고 무서워."

쪼르륵. 빈 잔에 자줏빛 술이 흘러든다. 그녀는 그것을 한 모금 마신 뒤 시선을 아래로 내리깔고 고해성사라도 하듯 말을 이었다.

내가 씨앗으로 생겨나던 때부터 나는 혼자가 아니었어. 언제나 내 곁엔 판박이 같은 동생이 함께였지. 대개의 쌍둥이가 그렇듯 우린 늘 붙어 다녔어. 잠잘 때도 물론 함께였고. 더블사이즈 침대를 같이 쓰거나, 이층 침대에 아래위로 눕거나, 싱글 침대 두 개를 한 방에 들여놓고 지내기도 했어. 삼 년 전 어느 날 갑작스러운 열병 때문에 동생이 응급실로 실려 가기 전까진 말이야. 부모님이 일찍 돌아가셔서 천지간에 우리 둘뿐이었는데……. 나는 한시도 동생 곁을 떠나지 않았어. 다행히 며칠 뒤 일반 병실로 옮겼지만 의사는 단지 위험한 고비만 넘겼을 뿐이라고 말했어. 참 이상도 하지. 평소엔 낮잠 같은 거 자본 적 없는 내가, 어느 순간 깜빡 잠이 든 거야. 잠깐, 정말 아주 잠깐이었어. 곧바로 처치를 받았다면 그렇게

가지 않을 수도 있었을 텐데…… 깨어났을 때 동생은 이미 내 곁을 떠난 뒤였어.

떠엄떠엄 말을 마친 리나가 깊은 한숨을 내쉬었다.

"그때 내가 그렇게 잠들지 않았더라면 동생은 죽지 않았을 거야."

그날 이후 그녀는 쉬이 잠들 수 없었다. 그것이 동생을 지켜주지 못한 죄에 대한 형벌이라고 그녀는 말했다.

"어떻게 내가 잠들 수 있겠어? 어쩌다 설핏 잠이 들면 꿈에 꼭 동생이 나타났어. 어떤 날은 울고 있었고 어떤 날은 웃으며 내 등을 토닥이기도 했지. 잠을 못 자면서 나는 엉망이 돼버렸어. 슬픔에 빠질 겨를도 없었어. 나를 이루는 모든 것들이 죄다 몸 밖으로 빠져나간 듯 맥없이 휘청거렸고, 생활을 이어갈 수도 없었어. 그나마 노래를 부를 땐 아주 조금이라도 에너지가 솟아나는 걸 느껴. 이젠 슬픔도 죄책감도 더는 들지 않는데…… 이렇게 내 안에서 부글거리는 감정이 뭔지 모르겠어."

리나는 불면증에 효과가 좋다는 건 뭐든 수단과 방법을 가리지 않았다고 한다. 한방, 양방, 운동, 심리치료, 최면요법까지. 모두 소용없었다. 그녀는 깊고 편안한 잠을 원했다. 한동안은 약에 의존했다. 그것은 잠을 자게 한다기보다 깜빡 기절시키는 효과가 있었다. 게다가 다음 날까지 몸이 무겁고 정신이 몽롱해 불면 상태와 다를 바가 없었다. 급기야 환청이 들리고 헛것이 보이기까지 했다.

"이러다 죽을 수도 있겠구나, 두려웠지만…… 다른 한편으론 영원한 잠에 빠져들고 싶다는 생각도 들었어. 두 번 다시 깨어나지 않는 잠…… 완전한 잠 말이야."

그녀가 의자 등받이에 몸을 묻는다. 눈을 감는다. 흔히들 울고 나면 졸음이 온다고 했던가. 그녀의 고개가 점점 옆으로 기운다. 갑자기 눈을 뜨더니 일어나 비틀거리며 걷는다. 쓰러지듯 침대에 엎드린다. 그는 의자에 앉은 채로 가만히 그 모양을 지켜본다.

오전 열 시.

조금 이른 시각이다. 술기운인지 눈물 덕분인지는 모르겠다. 그렇게 잠들어도 두어 시간쯤 지나면 잠이 깬다고 한다. 생존에 필요한 최소한의 수면 시간. 그녀는 불면의 악순환을 해결할 방법을 아직 찾지 못한 듯하다.

"저기, 베란다 화분 옆이에요."

기껏해야 중학생으로 보이는 여자아이가 일회용 비닐장갑과 검정 비닐봉지를 그에게 건넸다. 타일 바닥에 시큼한 토사물과 설사변이 뒤엉켜 있었다. 애완견의 짓이라고 했다. 여행 중인 부모님은 내일이나 되어야 돌아오는데 도저히 저걸 그냥 두고 있을 수가 없었다고, 등 뒤에서 아이가 종알거렸다. 신문지와 휴지로 오물을 닦고 호스를 끌어다 세척까지 마쳤다. 아이는 고맙다는 인사도 없이 만 원짜리 지폐를 내밀었다. 아파트 입구를 나서는데 휴대폰이 울렸다. 의뢰 내용은 문자메시지로 전달되는데 어쩐 일일까. 그는 통화 버튼을 눌렀다.

"강민규 씨, 사고 났어. 얼른 사무실로 들어와 봐!"

사장의 목소리가 다급했다.

그는 오늘 처리한 일들을 머릿속으로 떠올려보았다. 리나의 오피스텔에서 돌아와 두어 시간 쪽잠을 자고 세 시부터 콜을 받았다. 치매 노인을 터미널까지 데려다주었고, 아이스크림 배달과 커튼 설치, 그리고 지금 막 개똥을 치우고 나오는 길이었다. 그는 운전석에 앉아 시동을 걸다 말고 멈칫했다. 혹시 리나에게 무슨 일이 생긴 걸까.

그는 최근 맡았던 의뢰들을 다시금 되짚어가며 계단을 올랐다. 여자의 고함이 이 층 복도에까지 쩌렁쩌렁했다.

"이제 어떻게 할 거예요? 믿고 맡겼으면 제대로 일 처리를 했어야지. 대행료만 챙겨 먹고 정신없는 노인네 어디다 버려두고 온 거 아니냐고요!"

열 평 남짓한 사무실은 후덥지근했다. 벽에 붙은 선풍기 두 대가 굼뜨게 도리질을 치고 있지만 덥고 습한 바람만 회전시킬 뿐이었다. 내일부터 큰비가 내릴 거란 예보가 있었다. 그는 손수건으로 땀을 훔치며 안으로 들었다. 여직원이 걱정스러운 눈길로 그를 맞았다. 응접용 소파에 커트 머리 여자가 등을 보이고 앉아 있었다. 불그레한 얼굴빛의 사장은 양손을 맞잡고 앉았다 일어났다를 반복했다.

"죄송합니다. 그럴 리가 있겠습니까. 조금 더 기다려보시면 연락이 올 수도……."

오늘 오후 세 시쯤, 그는 팔순이 넘은 노파를 부축해 터미널에 데려다주고 왔다. 치매 때문에 불편한 양반이니까 버스 좌석까지 에스코트 부탁해요. 의뢰인 여자는 당부를 거듭했다. 승차권에 적힌 대로 오후 네 시에 출발하는 양산행 시외버스 6번 좌석에 노파

를 앉혀놓고 내려왔다. 그러고도 걱정이 되어 창밖에서 잠시 지켜
보기까지 했다. 노파는 그를 향해 손을 흔들며 헤벌쭉 웃었다. 차
량 번호를 찍어 의뢰인에게 전송하는 것으로 일을 마무리했다.

그는 사장 곁에 엉거주춤 자릴 잡으며 여자에게 꾸벅 머리를 숙
였다.

"어떻게 된 거예요? 정신도 성치 않은 노인네가 대체 어디로 사
라졌단 말이에요?"

여자는 조금 전 가족들에게서 실종 사실을 연락받고 곧장 이곳
으로 달려왔다고 한다. 노파는 의뢰인의 시어머니였다. 도착 예정
시간에 맞춰 시누이가 터미널로 마중을 나갔지만 차에서 내린 승
객 중 할머니는 없었다. 시누이는 올케가 불러준 차량 번호를 재차
확인했다. 버스 운전기사는 그런 노파를 본 적이 없다고 말했다.

"귀찮다고 그냥 대기실에 버리고 온 거 아니야? 버스가 출발할
때까지 지켜봤어야지!"

"제가 분명히, 좌석도 확인하고 앉혀드리기까지 했는걸요."

의뢰인은 그의 말을 믿지 않았다. 업무과실이라며 배상을 요구
했다. 그를 고소하겠다고, 당장 찾아내라고 악다구니를 썼다. 동행
의 대가로 그가 받았던, 교통비와 회사 수수료를 제외한 대행료는
팔천 원이었다.

실직 후 오랜 시간이 지났다. 마흔이 다 된 그에게 재취업은 까
마득한 일이었다. 공장 일이건 건설현장이건 값싼 외국인 근로자
들이 자리를 꿰차는 바람에 좀처럼 틈이 보이지 않았다. 하룻밤에
십여만 원이 보장되는 리나와의 계약은 그래서 더 매력적이었다.

사장은 의뢰인을 간신히 설득해 돌려보냈다.

"여기서 이러고만 계실 게 아니라, 가볼 만한 곳을 찾아 죄다 연락해 보고 우선 경찰에 신고부터 하시는 게 좋을 것 같습니다."

여자가 돌아가고 난 뒤 사장이 그에게 담배를 내밀었다. 그는 일 년 넘게 끊었던 담배에 불을 붙여 깊이 들이마셨다.

무게가 삼백 킬로그램이 넘는 코끼리거북이 탈출을 감행한다. 그러나 울타리를 부수고 하루 동안 도주해온 길을 인간은 한달음에 달려와 다시 포획해 간다. 수십 번의 탈출 실패 후 바닷가 절벽 위에서 자신의 고향 섬을 하염없이 바라보던 거북은 그곳에서 추락해 이백 년 한 많은 생을 마감한다.

백여 년 전 실화를 바탕으로 재구성한 동물 재연 다큐멘터리였다. 리나가 손가락으로 슬쩍 눈가를 훔친다.

오늘은 지루한 다큐멘터리 프로그램들을 시청하자고 했다. 그의 제안이었다. 길쭉한 쿠션에 나란히 몸을 기댄 채 그와 그녀는 말없이 화면만 응시했다. 그는 잠깐씩 졸기도 했다. 느리게 넘어가는 화면과 잔잔한 내레이션이 수면에 더없이 좋은 환경이 되어주었다. 앞서 우주 관련 다큐 세 편을 시청했다. 벌써 다섯 시간째, 여전히 그녀는 초롱초롱하다.

"이것 봐. 내가 별 효과 없을 거라고 했지?"

뭐 재미있는 거 좀 없나…… 중얼거리며 장식장을 훑던 그녀가 시디 한 장을 뽑아든다. 그를 돌아보며 씨익 웃는다. 그런 웃음 뒤에 어떤 일이 벌어질지 그는 경험으로 알고 있다.

"아저씨, 저거 따라 해봐."

욕실과 침대 사이에 얼어붙은 듯 서서, 그는 눈을 끔벅거렸다. 마음을 가다듬고 졸음도 쫓을 겸 찬물로 세수를 하고 나오는 길이었다. 수건으로 얼굴을 닦을 때 들었던 수상한 신음 소리. 화면에선 믿기 힘든 장면이 펼쳐지고 있었다. 백인 남자가 혼자 누워 자위를 하는데, 그 도구는 놀랍게도 자신의 입이었다.

갑자기 꼭뒤가 찌릿하며 찬 기운이 등골을 타고 흘렀다. 그는 멍한 눈빛으로 그녀를 쳐다보았다. 거무죽죽한 눈 밑 그늘이 볼 가운데까지 늘어져 있었다. 입꼬리를 올리며 웃고 있는 모양이 늙은 살쾡이 같았다.

"뭐 해? 계약조항 잊었어? 설마 공짜로 돈을 받아갈 셈은 아니겠지?"

그의 머릿속으로 많은 생각이 스쳐 지나갔다.

차라리 아무 생각도 하지 않는 편이 나을 것 같았다.

그는 천천히 잠옷 단추를 끄르고 셔츠를 벗은 다음 바지를 끌어내렸다.

"이것도 벗어야지."

앙상한 손가락이 팬티의 밴드 부분을 톡톡 친다.

그는 눈을 감는다. 어쨌든 수행료는 받아내야 하니까. 벗어 내린 팬티를 그녀가 가로채 방바닥으로 휙 내던진다. 절벽 끝에 다다른 코끼리거북이 떠오른다. 오래 걸리진 않을 것이다. 마음속으로 메탈리카의 노래를 재생시켜본다. 가사도 멜로디도 깜깜하다. 침대에 누워 두 다리를 치켜든다. 팔꿈치를 지지대 삼아 두 손으로 허리를 받치고 발가락 끝을 머리 쪽으로 쭉 뻗어 내린다. 그녀가 그의 엉덩이를 힘껏 앞으로 민다. 그의 몸이 둥글게 말린다.

"조금만, 더."

그가 눈을 뜬다. 영화에서처럼 자신의 성기와 입술이 마주 닿아 있다. 쪼그라든 그것을 그녀가 슬그머니 움켜쥔다. 서서히 부풀어 오르는 자신의 물건을 외면하며, 그는 그녀를 노려본다. 그녀는 뭔가에 홀린 사람처럼 눈빛을 반짝거리며 자신의 행위에 집중한다. 단단히 성이 난 페니스를 천천히 그의 입술에 갖다 댄다.

그리 오랜 시간이 걸리진 않았다. 그는 그저 자신의 성기를 입에 문 채 눈을 감았고, 그녀가 그의 허벅지를 규칙적인 리듬으로 눌러주었을 뿐이다. 화면에서 터져 나오는 격한 신음 소리가 도움이 되었던 것도 같다. 마지막 순간에 그는 고개를 돌려버렸다. 걸쭉하고 비릿한 액체가 뺨을 타고 흘러내렸다. 한동안 구역질을 멈출 수 없었다. 처음엔 그녀도 질린 표정이었다. 그러다가 히죽, 한 번 웃더니 몽롱한 눈초리로 허공을 바라보았다. 그는 이것이 그의 꿈, 아니 그녀의 꿈이었으면 좋겠다고 생각했다.

"고생했어, 아저씨. 이건 특별 팁이야."

끈끈한 목덜미에 지폐 석 장이 들러붙었다. 그녀가 그의 곁에 누웠다. 어느 틈엔가 고른 숨소리가 들려왔다. 그는 고개를 돌려 그녀를 바라보았다. 꿈이라도 꾸는 걸까. 부챗살 같은 속눈썹이 파르르 떨렸다. 그는 머릿속으로 오늘 수입을 계산해봤다. 십팔만 원이었다.

그녀가 깨지 않도록, 그는 조심스레 일어나 장롱 문을 열었다.

손에 잡히는 대로 하나를 잡아챘다. 리나가 즐겨 입는 시폰원피스였다. 아무렇게나 구겨 주머니에 쑤셔 넣었다. 수건으로 얼굴을 대충 닦고 오피스텔을 뛰쳐나왔다. 오후 두 시. 한낮의 태양이 그의 몸을 후끈 달궜다.

'갑'은 '을'에게 수면에 필요한 모든 행위를 요구할 수 있다.

그와 그녀가 작성한, 계약서 제3조에 해당하는 내용이었다.

집에 돌아온 그는 먼저 돈을 꺼내 물로 헹궜다. 흐늘거리는 그것을 빨래집게로 집어 건조대에 널었다. 그런 다음 원피스를 방바닥에 펼쳤다. 주방에서 부엌칼을 들고 왔다. 이를 악물었고, 가슴 솔기에서 밑단까지 단번에 그어내렸다. 두 동강 난 옷을 난도질했다. 팔다리가 부들거렸다. 진득한 땀이 온몸을 타고 흘렀다. 갈가리 찢긴 천 조각들을 욕실로 가져다가 불을 붙였다. 부릅뜬 그의 눈동자에 새빨간 불꽃이 타올랐다.

종일 뿜어댄 연기로 방 안은 안개가 낀 듯이 뿌옜다. 그는 눅진한 방바닥에 누워 담배만 피워댔다. 숨을 쉴 때마다 매캐한 연기가 폐부로 들이쳤다. 일어나 창문을 열 힘이 없었다. 회사에 하루 휴가 신청을 냈다. 오후 내내 빗소리를 들으며 잠을 청했지만 시간이 갈수록 의식은 더욱 또렷해졌다. 히죽거리던 리나의 미소와 헤벌쭉 입을 벌리던 치매 노인의 표정이 번갈아 떠올랐다. 노파는 어디로 사라졌을까. 그녀들의 미소에 배반당했다는 생각이 들었다.

자정쯤 사장에게서 연락이 왔다.

"할머니를 찾았다는구만."

"……."

"아 글쎄, 이 노인네가 갑자기 용변이 급해 차에서 내렸다지 뭐야. 화장실에 간 사이 버스는 당연히 출발했고. 문제는 볼일을 마치고 나온 이 양반이 대합실에서 그만 잠이 들어버렸다는 거야. 순찰대원이 깨워 물어도 횡설수설하더래. 나중에 정신이 돌아와 털어놓았는데, 노인네가 잠깐 기억을 깜빡했다네. 자신이 왜 거기에 있는지 어딜 가려고 했는지를 말이야. 그래서 의자에 앉아 곰곰 생각하다가 잠이 들었다지. 쯧쯧. 아무튼 고생했네. 맘 편히 쉬고 내일 보자구."

그저 한바탕 소동으로 끝나 다행이었지만 그는 왠지 억울한 기분이 들었다. 단돈 팔천 원에 의뢰인은 그를 부렸고 죄인 취급까지 했다. 팔천 원을 벌기 위해 그는 제대로 항변조차 하지 못했다. 지난 수십억 년 동안 지구에서는 다섯 번의 멸종 사건이 일어났다. 행성 충돌, 기후 급변 등이 원인이었다. 여섯 번째 멸종은 인간에 의한 것이 될 거라고 한다. 코끼리거북은 섬을 빼앗으려는 해적과 선원들에 의해 도륙되고 유배되며 멸종해갔다. 원주민과 이방인, 잠을 잘 수 있는 사람과 잘 수 없는 사람, 돈을 가진 사람과 못 가진 사람, 일을 부리는 사람과 수행하는 사람…… 어떤 종족이 반대편을 멸종시킬 것인가. 누구도 예측할 수 없을 것이다.

굵은 빗줄기가 세차게 퍼붓는다. 밤의 도시를 점령한 비는 무형을 가르고 유형을 후려치고 바닥을 휩쓸며 질주했다. 사람들이 젖은 신발을 무겁게 이끌며 집으로 돌아갔고 하수구는 연신 쿨렁이며 더러운 물을 게워냈다. 그는 클럽의 비상출입구 앞에 우산을 받쳐 들고 서 있었다. 퀭한 눈의 리나가 폴짝거리며 우산 밑으로 들어왔다.

"오래 기다렸어?"

그녀가 샤워 후 드라이어로 머리칼을 말리는 동안 그는 공기청정기와 에어컨, 스탠드 조명을 세팅하고 젖은 수건을 침대 옆에 걸어두었다. 그녀는 사과하지 않았다. 오히려 잘된 일이었다. 어제 일은 두 번 다시 떠올리고 싶지 않았다.

"나 오늘 우울해."

모시이불을 덮고 누우며 그녀가 말했다.

"손님하고 시비가 붙어 소란을 좀 피웠거든. 자기가 신청한 곡을 부르지 않는다고 맥주병을 집어 던지잖아…….."

그의 귀에 오래된 테이프를 재생시킨 것처럼 그녀의 목소리가 늘어졌다. 눈꺼풀이 점점 무거워졌다.

"아저씨! 내 말 듣고 있어?"

꼬박 이틀 동안 잠을 못 잤다. 그는 부스스 일어나 침대 가에 걸터앉았다.

"내가 불면증 치료에 좋다는 건 뭐든 다 해봤거든. 근데 딱 하나 안 해본 게 있네."

그녀가 일어나 그의 앞에 마주 선다. 히죽 웃는다. 몸을 숙여 귀에 입술을 대고 속삭인다.

"대마(大麻) 알지? 부작용이 좀 있긴 하지만 잠은 끝내주게 잘 온대."

말을 마친 그녀가 허리를 꼿꼿이 세우고 그를 빤히 내려다본다. 단호한 어투로 명령하듯 말한다.

"구해다 줘."

그는 무기력한 표정으로 그녀를 올려다본다.

"어디까지 갈 생각이죠?"

"그런 식으로 묻지 마. 계약 조항 잊었어?"

그녀가 냉정한 목소리로 말을 잇는다.

"싫으면 일을 관두던가."

그는 한숨을 푹 내쉬며 시선을 떨어뜨린다. 지금이라도 계약서를 찢고 해지하면 될 일이다. 대행 일을 더 열심히 한다면 어찌어찌 살아갈 수도 있을 것이다. 하지만…… 치명적인 독을 품었음에도 유혹은 언제나 달콤한 법. 한 번 빠져들면 벗어나기가 쉽지 않다. 그는 자신도 모르게 다져쥐었던 주먹에 힘을 푼다. 순간, 그녀의 손이 허공을 가른다.

철썩!

"대마를 못 구하면 맞기라도 해. 내가 잠이 올 때까지 어쨌거나 뭔가를 해야 할 거 아냐."

철썩!

그녀의 손이 다시 허공을 가른다. 그는 눈을 감고 어금니를 악다문다. 그녀는 두 손을 번갈아 휘두르며 그의 뺨을 후려친다. 철썩, 철썩……. 그의 얼굴이 금세 벌겋게 달아오른다. 작고 마른 그녀의 손바닥이 그의 뺨과 턱, 눈두덩, 콧등을 마구잡이로 때린다. 달아오른 얼굴이 점점 부풀어 오른다.

비가 그쳤을까.

그는 눈을 뜨고 그녀의 동작을 주시한다. 흠뻑 젖은 잠옷이 그녀의 몸을 휘감는다. 초점이 사라진 그녀의 시선은 야릇한 빛을 뿜어내고 있다. 팔을 휘두를 때마다 입꼬리가 씰룩거린다. 서른아홉, 마흔……. 마침내 지친 그녀가 침대 위로 쓰러진다. 눈을 감고 대자로 누워 헉헉, 가쁘게 숨을 몰아쉰다. 그는 검붉게 부풀어 오른 얼굴로 그녀를 내려다본다.

리나가 길게 한숨을 내쉰다. 그녀의 손바닥도 발갛게 부풀어 있다. 어느 사이, 감은 눈가로 눈물이 흘러내린다. 붉어진 콧등이 벌름거린다. 목이 메는 듯 끅끅거린다. 눈물은 쉴 새 없이 그녀의 얼굴을 타고 흘러내린다. 두 손으로 얼굴을 감싸고 그녀는 마침내 목놓아 울기 시작한다.

두 번 다시 깨어나지 않는 잠…… 완전한 잠…….

그녀의 흐느낌이 잦아들 무렵, 그가 천천히 그녀 곁으로 다가선다. 노파가 실종되던 날부터 그는 잠을 잘 수 없었다. 해결이 잘되어 다행이지만 자칫 문제가 복잡해질 수도 있었다. 두려웠다. 그 사건의 원인은 잠 때문이었다. 치매 때문일 수도 있고 용변 때문이라고 생각할 수도 있다. 하지만 그에게 중요한 건 노파가 대합실에서 잠을 자고 있었다는 사실이다. 시도 때도 가리지 않고, 아무 때 아무 곳에서나 가능한 노파의 잠.

그가 천천히 베개를 집어 든다. 솔잎 향이 은은하게 퍼진다. 그는 생각한다. 누구든 이 지긋지긋한 수면 지옥에서 벗어나야 한다. 그녀는 그토록 잠을 원했지만 결국 잠들지 못했다. 코끼리거북은 숨을 거두는 순간까지 고향 섬을 그렸지만 끝끝내 바다를 건널 수 없었다. 그는 자신이 원하는 것도, 그리워할 대상도 없다는 사실에 몸서리친다.

그녀의 속눈썹이 파들거린다. 손에 들고 있던 베개로 그가 그녀의 얼굴을 덮는다. 천천히, 그러나 완강하게 힘을 가한다. 그녀가 반사적으로 팔과 다리를 허공으로 들어 올리며 버둥댄다. 그는 자세를 바꾸고 팔꿈치로 베개를 찍어 누른다. 잠시 뒤, 다시 자세를 바꾸고 이번에는 무릎으로 베개를 짓누른다.

그의 호흡이 가빠진다. 하지만 그는 무릎 자세를 바꾸지 않는다. 힘이 정확하고 효과적으로 전달되는 게 느껴진다. 이윽고 그녀가 고요해진다. 솔잎 베개는 숙면에 아주 뛰어난 효과가 있다고 했다. 이제 그녀는 깊은 잠을 잘 수 있을 것이다. 두 번 다시 깨어나지 않는 잠…… 그녀가 바라던 완전한 잠.

툭.

어느 순간 굵은 땀방울이 베개 위로 떨어진다. 그녀는 미동도 하지 않는다. 손을 뻗어 그녀의 손등을 만져본다. 미지근한 체온이 느껴진다. 머잖아 그녀는 차갑게 식을 것이다. 온기와 함께 모든 고통도 스러질 것이다. 그러면 불면 따위로 고통받는 일은 더 이상 일어나지 않을 것이다. 입가에 희미한 미소를 지으며 그는 침대에서 내려선다. 창가로 걸어가 검은 커튼을 걷는다. 눈을 뜰 수 없을 정도로 강렬한 빛살이 실내로 밀려든다. 그는 두 눈을 부릅뜨고 빛의 중심을 응시한다. 여전히 누군가의 불면을 지키는 사람처럼.

색계

사무실 창유리에 물방울이 송골송골 맺혀 있다. 비가 다녀갔나? 나는 한껏 기지개를 켰다. 목을 좌우로 돌리고, 일어나 블라인드를 끝까지 걷어올렸다. 빗방울은 투명한 청록이다. 강한 크림슨의 보색잔상 때문이리라. 건조해진 눈에 인공눈물을 한 방울씩 떨어뜨렸다. 지후가 준비한 시안(試案)은 아무래도 이해할 수가 없다. 이런 건 식욕을 부추길 때나 효과적이지. 나는 중얼거리며 다음 장으로 화면을 넘겼다. 그의 두 번째 시안은 인디고. 유독 사연이 많은 색이다. 중세 유럽인들은 으깬 인디고 잎에 술 취한 남자들의 오줌을 붓고 햇볕에 발효시켜 짙은 파랑을 만들었다. 보라, 빨강, 녹색의 합성염료 제조가 차례로 성공하는 동안에도 파랑의 비밀은 오래도록 지속되었다. 화학자들은 연금술사처럼 인공 파랑을 꿈꾸었다. 인공 인디고 색상이 처음 세상에 나왔을 때 그 값은 황금보다도 높았다고 한다. 베를린 직업학교의 교사였던 개발자는 인디고 화학식을 밝혀낸 공로로 귀족이 되었다.

지후는 올가을 주력 상품으로 크리스털 버클 장식의 에나멜 펌프스를 디자인했다. 펌프스는 앞부분이 낮고 신었을 때 발등이 많이 드러나는 제품으로 대개의 여성이 한두 켤레쯤 소지하고 있는 아이템이다. 주로 정장 차림에 어울리지만 최근 들어 다양해진 색상과 장식 덕분에 어떤 스타일에도 코디가 수월해졌다. 유행을 타지 않아 매출이 안정적인 제품이며 앞 코에 어떤 장식을 붙이느냐, 셔링을 어떻게 잡느냐가 디자인의 관건이다. 부사장은 지후와 나에게 기본 검정을 제외한 샘플을 두 개씩 제출하라고 했다. 지후의 디자인에 색을 입혀 그와 맞대결하는 일…… 전문 서적들을 탐독하고 시장조사나 패션쇼 등을 분석해 보고서 작성만 일삼던 내게 실전의 기회는 예상보다 빨리 왔다.

나는 눈의 피로도 풀고 졸음도 쫓을 겸 옥상 휴게실로 올라갔다. 음료자판기에 동전을 넣고 버튼을 눌렀다. 종이컵에 담겨 나온 커피의 색은 중세도시에서 이름을 따온 시에나.

"가을 브랜드에 녹색은 너무하지 않냐? 게다가 황금빛이라니."

언제 왔는지 지후가 담배를 물고 등 뒤에 서 있었다.

내가 고른 색은 옐로우그린과 골드였다. 표준색상을 만드는 미국 팬턴컬러연구소는 올해의 유행 컬러로 노랑을 지목했다. 불경기일수록 밝은색을 선호하는 건 패션계의 오랜 전통이다. 어두운 현실에 대비되는 의도적인 배색.

"미셸 오바마가 남편의 취임식 때 입었던 옷이 무슨 색인지 알아?"

나는 맞받아쳤다. 금빛이 도는 연노랑 원피스와 녹색 가죽장갑이었다.

"고정관념에 치우치지 말라고 충고했을 텐데. 유행 색을 그대로 베낄 셈이야?"

"너야말로 그게 뭐니?"

"또 그놈의 빨강 타령…… 빨간 구두야말로 여자들의 영원한 로망 아닌가? 색 선정에 개인감정이나 취향을 개입시키면 곤란하지."

나의 빨강 혐오증을 누구보다 잘 알고 있는 지후는 나와 대학 동기 사이이기도 했다. 그는 졸업 후 일류 구두회사에 취직해 실력을 쌓아 오다 작년 봄 이곳으로 스카우트 되어 왔다. 중소 제화업체로서 한 단계 도약을 고심하던 사장은 그에게 과분할 정도의 연봉을 제시했다.

그와 달리 나는 줄곧 단기 계약직만 전전해왔다. 재작년 컬러리스트 자격증을 취득한 다음엔 관련 분야를 기웃거렸다. 작년 겨울, 색채전문가 특채 정보를 알려주고 윗선에 나를 적극적으로 추천한 사람은 지후였다. 디자인 분야에서 색채 전문 인력을 따로 두는 기업이 많지 않은 국내 실정 때문에 일본 진출을 심각하게 고려하던 터였다. 그와 함께 일을 한다는 건 그와 경쟁해야 한다는 뜻이었다. 더구나 나를 매료시키는 '색' 분야였다. 색채 연출로써 상품의 가치를 높이고 매출을 극대화시키는 일. 그것이 내게 주어진 과업이었다. 내가 입사하기 전까진 그 일을 디자이너들이 맡아서 했다. 어림없는 일이었다. 소비자의 구매욕은 디자인에 따라 결정된다. 하지만 동일 제품일 경우 디자인은 색에 좌우된다. 아무리 눈에 띄는 디자인이라도 색상이 마음에 들지 않으면 구매를 포기한다. 색은 소비의 키워드. 이것이 컬러리스트 존재의 당위성이다.

나는 마시던 커피를 화분에 쏟아 붓고 휴게실을 나와 버렸다.

"연선아, 화났니?"

쾅 하고 닫히는 철제 출입문 소리에 지후의 목소리가 묻혔다. 최종 제출 기한이 사흘 앞으로 다가왔다.

퇴근 시간을 넘기면서까지 지후의 샘플을 들여다봤지만 달라지는 건 없었다. 가슴이 답답하고 속만 울렁거릴 뿐. 크림슨이 내뿜는 빨강 때문이었다.

여섯 살 무렵, 유럽 출장을 다녀온 외할아버지는 내게 64색 크레용을 선물해 주었다. 당시 내가 가지고 있던, 엄마가 문구점에서 사다 준 크레파스는 고작 24색이었다. 그날부터 나의 스케치북엔 풍요로운 색의 향연이 펼쳐졌다. 나는 수십 가지 색깔의 꽃과 나무와 기차와 집을 가진 부자가 되었다. 유치원 사생대회에서 1등은 언제나 내 차지였다. 나는 빨간 꽃을, 초록 나무를, 노란 나비와 파란 바다를 친구들보다 몇 배 더 섬세하게 표현할 수 있었다. 크레용들의 키가 점점 줄어 납작해지고 하나둘 사라지는 색이 늘어나면서 나는 다시 가난해졌다. 아마도 그때가, 내가 색의 세계에 빠져든 시초였을 것이다.

현관문을 여는 순간 된장찌개 냄새가 코를 찔렀다. 종일 밀폐돼 있던 집 안에선 날 리 없는 수상한 냄새. 출근 전 뿌리고 나간 향수라든지 전날 밤 내려 마신 커피의 잔향이 아닌, 찌개 냄새라니. 갑자기 윗배에 찌릿한 통증이 밀려왔다. 깨끗하게 청소된 주방과 거실. 냄비와 밥솥을 열어본 뒤엔 길게 한숨을 내쉬었다. 현관 비밀번호를 바꾼다는 걸 깜빡 잊고 있었다.

그래도 혹시…… 나는 작은방 문을 슬쩍 밀어보았다. 시선을 맨먼저 잡아끈 건 역시나 빨간 캐리어였다. 군데군데 해진 엄마의 낡은 가방. 그 옆에 코트를 돌돌 말아 베고 엄마가 잠들어 있었다. 반년 만에, 그녀가 돌아왔다.

"늦었구나."

인기척에 눈을 뜬 엄마는 나를 힐끔 건너다보곤 금방 시선을 거뒀다. 타박하고 쏘아붙이는 일도 이젠 넌더리가 난다.

"저녁 안 먹었으면 차려줄게."

나는 대꾸하지 않고 거칠게 문을 닫았다.

엄마는 나를 버렸다. 그리고 버려진 내가 자라는 동안 그녀 역시 끊임없이 누군가에게서 버림받았다. 엄마를 유혹하고 버리는 주체들이 궁금하진 않았다. 다만 이번만큼은 제발 정착할 수 있기를, 그녀가 떠날 때마다 기원했다. 하지만 매번 집으로 돌아왔고 얼마의 시간이 지나면 또 무언가에 이끌리듯 훌쩍 떠났다. 나는 엄마가 돌아와 머무는 날보다 혼자 있는 날이 더 편하고 좋았다. 점점, 엄마가 떠나 있는 기간이 짧아지고 있다.

"제품의 원단은 디자인과 색상에 막대한 영향을 미치죠. 크림슨이 에나멜 소재를 만나 화려함을 극대화해 구매욕을 자극할 것으로 예상합니다. 또한 인디고는 반대 취향을 가진 여성들, 즉 무난

하고 심플한 멋을 추구하는……."

지후는 능숙한 언변과 다양한 자료들을 이용해 발표에 열을 올렸다.

회의 테이블을 사이에 두고 여섯 명의 임원들과 나, 지후가 서로 마주앉아 있었다. 스크린에 투사된 입체 영상을 바라보며 모두 고개를 끄덕거렸다.

나는 화면에 오바마의 취임식 장면을 띄워놓고 황금빛 노랑이 상징하는 것들과 녹색의 기원에 대한 설명을 스토리텔링 기법으로 풀어냈다. 발표가 끝난 뒤 부사장이 흡족한 표정으로 말했다.

"역시 전문가다운 안목이군. 어느 쪽으로 결정이 날진 모르지만 이번 콘셉트 성공하는 사람에게 디자인 팀장 자리를 줄까 하는데…… 현재 그 자릴 맡고 있는 박 팀장이 퇴직 의사 밝힌 건 다들 알고 있지? 두 사람 모두 긴장 좀 해야 할 거야."

지후와 나는 서로 다른 이유로 당황했다. 임직원 모두가, 그리고 나조차도 그 자리는 당연히 지후의 것이라 예상하고 있었다. 나는 표정을 들킬까 슬그머니 고개를 숙였다.

"이틀 뒤에 최종안을 결정해 다시 봅시다."

부사장의 발언을 끝으로 회의가 마무리됐다. 노트북과 프로젝터의 전원을 끄고 찻잔들을 정리하는 동안 우리는 아무 말도 하지 않았다.

"해장국 먹으러 갈까?"

지후의 어두운 낯빛을 살피며 물었다. 선지와 천엽, 각종 내장을 보는 것만으로도 비위가 뒤집혀 나는 기껏 콩나물이나 끼적거릴 테지만. 해장국은 음주 여부와 상관없이 학창 시절부터 그가 즐겨 먹는 음식이었다.

"생각 없어."

기분이 뒤틀리면 식욕부터 놓아버리는 건 예나 지금이나 똑같다. 그건 나도 마찬가지지만.

학창 시절, 중상위권 성적을 맴돌던 그와 나는 겉으로는 꽤 가까운 사이였다. 수업 시간표를 최대한 겹치게 짰고 식당이건 도서관이건 동아리 모임이건 늘 붙어 다녔다. 내가 그를 쫓아다녔는지 그가 나를 챙겼는지는 가물가물하다. 4학년 땐 현장실습도 함께 나갔다. 친구들은 우리를 커플로 오해했다. 말도 안 되는 추측이었다. 우리는 서로를 따라잡기 위해 붙어 다녔다. 지후와 나는 보색 관계와도 같았으니까. 그와 나는 식성뿐만 아니라 좋아하는 과목, 디자인 성향, 취미, 사소한 취향마저 달랐다. 나에게 그는 경쟁 상대일 뿐 단 한 번도 다른 감정을 가져본 적은 없었다. 그도 나와 같지 않았을까. 보색끼리 함께 있을 때 색은 더욱 선명해진다.

지후는 나보다 디자인 실력이 뛰어났고 색채 감각은 내가 앞섰다. 4학년 여름방학 때, 국내 모기업에서 주최한 대학생 디자인공모전에서 우리는 다른 팀들을 제치고 대상을 받았다. 대부분 서로 취향과 마음이 맞는 사람끼리 팀을 짰다. 우리는 지후의 디자인에 나의 색을 입히는 것에 합의했다. 서로의 영역에 왈가왈부하기 없기. 나의 제안에 그는 흔쾌히 찬성했다. 그리고 준비 기간 내내 다퉜다. 출품을 포기할 마음까지 먹었다. 우여곡절을 모두 겪은 뒤 각자의 최종 결정에 가까스로 동의할 수 있었다. 갈등 없이 순조로운 협동 작업으로 작품을 제출한 팀들은 탈락했다. 주최 측에선 우리에게 일주일 동안의 파리 연수를 보내주었다. 1월의 파리는 춥고 스산했다. 거의 매일 비가 내렸다. 날씨 정보만 믿고 따뜻한 옷을 준비하지 않은 내겐 무척 힘든 여정이 될 뻔했다. 지후는 코를 훌쩍이며 어깨를 오들거리는 내게 제 옷을 겹겹이 걸쳐주었다. 자기는 몸에 열이 많은 체질이라 어차피 짐만 될 뿐이라면서. 함께 있을 때 서로 맞서거나 보완하며 우리는 늘 평균을 유지했다.

졸업을 앞둔 어느 날 의상디자인 교수가 우리를 불렀다. S제화로부터 추천 의뢰가 들어왔다며 포트폴리오를 한 권씩 제출하라고 했다. 그곳이 지후의 첫 직장이었다. 내가 탈락할 이유는 없었다. 옹졸하게도 나는 지후와 그 여교수의 관계를 의심하기도 했다. 이후 나는 컬러리스트 분야에 사활을 걸었다. 판정패를 순순히 인정하고 싶지 않았다.

각자의 일상이 달라지면서 우리는 차츰 멀어져 갔다. 나는 도서관도 식당도 혼자 다녔다. 첫 월급을 탄 날 지후는 꽃다발과 명품 지갑을 사 들고 집으로 찾아왔다. 돈 좀 번다고 벌써 유세 떨기야? 가시 돋친 내 말에도 그는 싱글거렸다. 맛있는 거 사줄게, 나가자. 나는 부루퉁한 표정으로 통닭과 맥주를 배달시켰다. 누구 약 올리는 것도 아니고, 쳇. 딱히 표현할 수 없는 이유로 기분이 좋지 않았다. 늦도록 취해 있던 그가 거실에서 잠이 들었고, 나는 이불을 가져다 덮어준 뒤 방으로 들어왔다. 아침에 일어나보니 그는 이미 출근한 뒤였다. 우리는 보름에 한 번꼴로 만나 식사를 하거나 술을 마셨고 전시회나 공연도 함께 보러 다녔다. 취향 따위 고집한다고 인생이 달라지는 것도 아니니, 오히려 안목을 넓히는 기회라 생각하기로 했다. 아주 가끔 그가 슬그머니 내 손을 잡은 적도 있었다. 손에 밴 땀이 누구의 것인지 알 수 없었다. 연락이 뜸해지면 내가 먼저 전화를 걸었다.

지후가 장비를 챙겨 들고 회의실을 나섰다. 나도 냉큼 뒤를 쫓았다. 휴대폰이 울렸다. 번호를 확인한 그의 얼굴에 해사한 웃음이 번졌다.

"나영, 벌써 왔어? 금방 내려갈게."

전 직장 동료의 소개로 만난 여자라고 했다. 처음엔 그저 그랬는데 1년 정도 만나오면서 점점 매력이 드러나는 스타일이더라고. 되도록 그녀 이야기를 피했지만 어쩌다 한마디 슬쩍 비칠 때 지후의 얼굴은 발그스름했다. 그즈음부터 전화도 만남도 뜸해졌다. 나는 그것을 자연스러운 일로 받아들였다. 해마다 동행했던 디자인 페스티벌을 혼자 둘러보고 나오면서 더는 그의 언행에 마음 쓰지 말자 재차 다짐하기도 했다. 색이건 관계건 퇴색을 막을 방법은 어디에도 없다.

엄마는 언제쯤 다시 떠날까. 퇴근 후 집으로 향하는 발걸음이 오늘따라 무겁다. 따뜻한 밥과 맛있는 반찬, 깨끗하게 정돈된 집. 안온한 일상은 얼마 뒤 엄마와 함께 사라질 테지. 불편한 마음은 두려움 때문일까. 내가 더 익숙해지기 전에 가버렸으면 좋겠다. 엄마가 머무는 기간이 길어질수록 회복은 더뎌진다. 혼자서 즉석 음식을 사다 먹고 어질러진 집 안 청소를 며칠씩 미루며 사는 일이 내겐 안정적인 일상이었다.

엄마의 정착을 기원하면서 그것이 죽음일지라도, 라는 생각을 한 적이 있다. 살붙이라는 사실 외엔 내게 아무런 의미가 없는 관계이면서도 그것을 영영 끊을 수 없다는 사실에 분개하면서.

가족관계는 삼원색에 가깝다. 빨강, 파랑, 노랑은 여러 겹의 배합으로 무궁무진한 색을 만들어 내지만 그 어떤 색으로도 빨강을, 파랑을, 노랑을 만들 수는 없다. 가족 같은 삼원색이 나는 싫다. 모든 관계의 시초이며 중심인 삼원색, 그리고 가족.

어렸을 땐 엄마를 붙잡고 매달려보기도 해. 연선아 이러지 마. 엄마 가야 해. 그녀의 볼은 늘 발그레했다. 엄마를 끊임없이 불러내는 게 무엇인지 나는 알 수 없었다. 그녀의 열정이 두려웠다. 나는 열정 따위 품지 않으리라 마음먹었다. 그것은 집착을 부르고 다른 모든 것들을 버릴 수 있는 무서운 힘을 가졌다. 엄마의 볼과 열정, 그녀는 빨강이다.

불 꺼진 거실에 서서 코를 킁킁거렸다. 아무 냄새도 나지 않았다. 작은방 문을 열어보았다. 귀퉁이에 빨간 캐리어가 세워져 있다. 엄마의 외출이 잦아진 건 떠날 때가 임박했다는 뜻이다. 돌아온 지 이틀 만의 첫 외출이라 아직 기대하긴 이를 테지만.

라면으로 저녁을 때운 뒤 커피 물을 끓이고 있을 때 엄마가 돌아왔다.

"우리 딸, 어쩐 일로 오늘은 일찍 퇴근했네."

예상보다 빠른 귀가시간이었다. 나는 전기 주전자의 손잡이를 잡고 머그잔에 물을 따랐다.

"밤에 커피 마시면 숙면에 방해될 텐데."

"그런 거 없어. 난 잘 자."

"엄마도 한 잔 줄래?"

살가운 표정과 말투만으로 알 수 있었다. 내게 뭔가를 요구하거나 부탁할 일이 생겼다는 것을. 당연히 그러려고 들렀겠지만. 오늘만큼은 그 짐작이 틀렸으면 싶었다. 엄마와 마주앉은 게 얼마 만인지 모르겠다. 지난번엔 프로젝트 마감이 겹쳐 몇 번 보지도 못하고 헤어졌으니까. 엄마의 얼굴을 빤히 바라다봤다. 크고 또렷했던 눈매는 생기를 잃은 듯 처졌고 눈가와 입 주변 주름 골도 깊어져 있었다. 얼룩덜룩 기미와 잡티들은 짙은 화장으로도 가려지지 않았다.

"엄마가…… 염치없는 소린 줄은 알지만."

"나 돈 없어."

"다음에 꼭 갚을게. 조금만 빌려주라."

"없다니까!"

나는 의자를 밀치며 일어났다. 예감은 틀리지 않았다.

"월급쟁이가 그깟 백만 원도 없다니?"

"그깟 백만 원? 어떻게 그런 소릴 할 수가 있어? 지금껏 가져간 게 모두 얼만 줄이나 알아? 엄마가 나한테 해 준 게 뭐 있다구!"

엄마는 돌아서려는 나의 손목을 거칠게 잡아끌었다. 내게서 인출해 간 돈의 출처를 나는 단 한 번도 따져 물은 적이 없다. 알고 싶지 않았고 안다 해도 소용없는 일이었다.

"망할 계집애, 엄마한테 못 하는 말이 없어. 내가 널 어떻게 키웠는데!"

"엄마가 날 키워? 엄마가? 학비랑 생활비는 아빠가 다 보내줬고, 그동안 나 혼자 어떻게 살아왔는데…… 엄마가 나한테 그런 말할 자격이나 있어?"

이번엔 끝장을 내자. 나는 속에서 나오는 대로 내뱉었고 더 독한 말이 생각나지 않아 발을 동동 굴렀다. 그때였다. 문득 내 시야에 들어온, 엄마의 목에서 반짝이는 크리스털. 2년 전 생일날 지후에게서 받은 목걸이였다.

"엄마, 이젠 도둑질까지 해?"

"도둑질? 딸년 물건 한번 빌려 쓴 게 도둑질이야? 그게 엄마한테 할 소리니? 얘가 왜 이렇게 변했어?"

엄마의 얼굴이 붉게 달아올랐다. 새빨간 입술이 파르르 떨렸다.

"천박해……."

이것이 내가 엄마에게 해줄 수 있는, 그리고 엄마가 나에게서 들을 수 있는 가장 모욕적인 말이길 바랐다. 그녀는 온몸을 부들부들 떨며 목걸이를 풀더니 식탁 위에 패대기쳤다.

외투를 걸치고 밖으로 나왔지만 딱히 갈 곳은 떠오르지 않았다. 잠깐 망설이다 지후에게 전화를 걸었다. 받지 않았다. 품평회가 열리는 날 우리는 저녁 시간을 함께 보냈다. 작년까지는 그랬다. 둘다 예민해질 대로 예민해지는 날이었다. 자신의 작품이 도마 위에서 난도질당하는 걸 웃는 낯으로 보고 있어야 했다. 보완 지시라도 떨어지면 다행이지만 탈락하면 그동안의 공력은 물거품이 되고만다. 그런 날 우리는 술을 많이 마시거나 춤을 추러 갔다. 조용한 와인 바에 앉아 그간의 노고를 무용담처럼 늘어놓기도 했다. 지금쯤 지후는 그녀와 함께 춤을 추고 있을까, 와인 잔을 기울이고 있을까. 가로수 길 은행나무 한 그루가 저 혼자 기우뚱 서 있다. 나는 공연히 그것을 발로 힘껏 내지르고 택시를 잡아탔다.

어둡고 고요한 사무실에 우두커니 앉아 모니터만 뚫어져라 바라보았다.

고정관념은 디자이너에게 독소조항이야.

지후의 말이 귓가에 맴돌았다. 크림슨 색상의 펌프스가 화면을 뚫고 뚜벅뚜벅 내 앞으로 걸어 나올 것만 같았다.

빨강은 모든 색의 시초였다. 인간이 색을 감지하기 시작했을 때 최초로 눈에 띈 색. 가시광선의 맨 위에 자리 잡은 빨강. 다른 색들에 비해 파장이 길고 온도는 낮다. 어린아이가 가장 먼저 인식하는 색도 빨강이다. 태고 때부터 인류의 마음을 사로잡은 빨강. 창에 찔린 짐승이 흘리는 피, 날고기를 익히는 불꽃…… 알타미라 동굴 벽의 들소 그림에는 빨간색이 입혀져 있다. 빨강은 생명의 색이다.

의식적이든 무의식적이든 나는 녹색을 가장 좋아한다. 어쩌면 태초의 색은 녹색이었을지 모른다. 먼 옛날 인류가 등장하기 훨씬 이전부터 대지를 뒤덮은 원시 식물들의 색. 안정과 균형과 중립의 상징. 뜨겁지도 차갑지도 않은 온도. 엄마의 보색.

지후의 책상은 말끔했다. 드로잉 북, 마카, 컬러차트, 디자이너의 책상이라면 마땅히 있어야 할 어떠한 작업 도구도 보이지 않았다. 전면에 연필꽂이와 전화기, 모니터, 북엔드가 일렬로 놓여 있을 뿐이었다. 그 흔한 허브 화분, 사진액자, 탁상달력조차 없다. 미니 책꽂이엔 잡지와 전문서적 몇 권이 전부였다. 그의 의자에 앉아 보았다. 분홍색 방석이 푹신했다. 책상 오른쪽 아래 서랍장에 눈길이 갔다. 자취를 감춘 물품들이 모두 저 안에 담겨 있을 거였다. 궁금했다. 대체 어떤 도구들로 지후는 크림슨의 펌프스를 디자인했을까.

아무리 친구고 동료라지만, 그래서는 안 될 일이었지만, 나는 슬그머니 서랍 손잡이를 잡아당겨 보았다.

예상대로였다. 층별로 서랍 속엔 각종 디자인 도구들과 다이어리, 메모장, 문구용품 들이 차곡차곡 자리를 차지하고 있었다. 맨 아래 서랍에선 낯익은 제목의 책이 눈에 띄었다. 『컬러리스트 이론과 실기』, 『기출문제 해설집』. 날카로운 유리 조각으로 빗금을 그은 듯 가슴에 통증이 왔다. 당연히 그럴 수 있는 일이지만, 지후가 나 몰래 색채 관련 자격시험을 준비하고 있다는 게 도무지 믿어지지 않았다.

"아무래도 요즘 대세는 노랑인 것 같습니다. 침체기엔 모험보다 안정적인 디자인이 그나마 성공 확률이 높을 테지요. 회사 사정이 좋지 않은 상황이라 더욱…… 여러 임원진이 하연선 씨의 작품에 손을 들어주었어요. 이번 가을 주력 상품으로 김지후 씨의 디자인에 하연선 씨의 옐로우그린과 골드 색상을 입혀 출시하는 것으로 결정합시다."

"부사장님."

지후가 손을 번쩍 들었다.

"크림슨은 모험이 아닙니다. 매혹적인 빨강은 구두뿐만 아닌 패션의 영원한 테마입니다. 작년 시즌에도 딥핑크 색상이 의외의 성과를 거두지 않았습니까. 추운 계절에 연두색 구두라뇨. 이거야말로 모험 아닙니까?"

그의 항변에 부사장과 임원들은 굳게 입을 다물었다. 얼마간의 침묵이 흐른 뒤 부사장이 자리에서 일어났다. 나머지 임원들도 기다렸다는 듯 회의실을 빠져나갔다. 지후는 고개를 푹 숙인 채 미동도 없었다.

"지후야……."

"어느 정도 예상은 하고 있었어."

슬금슬금 나도 고개를 숙였다. 어쩐지 그를 마주 볼 수가 없었다.

오후 내 지후의 자리는 비어 있었다. 휴대전화도 꺼져 있었다. 그에게 다섯 번째 문자메시지를 보내고 난 뒤 차장의 호출을 받았다. 너희 동기 사이라며. 잘 좀 달래줘라. 원래부터 부사장하고 사이가 별로였어.

퇴근 시간을 십여 분 앞두고 문자메시지가 왔다.

걷다 보니 너무 멀리 왔다. 다시 돌아가긴 힘들고. 네가 이쪽으로 와 줄래?

택시를 잡아타고 그가 일러준 장소로 향했다. 지하철로 다섯 정거장이나 떨어진 곳이었다. 탄천을 끼고 무작정 걸었다고 했다. 얼어붙은 한강의 수면 위로 붉은 노을이 미끄러지듯 반짝거렸다.

나는 접시 위 가지런한 회 한 점을 집어 초고추장에 푹 찍었다. 지후의 언 볼이 발그레했다.

"추운데 왜 그랬어. 차라리 어디 들어가 있기라도 하지. 따뜻한 거 먹으러 갈 걸 그랬나?"

"넌 잘할 수 있을 거야. 앞으로도. 뭐든."

"뜬금없이 무슨?"

"얼마 전부터 오라는 곳이 있어. 고사하고 있었는데…… 이젠 너도 혼자서 잘해낼 수 있을 것 같아 맘 편히 가기로 했어."

"회사를 옮기겠다는 말이야? 겨우 이런 일로?"

"오래전부터 부사장하고 트러블이 많았어. 고민해왔던 일인데 오히려 잘 됐지 뭐. 그리고 이건 나중에 얘기하려고 했는데 말 나온 김에…… 나 결혼해."

나는 젓가락을 테이블에 탁, 소리 나게 내려놓았다.

"회사를 옮기는 건 그렇다 치고, 갑자기 결혼은 왜?"

"나영이네 가족들 모두 캐나다로 이민을 간대. 우리 결혼하는 거 보고 떠나겠다는데, 어차피 할 거면 미룰 이유도 없잖아."

"어차피? 그런 말 여태 없었잖아. 말도 안 돼. 그 여자랑 결혼하려고 만난 거였어? 그냥 데이트 파트너 아니었어?"

"무슨 말을 그렇게 하냐?"

지후가 눈을 동그랗게 치뜨며 언성을 높였다.

오랜 세월 누군가를 만나다 보면 굳이 말로 전하지 않아도 알 수 있는 것들이 있다. 상대의 표정이나 몸짓만으로도 기분이나 컨디션 같은 것들이 짐작되고 때론 그가 무엇을 원하는 지까지도……. 우리는 나영이라는 여자에 대해 터놓고 말해본 적이 없었다. 그들이 어떤 상태이며 얼마만큼 관계가 진전되었는지, 지후는 물론 나

228

역시 빈말로라도 언급하길 꺼렸다. 흔히들 연애에 빠지면 주변 사람들이 귀찮아 할 정도로 시시콜콜 털어놓는다지만 그는, 적어도 내게는, 그러지 않았다. 그녀를 향한 지후의 마음을 나는 여태 한 자락도 헤아리지 못했다.

"안 돼. 하나만 해. 회사에 남던가, 결혼하지 말던가."

그가 어이없다는 표정으로 나를 바라보았다.

"그런 억지가 어디 있냐?"

"어떻게 나한테 이럴 수 있어? 우리 사이에, 그렇게 중요한 일들을, 어쩜 귀띔 한 번 없이 혼자 결정해?"

"우리가 어떤 사인데?"

느닷없는 되물음에 나는 멀뚱멀뚱해졌다.

우리는 어떤 사이일까. 각자에게 중요한 일이라면 결정에 앞서 어느 정도 상의하고 조언할 수 있는 친구, 혹은 동료. 적어도 그런 사이는 아니었나.

"말 나온 김에 묻자. 도대체 나에 대한 네 감정은 뭐니?"

처음부터 대답을 기대하지 않았던 질문인 듯 지후는 창밖으로 시선을 돌리며 내쳐 말했다.

"너로 인해 혼란스러웠던 시간들, 이쯤에서 관두고 싶어. 이도 저도 아닌 관계가 지긋지긋하다구. 이젠 어느 쪽으로든 결정을 내려야 할 때가 된 것 같아. 네가 상관할 바 아니잖아? 어차피 너에게 난……."

"세상엔 딱히 정의 내릴 수 없는 관계도 있는 거라구!"

불쑥 튀어나온 내 말에, 외투를 들고 일어서려던 지후가 주춤거렸다.

친구, 연인, 부모, 형제, 동료, 스승, 선후배…… 세상 모든 인연에 각각의 이름을 붙일 수 있는 건 아닐 것이다. 우리는 어떤 사이다, 라고 규정할 수 없는 관계들이 어쩌면 더 많을 수도 있지 않을까. 단순했던 색이 현대로 오면서 복잡다단해진 것처럼. 어렸을 적 우리를 이루던 관계망은 단순했다. 부모, 형제, 가족의 틀 안에 갇혀 지낸 유년 시절. 친구, 선후배, 스승으로 확장된 학창 시절. 성장하고 결혼하고 사회에 진출하면서 맺은 거미줄 같은 관계들은 얼마나 무궁무진한가. 그 모든 관계의 좌표마다 이름을 붙이고 정의를 내릴 수는 없을 것이다.

"색은 망막과 뇌에 의해서 결정되는 거야. 그러니까 인간이 보고 인지하는 색은 실상과 다를 수도 있어. 더구나 우리가 보지 못하는 색처럼, 규정할 수 없는 관계도 있는 거라구. 너랑 나랑은……"

"너의 망막과 뇌를 너무 믿지 마. 넌 네 자신에게 속고 있어. 나에게 진실하지 못한 것도 그 때문이야."

그가 찬웃음을 지으며 말을 이었다.

"나폴레옹은 녹색 때문에 죽었어."

그의 사인에 대한 여러 가설 중 하나일 뿐이지만 지후는 그것에 대해 확신을 갖고 있었다. 세인트헬레나의 유배지에서 나폴레옹은 집, 가구, 카펫, 심지어 벽지까지 녹색으로 장식했고 그것들이 화산섬의 습기에 용해되면서 만성적인 비소 중독을 불러왔다는 견해였다. 당시 염료 공장에선 구리 조각을 비소에 용해시켜 더 진한 녹색을 생산했다고 한다.

"제발 연선, 더는 색에 현혹되지 말란 말이야."

출입문 쪽으로 천천히 걸어나가는 그를 붙잡아야 한다고 생각하면서도 나는 자리에 붙박여 옴짝달싹하지 못했다.

집 안의 서늘한 공기만으로 엄마가 떠났다는 것을 알았다. 그녀가 머물던 자리는 말끔했다. 밝고 화사하던 공간이 차분한 제 색을 되찾았다. 방 안에는 아무런 흔적도 남아 있지 않았다.

엄마가 왔다 가긴 한 건가.

컴퓨터의 전원을 켜고 펌프스 샘플을 화면에 띄웠다. 크림슨, 인디고, 옐로우그린, 골드. 각각의 이미지를 차례로 넘겨보았다. 강렬한 색의 향연. 그동안 나를 지탱해 온 건 그야말로 팔 할이 색이었다. 인테리어, 웹디자인, 푸드 컬러, 색채 심리치료. 색이 유용한 곳이면 어디든 마다하지 않았다.

이제 지후와는 어떻게 될까. 보색끼리 합쳐지면 우중충한 무채색이 될 뿐이야. 그의 따뜻한 손을 맞잡고 싶을 때마다 스스로 환기했다. 나는 고요한 수면 같은 관계를 원했다. 극적인 관계는 종말로 귀결된다는 걸 누구보다 잘 알고 있었으니까. 더는 갈등할 필요가 없어졌는데 속이 달아오르는 이유는 무얼까. 희미해지고 멀어지는 우리의 보색 관계가 아쉬운 까닭은.

불현듯 알 수 없는 충동이 일었다. 나는 재빨리 손을 움직여 펌프스에 입혔던 색을 모두 걷어내 보았다. 색이 사라진 뒤 선명하게 도드라지는 크리스털의 형상. 색에 빠져있을 땐 보이지 않던, 지후가 디자인한 앞 코의 장식이다. 비로소 드러난 크리스털의 투명한 공간성이 한없이 깊어 보인다.

이런 것이었을까, 내가 좇던 세계는. 본질을 숨기고 색으로만 치장하던 자극적인 허상의 색계(色界).

너의 망막과 뇌를 너무 믿지 마……. 내 감정의 본질은 무엇이었을까. 화장대 위엔 크리스털 목걸이가 동글게 똬리를 틀고 있다. 선물 상자를 내밀며 지후는 말했었다. 앞으로도 깨지지 말고 잘 지내자. 그것이 어떤 뜻이었는지 나는 정말 몰랐던 걸까. 모른 척했던 것일까. 어쩌면 그 의미를 변색시켜 받아들인 건 아니었을까.

두려움의 근원은 열정이었다. 나는 엄마처럼 되고 싶지 않았으니까. 색이나 관계의 변질보다 더 끔찍한 건 숨겼던 내 감정의 변색이었다. 나의 뇌는 의도적인 착시를 일으켰다.

태초에 시각은 빛과 어둠을 구분하는 일에서부터 시작되었을 것이다. 시각은 모든 감각에 선행한다. 그러니 관계의 출발은 나와 다름을 인정하는 일에서부터 시작되어야 할 것이다. 세상을 색으로 인식하는 것은 잘못된 일이었다. 색의 세계에만 의존해 왔던 삶. 색의 착시는 관계의 착시로 이어졌다. 이제 색을 걷어내고 내가 가장 먼저 해야 할 일은…….

외람됨을 무릅쓰고 저의 제안을 번복합니다. 심사숙고 다시 검토한 결과, 이번 시즌 펌프스의 색상은 김지후 씨의 크림슨과 인디고가 적합할 것으로 사료되오니 부디 재가하여 주시기 바랍니다.

부사장에게 메일을 보낸 뒤 엄마가 머물던 자리에 웅크려 앉았다. 엄마의 인생처럼 낡은 캐리어, 혈연 같은 빨강이 사라진 공간. 착시는 착각을 불러왔다. 어쩌면 엄마는 색을 좋은 게 아니었을지도 모르겠다. 그녀의 삶엔 거짓이나 꾸밈이 없었으니까. 한없이 자유롭고 솔직한 엄마의 품성을 거부해왔던 내가 도리어 끈덕진 덧칠을 해왔을 뿐. 엄마와 나의 원색 관계가 너무 낯설게, 그러나 저리게 그리워지는 밤…… 그녀의 캐리어는 지금 어디쯤 서 있을까.

빨강이 그립다.

소설의 시간, 시간의 소설

노태훈(문학평론가)

　소설에 관해서라면 우리는 여러 관점에서 이야기를 나눌 수 있을 것이다. 이야기를 움직이는 어떤 사람에 대해 말할 수도 있고, 그 사람이 처한 어떤 상황이나 사건에 대해서도 함께 고민할 수 있을 것이며, 그 이야기 자체에 관해서도 생각해볼 수 있을 것이다. 그러나 무엇보다도 한 편의 소설을 읽고 대화를 나눈다는 것은 그 소설 속의 시간을 함께 보냈기 때문에 가능해지는 것이다. 삶에서의 소중한 추억 한 가지를 다른 사람에게 그저 전달하는 일과 그 추억을 함께 경험한 사람과 그때의 이야기를 공유하는 일은 완전히 다른 차원의 소통임을, 일일이 언급하지 않아도 어떤 차이가 있는지, 우리는 모두 단박에 알 수 있다. 소설을 같이 읽는다는 것은 바로 이런 방식의 경험을 의미한다. 이러한 소통은 서로의 기억을 함께 채워주면서 각자의 경험을 더 풍부하게 만들고, 상대방과 같이 느끼면서 또 다르게 생각하기도 한다는 것을 흥미롭게 알게 되는 과정이다. 소설을 읽는 가장 큰 즐거움이면서도 결코 쉽지 않은 일 중 하나가 그렇게 독후(讀後)의 시간을 함께 채워나가는 경험일 것이다.

아마도 우리는 진보경의 소설들을 통과해 여기에 도달했을 것이다. 나는 이곳에 함께 있는 사람이 대단히 많을 것이라 생각지도 않고, 작품의 뒤에 어색하게 붙어 있는 이 글에서 우리가 꿈꾸는 소설적 소통이 쉬이 가능하리라 여기지도 않는다. 다만 같은 시간을 통과한 우리가 이곳에서 소박하게나마 함께 대화를 나누고, 같으면서 다른 서로의 이야기들을 떠올리는 경험이 얼마나 소중한지에 관해서는 일종의 믿음을 가지고 있다. 그러니 거창한 말로 포장할 것 없이 이 소설들의 시간에 관해 몇 마디 나눌 수 있다면 그것만으로 좋은 일이 아닐까 생각한다.

여기 세 가지의 시간이 있다. 2009년에 등단해 6년간 급하지도, 느긋하지도 않게 꾸준히 작품을 써온 진보경의 시간과 그 작품들을 우리가 함께 읽어낸 시간, 그리고 작품 속의 인물들이 살아낸 시간들이 그것이다. 나는 이 세 가지 시간들을 모두 이야기하고 싶지만, 그리고 이 작가가 보냈을 6년의 시간이 가장 궁금하지만, 그것은 알아낼 재간이 없기 때문에(그래서 '작가의 말'이 필요한 게 아닐까 생각한다) 남은 두 가지 시간에 관해 천천히 톺아보며 대화를 시작해보려 한다.

과거: 두 개로 흐르는 시간

이 소설집에 실린 아홉 편의 작품 중 어떤 작품을 가장 인상 깊게 읽었을지 잘 모르겠다. 다만 몇 가지의 베스트를 꼽는다면「금성의 시간」은 들어가지 않을까 조심스레 짐작해 본다. 다시 언급하건대 이 소설집의 테마를 굳이 내세워야 한다면 그것은 '시간'일 것이고, 그 시간에 대해, 특히 지나가버린 어떤 순간의 시간에 대해 끈질기게 이야기하는 작품이「금성의 시간」이기 때문이다.

어린 동생을 잃어버린 '나'의 사연은 그 자체로는 상실의 역사이다. "잃어버린 동생, 유년의 골목, 훼손된 간판, 따뜻한 가족"(130p) 등은 결코 "복원"될 수 없는 것들이며, 그 시간 이전의 '나'로 돌아가기란 불가능하다. 그러나 그 시간은, 동생을 제대로 돌보지 못하고 고무줄놀이에 빠져서 친구를 뒤쫓아 가던 그 순간은, 언제나 또렷이 남아 있다. 그때 어떤 아이와 짝이 되었는지, 무슨 노래를 불렀는지, 동생은 무얼 하고 있었는지, 어떤 단계에서 고무줄넘기에 실패했는지, '나'에게는 생생하다. '나'는 동생을 잃고, 시간을 얻었다. 이 간단한 문장은 엄청난 고통을 수반한다. 무언가를 상실할 때, 우리는 사건의 기억이나 시간까지 상실하지 못한다. 오히려 그 시간을 획득하고, 늘 그 시간에 함께 머문다. 기억은 점차 선명해지고, 현재가 아니라 과거를 살아가게 된다. '나'뿐만이 아니라 그 시간에 연루된 사람들 모두가 그렇다. 아버지는 동생이 간판의 글자를 이미지로 기억하고 있을 테니 가게가 문을 닫아도 간판만은 원래의 형태 그대로 두어야 한다며 아파트 벽에 간판을 걸어 놓는다. 어머니는 그 곁에서 모든 것들을 묵묵히 감당하고 있으며, '나'의 첫사랑이었던 준 역시 동생의 그림자가 짙게 드리워져 '나'와 정상적인 관계를 유지하지 못한다. 이처럼 단 한 순간의 상실은 역설적이게도 이들에게 영원한 시간을 갖게 한다.

깜깜한 하늘을 올려다본다.
동쪽 하늘에 가장 밝게 빛나는 샛별. 그곳에서의 하루는 1년과도 비슷하다고 했다. 두터운 침묵에 휩싸여 정지한 듯 느리게 흐르는 시간. 어쩌면 아버지에게는 동주를 잃은 시간이 고작 엊그제처럼 느껴졌을지 모른다. 아마도 금성의 시간이 아니었다면 견디기 힘들었을 아버지의 시간.
무언가를 상실한 우리들에게 지구의 시간은 너무 빠르다. (134p)

지구의 시간이 너무 빠른 것은 아이를 잃은 이 가족이 늘 두 개의 시간을 동시에 살고 있기 때문일 것이다. 그들에게 시간은 항상 이중으로 흐르고, 과거에 잠깐 머무르면 현재는 훌쩍 지나있다. "금성양복점"이라는 상호를 가진 아버지의 가게가 재개발로 인해 사라지고 준에 의해 간판이 훼손되는 장면들은 기억을 잊게 하려는 외부의 폭력이자, 기억을 지워버리고 싶은 내부의 저항이다. 그러한 상실에의 시도에 무너지지 않고 끝내 이들을 붙잡아 둔 것은 "금성"이라는 상징일 것이다. 현재도 과거도 아닌, 완전히 다르게 흘러가는 시간 속에서 동쪽 하늘의 저 별과 같은 곳에 동생이 살고 있을 거라는 믿음(東住)이 그 속에 담겨 있다. 작가는 이 가족의 고통스러운 시간들을 평범하게 그리지 않는다. 아이를 잃은 가족이 행방을 찾기 위해 얼마나 애를 태웠는지, 동생은 어디로 간 것인지 전혀 말하지 않으면서, 그저 이들이 살고 있는 시간을 천천히 보여줄 뿐이다.

이처럼 진보경의 작품들은 아주 특별한 이야기를 내세우지 않는다. 개개의 작품에 담긴 문제의식은 가볍게 여길 것들이 아니지만, 이야기의 사건과 소재는 오히려 너무도 익숙한 것들이다. 그런데 그 익숙함이 진부함이나 평범함, 혹은 감상적인 차원으로 떨어지지 않는 것은 마땅히 서술되어야 한다고 생각했던, 뻔한 문장들이 없기 때문이다. 그럼에도 그것은 어떤 결핍으로 느껴지지 않는다. 우리는 소설의 시간을 통과한 후, 다시 그 시간들을 되짚을 때비로소 그 빈자리를 목격하게 된다. 이를테면 「맹그로브」에서 태국 출신의 엄마와 한국에서 혼혈로 태어난 딸이 겪었을 무수한 사연들은 별로 이야기되지 않는다. 다만 바다 위를 떠다니다가 해안가에 뿌리를 내려 싹을 틔우는, 그리고 다시 줄기에서 아기 나무가바다로 떨어져 항해를 시작하는 맹그로브라는 식물에 그들의 사연을 의탁한다. 이를 통해 그들은 자신들의 뿌리에 다가간다. 그것은주인 대신 일을 봐주면서 기거하는 모텔의 좁은 카운터 방에서 시작되는 것이지만 에메랄드빛 바닷가에 숲이 무성한 엄마의 고향에까지 다다른다. 근원의 기억은 이들의 삶을 옥죄는 족쇄로 작용하면서도 현재의 시간을 견디게 하는 유일한 힘이기도 하다. 이처럼과거의 시간은 언제나 양가적으로 작동한다. 「러닝타임」에서 다니던 회사가 파산에 이르고 남자친구와는 헤어져버린 상태에서 낙태 수술을 받으러 간 '나'의 삶은 이미 끝자락에 와 있는 듯하다. 그러나 그녀는 "러닝타임은 아직 끝나지 않았다"(161p)고 말한다. 파국을 향해 치닫던 서사가 돌연 이런 방식으로 마무리될 때 우리는 허둥대면서 이야기를 다시 복기하지 않으면 안 된다. 그러면 아마 이 장면을 다시 읽게 될 것이다.

이렇게 죽는 거구나. 내 몸은 점점 잔잔해졌다. 부유하던 물질들이 가라앉으며 눈앞에 말개졌다. 수면 아래 햇빛이 일렁이고 있었다. 식어가는 내 몸을 따뜻하게 감싸주기라도 하듯이. 이상하게 마음이 평온해졌다. 살고 싶다는 생각도 억울하다는 생각도 들지 않았다. 이제 곧 끝이다. 나는 남은 시간이 얼마 정도일까 가늠해보았다. 이십 초, 아니 십 초…… 의식이 몽롱해지는 와중에 아득하게나마 떠오른 생각이었다. 앞으로 내게 남은 시간은 기껏해야 십여 초 정도일 거라는, 그만큼의 시간이 지나고 나면 나는 아주 편안해질 거라는 생각이. 일, 이, 삼…… 스르르, 눈이 감겼다. 사, 오, 육…… 몸과 함께 의식마저 저 아래 깜깜한 곳으로 가라앉고 있었다. 칠, 팔, 구……. (147~148p)

죽음 직전을 경험한 유년의 기억과 생명을 없애기 위해 마취에 들어가는 소설의 마지막 장면은 이렇게 겹쳐진다. 열을 세면 끝나는, 엄연히 시한이 존재하는 인간의 삶은 결국 죽음을 향해 가는 카운트다운이다. 시간이 인생에 있어서 가장 중요한 조건임은 이 때문이다. 우리는 누구도 현재를 살지는 못한다. 의식하는 순간 모든 시간은 과거가 되어버린다. 그러나 동시에 우리는 지금 여기에 분명히 존재하고 있다. 따라서 인간에게 시간은 언제나 두 개로 흐른다. 진보경은 그것을 이야기의 차원에서 풀어낼 줄 안다. 또한 그렇게 꼬인 시간의 매듭은 결코 풀 수 없다는 것도 이 작가는 알고 있는 듯하다.

현재: 지금, 떠나는 사람들

어떤 기억에 사로잡혀 끊임없이 그 속에서 살아야 하는 인물이 있었다면, 새로운 시간을 향해 떠나는 사람들도 있다. 지금 여기의 공간에서 힘겹게 내몰린 이들의 이동에는 공간이 별로 중요하지 않다. 그들이 선택하는 것이 아니기 때문이다. 떠나야만 하는, 떠날 수밖에 없는 이들에게는 삶이 다른 방향으로 흘러가고 있다는 인식 자체만이 남아 있다. 「세 번째 토끼」의 모녀는 마치 "맹그로브"처럼 떠다닌다. 회사 부도로 인해 엄청난 빚을 진 아빠는 쫓기는 신세가 되어 결국 감옥에 갔고, 모녀는 사람들을 피해 도망다닌다. 모녀는 서로에게 다른 일을 한다고 둘러대지만 모두 몸을 판다. 합법적인 수입은 불가능하고, 막다른 골목에 몰린 상황이니 도리가 없었을 테다. 이 모녀에게 보금자리를 내어준 또 다른 모녀 역시 비슷한 상황에 처해 있다. 남성의 부재가 곧바로 여성의 타락으로 이어지는 서사는 조금 문제적인 것으로 보이지만, 이 이야기의 핵심인 열여섯의 '나'와 일곱 살의 '다은'이 이루는 묘한 대비로 바로 접근해 보자.

"푸른 하늘 은하수 하얀 쪽배엔 계수나무 한 나무 토끼 세 마리."

"한 마리라니까."

"세 마리야."

"누가 그래?"

"한 마리는 지져 먹고 한 마리는 볶아 먹고."

나는 걸음을 멈추고 서서 아이를 돌려세웠다. 내 손을 뿌리친 다은
이가 마지막 소절을 부르며 앞으로 뛰어갔다.

"한 마리는 도망간다. 지옥의 나라로." (25p)

대학생이라고 속이고 남자를 상대하는 '나'의 이름은 그곳에서
"엔젤"이다. 아빠와 함께 본 마지막 영화에서 웅장하게 등장한 폭
포의 실제 이름이 "엔젤"인 것을 알고 마음속에 담아 두었던 이름
이다. 그러나 '나'가 "엔젤"이라고 불리는 곳은, 스스로 "나는 엔젤"
이라고 끊임없이 각인시켜야 하는 곳은 "지옥"이다. 천진하게 지
옥의 나라로 도망가는 토끼 노래를 부르는 다은의 모습을 보며 '나'
는 다은이와 보내게 될 시간에 관해 생각했는지 모른다. 같은 아파
트 단지에서도 임대주택동이라는 이유로 철저하게 외면받는 그 삶
에 아이가 눈뜨기 시작할까 봐, 자신도 여기에서 또 더 "나가기 시
작"하는 게 아닐까 하는, 그 무시무시한 예감에 말이다.

「게스트하우스」의 찬은 신도시의 어학원에서 해고당하고, 여자
친구인 혜나에게 버림받은 채로 남쪽의 어떤 섬에 자리한 게스트
하우스로 떠나왔다. 게스트하우스라는 공간의 속성이 잘 보여주
듯 그곳에는 떠나온 사람들과 떠나갈 사람들이 모여 있다. 그곳의

사장인 하영은 유일하게 머물러 있는 사람이다. 그녀가 연정을 나누는 유부남 정은 늘 잠깐 동안의 시간밖에 함께 보낼 수 없다. 찬은 하영에게 사랑을 느끼고 돌아가고 싶지 않다고 고백하지만, 여기는 게스트하우스라는 하영의 대답만 돌아온다. 중심에 많이 꽂힌다고 반드시 점수가 높지 않은 다트처럼, 하영은 굳이 정의 중심이 되기 위해 노력하지 않는다. 찬이 견디지 못하는 것은 바로 그런 태도일 것이다. 그러나 그렇게 홀로 모든 괴로움을 감당하면서 상대방에게는 전혀 상처를 주지 않겠다는 자세는 늘 떠나는 사람이 아니라 떠남을 당해야만 하는 사람이 힘겹게 체득한 삶의 방식이지 않을까. 이 작품의 앞뒤에 액자식으로 짧게 배치된 정의 서사는 떠나갈 사람의 무심함을 보여주면서 결국 찬도 떠나게 될 사람임을, 그래서 찬의 마음을 지지했던 독자로 하여금 하영의 태도에 관해 다시 한 번 생각하게 한다.

「퍼즐」의 도현도 마찬가지로 떠나온 인물이다. 연이어 공무원 시험에 실패한 끝에 "본적지 응시 제도"를 이용해 시골 마을로 내려온 도현은 나이로부터, 실패로부터, 서울로부터, 그리고 연인으로부터 떠나온 사람이다. 그리고 그곳에서 정착하지 못한 채 방황한다.

십오 년 전이면 대학 2학년 때였다. 마음만 먹으면 뭐든 될 수 있다고 믿었던 시기. 그래서 더 막막하고 두려웠던 시기. 서른이 넘는다는 것을 상상조차 할 수 없던 시기. 차라리 훌쩍 나이가 들어 마흔쯤 되었으면, 바랐던 시기. 이후 십오 년을 문제풀이와 시험만으로 보내게

될 줄은 꿈에도 몰랐던 그때. 십오 년, 누군가에겐 오직 기다림뿐이던 세월. (48p)

도현은 15년 전에 실종된 사람을 찾는다는 현수막을 통해, 범죄자로 살다가 끝내 "무연고 시신"이 되어버린 한 사내를 통해, 자신을 돌아본다. 「게스트하우스」의 찬처럼, 도현 역시 떠남을 통해 삶의 의미를 찾아가는 과정을 보여준다. 이런 인물들은 진보경의 작품들에서 '전형적'이라고도 할 수 있을 텐데, 모두가 어쩔 수 없이 떠나왔다는 점에서 특히 그렇다. 「세 번째 토끼」의 모녀는 말할 것도 없고, 「게스트하우스」의 찬은 직장 해고에 따른 친구의 우연한 제안으로, 「퍼즐」의 도현은 다급하고 불안한 마음에 붙잡은 마지막 기회로 그곳에 도달해 있다. 아울러 「색계」에서 주인공 연선의 엄마는 늘 캐리어를 들고 떠나는 사람이고, "딱히 정의 내릴 수 없는 관계"에 있는 지후마저 결국 그녀를 떠나간다.

이렇게 절망과 좌절에 빠진 사람들에게도 시간은 무섭도록 정확하게 흘러간다. 떠난다는 것은 그 시간의 결을 변화시킬 수 있는 기회이기도 하지만 여전히 같은 방식으로 흐르는 시간 앞에서 체념을 습득하는 계기가 되기도 한다. 이 작품들이 절망과 희망, 비관과 낙관의 중간쯤에서 끝을 맺는 것은 그러한 시간의 속성 때문일 것이다.

미래: 예측 가능해서 막막한

그래서 이 인물들의 미래는 막막해 보인다. 문제는 해결되지 못하고, 계속 '돌아온다.' 「호모 리터니즈」의 서사가 이를 잘 보여준다. "인생의 판을 새로 짜고 싶었"던 '나'에게 산속에서 발견된 변사체는 완전히 새로운 삶을 가져다줄 듯 보였다. '나'는 신분증을 바꿔 자신을 죽이고, "정현수"라는 인생을 살기로 결심한다. 얼마간의 타인 행세 후 이 이야기가 결국 "다시 나로 돌아가 내 삶을 찾는 것이 방법일 거야. (중략) 나는 그저 나일 뿐이더라구."(78p)의 형태로 마무리되었다면 그저 그런 작품으로만 남았을 것이다. 하지만 다시 신분증을 돌려놓기 위해 산을 찾았을 때, 제3의 신분증이 다시 꽂혀 있는 소설의 마지막 장면에서 작품의 의미는 비약적으로 상승한다. 누구의 시간을 살아가든 시간은 흐르고, '나'라는 인간은 얼마든지 대체될 수 있다는 인식이 강렬하게 제시되는 것이다.

무릎이 꺾이듯 나는 자리에 털썩 주저앉는다. 그의 지갑에 넣어두었던 내 신분증이 어디로 사라졌단 말인가. 정현수가 보관하고 있어야 마땅할 내 물건. 대체 누가 나와 똑같은 짓거리를 한 걸까. 여기 이렇게 얌전히 엎드려있는 이 사람은, 누구인가! 나는 거칠게 그를 뒤집어 가슴팍을 움켜 일으킨다.

손에 들린 파란 등산복 밑으로 우수수, 무언가 떨어져 내린다. (82p)

시간 앞에서는 어떤 삶도 실체를 가질 수 없음을 이 작품은 잘 보여준다. 큰 틀에서 보자면 인간의 삶이란 그저 계속 돌아오는 것일 뿐이다. 그것이 내가 아니고 다른 사람일 테지만, 결국 누군가가 죽고 또 누군가가 태어나며, 늘 "호모 리터니즈"만이 세계에 존재한다. 그러므로 그 세계에서 사라진다는 것은 가능하지 않다. 지독한 불면증을 앓고 있는 「그녀가 잠들 때까지」의 리나가 항상 "잠"을 갈구하는 모습은 이 세계에서 사라지고 싶다는 욕망의 반영이지만 그 욕망의 끝은 죽음이어서 끝내 실현되지 않는다.

인간에게 미래는 예측 가능하지만 막막하다. 그 막막함의 시간에 관해 이 작가는 어설픈 위로나 위무의 서사를 제공하지 않는다. 그저 해야 할 이야기를 묵묵히 밀고 나갈 뿐이다. 또한 이 소설들에는 위선도 위악도 없다. 모든 인물과 사건들은 놀랍도록 중립적이어서 일방적인 판단이 어렵다. 한쪽으로 치우치지 않고, 제 속도를 유지하는 이 작가의 소설은 그래서 그 자체로 시간을 닮아 있다. 그 시간성을 다시 소설로 돌렸을 때, 그러한 소설이 가질 수 있는 최대의 미덕은 '정직함'일 것이다. 그리고 그 정직함은 소설가에 대한 신뢰를 담보한다. 진보경의 작품들이 일견 쉽게 쓰인 듯하면서도 읽고 나서 곧바로 책장을 덮지 못하는 이유가 거기에 있다.

작가의 말

처음 설악산 대청봉을 오를 때였다.

가을이었고, 점심을 먹고 늦게 출발하는 바람에, 게다가 쉬엄쉬엄 오르느라 그날의 목적지인 중청대피소까지 절반도 못 오른 채 해넘이를 맞고 말았다.

산속의 어둠은 도시에서와 달랐다. 두껍고 검은 벽이 주변을 에워싼 듯했고 기온마저 점점 떨어지고 있었다. 가야할 길이 어느 쪽인지 아득한 그곳에서, 나는 막막한 두려움에 휩싸였다.

랜턴으로 전방을 비추면 자작나무 숲이 허연 얼굴로 나를 내려다보았고 바람이 달음질쳐 내려간 계곡 아래는 더 깊은 어둠이 심해처럼 펼쳐져 있었다.

되돌아 갈 수 없는 길도 있다는 걸 그때 처음 알았다.

다만 옅은 불빛을 발밑에 비추며 자박자박 계속 산을 오르는 수밖에.

어느 때부턴가 무거운 배낭과 발걸음이 가볍게 느껴지기 시작했다. 마치 누군가 뒤에서 내 등을 살짝, 밀어 주는 것처럼.

그렇게 나는 무사히 산장에 도착할 수 있었다.

덕분에 그곳에서만 들을 수 있는 바람의 소리를 들었고 이곳에선 보이지 않는 별을 볼 수 있었다.

삶과 글이 잘 풀리지 않으면 그때의 기억을 끌어온다.

어둠 저편에 있을 불빛을 꿈꾸며 한 걸음 한 걸음 내딛던 그 시간을.

서른셋에 첫 소설을 썼고 서른일곱에 등단해 이제야 첫 소설집을 낸다.

늦게 출발한 만큼 오래오래 달리고 싶다.

그럴 수 있다고, 어깨를 두드려준 실천문학사에 깊이 감사드린다.

2015년 11월
첫눈을 기다리며